雪原にひとり囚われて

シベリア抑留十年の記録

坂間文子

Sakama Fumiko

雪原にひとり囚われて——シベリア抑留十年の記録

挿絵＝著者

目次

逮捕と監獄

一九四五年九月〜一九四六年六月

1

一九四五年（昭和二十年）十一月のある日、私を乗せた列車は、大連《だいれん》*1（現在の旅大《リュイター》）の駅を離れた。街にはアカシヤ（針槐樹《はりえんじゅ》）の葉が音もなく散り敷いて、早い冬の訪れを告げていた。

私の周りには、私と同じように、ソ連軍に捕えられ、監獄からトラックで列車に運ばれてきた大勢の人々がいた。列車がどこへ行くのか、これから自分たちがどうなるのか、誰にもわからなかった。乗せられた列車は、南満洲鉄道時代の客車で、私たちには馴染《なじみ》深いものだったが、窓の内側から頑丈に打ちつけられた木の板が、否応《いやおう》なしにこれが囚人列車であることを私たちに思い知らせるのであった。

とはいえ、動き出した列車の中は、昼間はかなり騒々しく、みな朗らかでさえあった。男たちは、女の身で捕まった私の身の上を不審がり、私がスパイ容疑という、全く身に覚えのない罪で、このようになったことを説明すると、しきりに気の毒がってくれた。次々とかけてくれる慰めの言葉が、私には嬉しかった。私はこの時三十六歳、女学生時代から人並み外れて身体が弱かったため、縁談もうまく行かず未だ独身であった。身体も小さく、見るからにひ弱げな私が、わけのわからぬ罪状を着せられて、何処とも知らず拉《らっ》し去られて行く有様は、はた目にも哀れに見えたのかも知れない。

私は進んで、同胞の男たちとの談笑の輪に加わった。列車の動きはのろかったが、話しているうちは気がまぎれた。数えてみると、私の車室には八十人近い日本人の男たちが乗っていた。

これだけの仲間がいるということは、何といっても心丈夫だった。この人々の身分はいろいろだった。元軍人、元関東州庁のお役人、元外事警察の人など。時々は冗談に、車内がどっと沸くこともあった。

「今なら逃げられるぞ。一つ脱走して馬賊にでもなるか」

しかし、夜になると、話し声は次第に途絶えていった。暗闇の中で膝をかかえて坐った私は、眠ろうとしたが、周囲の寝息やいびきが耳について、頭の中は冴えかえるばかりだった。昼間は賑やかさにまぎれていた心細さもどっと襲ってきた。しきりに思い出されるのは、大連の家にいる家族のこと、特に年老いた母のことだった。

二ヵ月前、ソ連軍に逮捕されて以来、私は肉親の誰とも会っていなかった。自宅から連行される私を、どうすることも出来ず、おろおろと見送った父母。母は動顚《どうてん》し、狼狽《ろうばい》しきって、普段よりずっと年老い、一廻り小さく見えた。あの姿は、私が母を見た最後であった。

人一倍心配性の母は、今もどれだけ私のことを案じているだろう。大連を発《た》つ日まで、私が閉じこめられていた、元外人クラブの未決監は、私達が追い立てられる前夜から、取り壊《こわ》しが始まっていた。建物が壊され、中にいた人間が一人残らず急に何処かへ連れて行かれたことを知ったら、母はどんなに驚き、嘆き悲しむことだろう。私は、自分の身の上も不安だったが、母の嘆きを想像することは、もっと辛かった。少女時代から、身体が弱く、母に散々苦労をかけた私が、今またこんな目に会って、母を苦しめている……私はせめて一言、母に告げたかった。「私は、どんなことがあっても頑張るから、お母さん、元気でいてね」――しかし、それも甲斐のないことであった。

いつか、トロトロとなった私は、夢を見ていた。ぎっしり詰まった人を容赦なく踏みつけて、赤ら顔の見上げるような大男が、こちらに近づいて来る。その顔が、はっきり見える位置まで来た時、私は恐怖で身体が凍りそうになった。その男は、大連に監禁中の私を調べた検事ウーソフだった。

ウーソフは私の腕をつかむと、むずと引っ張った。私は動くまいとする。何か言おうにも、声は一言も出てくれない。周囲はまるで泥人形になったように眠りこけている。私は脂汗を流してウーソフともみあった。彼の膂力に、私は悲鳴を上げた。と、その声で私は目が醒《さ》めた。身体中が冷や汗でべっとりだった――

車輪の響きにかき消され、幸い私の悲鳴――実際はかすれ声であったらしい――は、みなの耳には聞こえなかった。私は汗をぬぐい、動悸の鎮まるのを待った。やがて夜が明けて、食事が配られる頃になると、気持もいくらか落ち着いた。食事は、旧日本軍の乾パンと、やはり日本軍用の肉の罐詰だった。罐詰は二、三人に一個きりで、量は少なかったが、味は上等だった。飲み水は、列車が駅に停るたびに、警備のソ連兵が運んできた。十分ではなかったが、まず渇きはいやせる程度の量であった。

私の胸には、今朝方の悪夢が、重苦しく引っかかっていた。ウーソフは私の担当検事で、大連外人クラブの臨時監獄で、一ト月にわたって私を取調べた人物だった。

彼は私がスパイであったことを自白させようとし、身に覚えのない私は徹頭徹尾否定しつづけた。彼が怒鳴れば、私も負けずに声を張り上げた。私は弱虫ではあったけれども、無実の罪を被《き》せられることは、我慢出来なかったのだ。一度、業を煮やしたのか、彼は、テーブルの上の拳銃を取り上げて、私を脅したことがある。しかし、もっと恐ろしいことは、その後にやって来た。それは私が大連を発つ、たった一日前だった。

その日の夜遅く、私は彼に呼び出されて、取調室へはいった。私の訊問は一ヵ月前にすべて終っていた筈だったが、暢気《のんき》な私は、この再訊問を格別怪しみもしなかった。

深夜のことであり、部屋は気味悪いほど静かだった。ウーソフは、はいって来るなり部屋に鍵をかけた。それはいつものことだったが、何故か私はどきりとした。私に、椅子にかけるようすすめた彼の顔には、気味悪い微笑が浮かんでいた。

彼は無言で、ポケットから何かを出すと、私の前の卓に置いた。

「さあ、これを飲め」

乱暴な声だった。目の前には二種類の錠剤があった。一つは白かった。いったいこれは何なのか——その先を考えるより先に、私の全身は凍りついた。女としての直感が、この錠剤に隠された、彼の意図を読みとったのだ。

私は反射的に後ずさりした。勿論、錠剤には手も触れずに。私が追いつめられたのは部屋の隅だった。ウーソフは迫ってきた。大きな手で、子供のような私の衿首をつかみ、押し倒そうとした。私は悲鳴をあげた。

「痛い！」

しかし、私の咽喉はからからで、かすれ声が一寸出たきりだった。ウーソフは物凄い目をして私を睨んだ。

「静かにしろ！」

叫ばなければ！　助けを求めなければ！　頭は破裂しそうに鳴っていながら、声が出なかった。どうもがいても、力では到底敵《かな》わない相手であった。私は敵に襲われた虫のように、身体を縮めるのがやっとだった。と、その時、扉にノックの音が聞えた。

ウーソフは急いで私を離し、扉の鍵を外した。ちらと見えた廊下には、別の検事が立っていた。二人は暫く、何事か話した。私にはそのロシア語は聞きとれなかった。やがて、のっそりと戻ってきたウーソフは言った。

「もう帰ってよい」

部屋に戻ってきた私は、まだ胸の鼓動がおさまらなかった。固い床も大波のように揺れているような気がした。同時に私は卒然と、同じ部屋にいる白系露人の女性のことを思い出した。まだ若い、歯科医である彼女も、二日前、私と同じように、夜遅く検事に呼び出されたのである。戻ってきた時、彼女は泣いていた。訊問はそれまでたびたびあったが、彼女が泣いていたのは、これが初めてだった。そして彼女は、こちらが異様に思うほど、いつまでも泣き止まなかったのだ……

今になって私は、やっと彼女の涙の意味を悟ったのだった。元来、ぼんやりの私は、そのような事実に、ほとんど気がつかなかったのである。俄かに、これまで釈放されていった人々の

ことが思い出された。日本人、白系露人、満洲人などの女性たち。あの人たちは、果して無事だったのだろうか……私は、辛うじて虎口を逃れた自分の幸運を喜ぶと同時に、前にも数倍した不安に襲われるのを感じた。今夜を免れても、また明日がある。検事はいつでも私を自由に出来るのだ。鍵のかかった取調室にはいってしまえばあとは二人きり。書記もいなければ、立会の警官もいない。彼が何をしようと、誰の目も、助けも届かぬ密室なのだ……

不安と恐怖、無法への怒りで、私の頭は張り裂けそうだった。同時に私は、意気地なく竦《すく》んでしまい、大声ひとつ出せなかった自分が情けなかった。暴れようにも私は手足から力が抜け、鷹にがぶりとやられた小鳥のように、息も絶え絶えになりながら「見逃して!」と哀願するのがやっとだったのだ。何故力の限り逃げ廻らなかったのだろう。椅子の一つも彼にぶつけなかったのだろう！

これまでの訊問のすべてを、私は毅然と過したつもりだった。妥協もせず、相手におもねることもなかった。あの、しっかりした——と思っていた自分は、何処へ行ってしまったのか……口惜しさと惨めさで、私は泣きたかった。再び、あのようなことがあったら、今度こそは力の限り抵抗しよう、監獄中に聞こえるような大声で助けを求めよう、私は何度も自分に言い聞かせた。

しかし、それでどれだけこの身が守れるものか……私には自信がなかった。何よりも、私を守ってくれる法律はなかった。私は敗戦国の女だった。すべての秩序は、八月十五日とともに崩壊していた。無法も正義となる勝利者の論理がまかり通っている今、か弱い女の抵抗などが、なんの助けになるだろうか。

絶望的になった私は、寝台に身を投げた。

そして、我が身の不運を嘆かずにはいられなかった。ほんの二、三日のつもりだった取調べが、二ヵ月になっても監禁されたまま釈放されぬ奇怪さ。いつ帰して貰えるのですか、という私の問に、検事はいつも「スコーロ・ダモイ」(すぐ帰れる)と答えた。その答えを信じて、差入れの荷物まで、家へ送り返した私だった。

ソ連の「スコーロ・ダモイ」には、何の意味もないことに、私は気づかなかったのである。

私は寝台の上で、眠れぬ夜を明かした。これが、この監獄で過ごす最後の夜になろうとは夢にも思わなかった。

私の頭を、これまでの目まぐるしかった思い出が次々と通り過ぎた。敗戦のあわただしさの後に私が投げ込まれた不安と焦燥の境遇……すべては私が、ソ連領事館で、日本語を教えていたことから始まったのである。

私は大連で生まれ、大連で育った。六人きょうだいの次女で、私の上の姉だけが東京で生まれていた。私たちはみな、大連の日本人小学校、中学校、女学校（旧制・現在の中学と高校に当たるもの）を終えたあと、姉と三人の弟は、更に内地《ないち》（当時、外地《がいち》にいる私たちは、日本のことをそう呼んでいた）の大学で学んだ。

私が大学に進学しなかったのは、神明高等女学校在学中の十五歳の時に膿胸を患い、肋骨を二本取るなどの手術をして、身体が非常に虚弱だったせいであった。このような身体では、結婚も無理と思った私は、女の身でもなんとか自立して行けるよう、独学で英語の勉強を始めた。目的は、文部省の中等教員検定試験（文検）に合格し、英語教師の資格を取ることであった。姉と三人の弟たちの大学は官立（現在の国立）であったが、それでも四人もの子供に仕送りする父母の苦労は並み大抵ではなかった。目近《めぢか》にそのやりくりを見続けた私は、早く自分も資格を取って、家を助けたいと思っていたのである。

二十五歳の時、私は文検に合格した。それ以前から、私は英語の個人教授をして、家計を助けることが出来た。大連のソ連領事館で、日本語を教えるようになったのは、一九四三年（昭和十八年）の一月である。私の個人教授の教え子であったデンマーク領事が、関東州庁の外事警察に、私のことを話したのがきっかけだった。当時、ソ連領事館では、日本語の教師が長続きしなくて困っていた。そこで斡旋《あっせん》を、外事警察に依頼し、その目に止まったのが私だったのである。

州庁に呼ばれて、この仕事の依頼を受けた私は、承諾した。一つには収入のためであり、いまひとつは、日本の代表として、ソ連人に日本語を教えるという、誇りにも似た気持からであった。当時は、太平洋戦争のさなかで、日本とソ連の間にも、友好的というにはほど遠い、きびしい空気が張りつめていた。しかし私は、日本語を教えることは楽しみでもあったし、引き受けた以上は、立派に責任を果したいと思った。それは私の気負いでもあった。

州庁の人は、もし何か起れば、その時は州庁がすべての責任を持ちます、と言った。一瞬、私は不吉な予感がした。一体何が起り、どんな責任をとって貰えるというのか。元来楽天的な私は、すぐにその不安を、自分で否定してしまった。が、あの予感はまさに的中したのだった……

領事館での日本語教授は、生徒の数も少なく、楽であった。私は最初、英語を使って教えていたが、領事以外は全くといっていいほど英語を知らないことが判って、私の方からロシア語を憶える気になった。こつこつと勉強を続けた私は、それから二年後の昭和二十年五月には、大連税関で受けたロシア語の一等の試験に、合格するまでになった。続いて八月上旬、会話のテストを受けに、新京（現在の長春《チャンチュン》）に来るよう通知があったが、八月六日のソ連参戦、十五日の終戦の詔勅と、大混乱に巻きこまれた私たちは、もうそれどころではなかった。

敗戦と同時に、ソ連領事館での仕事も終りになった。私は大連市役所で、市長の通訳をつとめ始めた。ロシア語の出来る人間が少なかったため、経験の浅い私までが何かの役に立ちたいと思ったのである。大連の町は、占領軍であるソ連兵で一杯だった。暴行、掠奪など、毎日のように恐ろしいニュースが、日本人——特に私たちのような女性を震え上がらせた。私も市役所で、酔っ払ったソ連兵の姿を見た時は、急いで隠れるようにしていた。家の門にも、石だの木だの色んなものを積み上げ、ちょっとやそっとではいれぬように工作した。ソ連兵が障害物に手間どっているうちに、女は素早く身を隠すためであった。

こんな状態を少しでも緩和するため、日本人有志の間から、ソ連軍司令官に振袖を贈呈する話が持ち上り、その時の通訳として、白羽の矢が立ったのが私だった。

振袖を贈って司令官の機嫌を取ったくらいで、軍規が粛正され、町の平和が戻ってくるものかどうか、私は疑わしい気がしたが、ともかくもこちらの希望と懇願《こんがん》を、間違いなく相手に伝えねばならぬ私の責任は重かった。贈呈式は九月二日の夜、ヤマトホテルで行われた。私は緊張しきっていた。無事に、この仕事が終ったときは、どっと気がゆるんで、危く倒れかけたくらいだった。これが、通訳としての最後の仕事になることに、私は少しも気づかなかった。

私が逮捕されたのは、その翌日、九月三日の午後であった。市役所の廊下を大股に歩いてくるソ連軍将校が手にした白い紙には、大きく墨黒々と「赤羽文子」と、私の名が書かれていた。赤羽は私の旧姓である。

否も応もなく、私は彼の車に乗せられ、一旦私の家に連れて行かれた。家宅捜索が始まって、私の持物は着物の中まで調べられた。その時になって私は、何かの疑いを受けているらしいこと、そしてそれはソ連領事館で日本語を教えたことに関連しているらしいことに気づいた。家にいた母や弟は、ただ茫然としていた。まだ若い弟の妻や私の妹は、ソ連軍将校の姿にいち早く隣家へ逃げていた。家宅捜索が終ると、私は彼にせき立てられるままに、洗面用具と、毛布一枚を持って再び車に乗せられた。何を言いかわす暇もなかった。「二、三日で帰れると思います」それだけ言うのがやっとだった。私もまた意外な事の成行きにすっかり動顚していたのだ。

私が連れて行かれた先は、元の外人クラブだった。ここはソ連軍による臨時監獄であり、大連の知名人が監禁されていることを、私は前から知っていた。今、私もその一人となってしまったのである。

私の訊問は、その日から始まった。ウーソフ検事が担当で、私からスパイとしての自白を取るのが目的のように思われた。彼は、私が領事館で教える前に、スパイ学校へ行っていた筈だと、厳しく私を追及した。日本の外事警察の人と、対決させられたりもした。ウーソフは、私の日本語教授が、日本警察の指金《さしがね》であると言わせたかったらしいのだ。しかし、それは私の自由意志で選んだ道だった。

毎日のように続く訊問を、私はそれほど恐れなかった。私はスパイではないのだし、私の答えが他人に迷惑を及ぼす心配は、ひとつもなかったからである。

しかし、私は知らなかった。ソ連の常識から言えば、外国人に語学を教える教師は、すべてその前に教育を受けた、れっきとした職業スパイであったことを。仮りにソ連人が私たちにロシヤ語を教えるとすれば、彼は目に見えぬ紐によって、遠くから操られている存在なのであった――

そして今、私は囚人護送車の中にいる。未決監からの出発は突然だった。ウーソフ検事の獣欲を逃れ、昂《たか》ぶった神経をやっと鎮めた翌早朝、移動のための準備が申し渡されたのである。

同室の女たちと一緒に、私は大急ぎで荷造りをした。家から差入れてくれた、母の心尽しの真綿のかいまきなども、一緒に送って貰った唐草模様の風呂敷に包みこんだ。欲張って備え付けの薄い布団や毛布まで入れたが、これは間もなく汽車の中でなくしてしまった。その大きな包みに腰かけて、出発の時を待つ私の目には、涙がとめどなく溢れるのだった。

大連を離れる日が来ようとは、私は夢にも思わなかった。ここは私の故郷《ふるさと》だった。私は内地をほとんど知らない。文検受験のために一ヵ月ほど東京に滞在した、ただそれだけだった。見知らぬ内地よりも、私は大連が一番好きだった。星ケ浦海岸に沿うて、何千本もの桜が一斉に咲き乱れる春。アカシヤの白い花の、甘く悩ましい香りが、街を埋めつくす初夏。この美しい街へ、再び帰って来る日はあるのだろうか……

列車の振動に身をまかせ、私は考え続ける。この先、一体、何事が起るのだろう。どこまで考えても、最後は私を案じている母のことに思いは注がれてしまうのだった。

《御免なさい、お母さん。私のことで心配かけて！》

私はもう、家のことは、あまり思うまいとした。なんといっても母には、まだ元気な私の父がいる。それでも、もし私が一人娘だったら、老いた父母を大連に残して行くことは、耐え難い苦しみだっただろうが、幸い、私には五人の姉妹弟《きょうだい》たちがいた。私がいなくなっても、なんの心配もいらないのだ。私は自分の身軽な身の上を喜んだ。もうこの上は、弱い自分の身体を出来るだけ労《いたわ》って、なんとか生きのび、無事に肉親のもとに帰れる日まで頑張らねば……

まどろっこしい列車の動きが一段と遅くなっていた。窓の隙間から見える外の光景で、大きな町に近づいていることがわかった。

「奉天（現在の瀋陽《シェンヤン》）だ！」と誰かが言った。

2

私たちが送りこまれたのは、元三井ビルの臨時監獄であった。雑居房で私は、大連から一緒だった中国人の王さんのほかに、一人のドイツ婦人とタタール人のルキヤという名の女性と同室になった。

ルキヤは妊娠していた。夫婦とも新聞記者であったという。彼女の夫も監禁されているのだ。家には年老いて目の悪い父と小さな息子が残されていると聞いて、私は彼女が気の毒でならなかった。

だが、私も、ここへ入る前、汽車から降りる時は胆を冷やした。どこにいたのか、あの検事ウーソフが、ぬっと私の前に現れ、「喋《しゃべ》ると承知しないぞ」と、低い声で囁いたのである。

こんな所まで彼が——と思うと、私はこれから先の忌まわしい行末が想像されて、目の前が暗くなる思いだった。しかし、第一回の訊問で、私は担当検事が変ったことを知り、ほっと胸を撫でおろしたのである。

私たちは、訊問に呼び出される以外、ここではすることがなかった。食事は白米に大豆が混った御飯だったがおいしかったし、おかずもあの当時の日本人の家庭のものより良かった。日本軍の残していった食料を使っていたらしい。

食事を作っているのは中国人で、この人たちが部屋まで運んでくれた。彼らはソ連兵の目を盗んで、いつも余分な食料をこっそり私たちにくれた。彼らの目の中の好意と同情は私の胸に痛いほど沁みた。大連にいた時も、炊事場の白系露人の婦人は、よく私たちのポケットに、果物や罐詰をそっと押しこんでくれたものだった……

私たちの部屋は低い板で仕切られていて、その向こうには日本人の男たちがいた。看守の目を盗んで、私たちは時々言葉を交しあった。ある日、板の上に男達の靴下が、かけてあるのに気づいた。靴下を袋がわりに、砂糖を送ってくれたのである。それから食べものをお互に送り合った。

空腹ということはなかったが、ただ困ったのはトイレだった。トイレへ出してくれるのは朝夕二回で、これは厳しく守られ、あとは部屋の隅のバケツに用を足さねばならない。トイレに行く時に、それを持ってあけてくるのだ。大連の拘置所でも最後の一ヵ月はそうであった。

私の訊問は、ただ一度きりだった。やがて十一月七日、ソ連の革命記念日が来たが、この日はソ連兵も看守も、無礼講らしく、酒に酔ったさわがしい声が、夜遅くまで聞えていた。

私たちは早くから寝ていた。扉が不意に開いたのは真夜中だった。廊下の歓声や乱れた唄声がどっと流れこむのを背にして、ぐでんぐでんに酔った看守長が立っていた。

「出てこいー」

ろれつの廻らぬ声で彼は怒鳴った。

私は毛布を頭からすっぽり被《かぶ》って寝たふりをした。恐ろしさに胸がドキドキと鳴っていた。常日頃峻厳な看守長だけに、この変身ぶりは気持悪かった。彼は私たちが動かないのを見ると、いきなり手近なドイツ人女性の足を引っ張った。彼女の激しく抵抗する音が聞えた。なんとしても彼女はベッドにしがみついて動かなかったらしい。看守長は舌打ちすると今度は中国人の王さんの足を引っ張った。

王さんも抵抗したが、若い小柄な彼女は男の力にかなうはずはなかった。彼女はそのまま連れて行かれた。酒臭い息が残った部屋の中で、私は息をころすばかりだった。廊下のどんちゃん騒ぎはまだ続いている。

不意に、その騒ぎが静かになった。王さんはその方角に連れて行かれたのだった。その不気味な静かさは、いつまでも続いた。

王さんの身の上に何が起っているか……私は胸が引き裂かれるような気がした。この次は私かも知れない……もう眠るどころではなく、恐ろしい時間が過ぎた。

どれくらい経った頃だろう、しんとした廊下に重たい鍵の鳴る音が響いた。足音は二人だった。看守長に連れられて、王さんが帰ってきたのだ。

彼女が部屋にはいると、扉の鍵も閉まった。私は彼女を見ることが出来なかった。王さんは、泣きも、嘆きもしなかったが、あれは虚脱ではなかったのだろうか。

自分が生贄《いけにえ》とならなかったことに、僅かな安堵を感じながら、私はこの先続く、あてのない旅路に慄然とするのだった。私が、クロポトキンの「ロシヤの牢獄」を読んでいなかったのは幸せだった。一九〇〇年頃の帝政ロシヤでは、看守や監視の兵隊たちは、女囚に暴行、強姦をほしいままにしていたのである。そしてソビエト連邦となった今も、この事実は多少あったのである。

奉天の監獄を出されたのは、十二月の初めだった。雪が霏々《ひひ》として降る中を、支給された綿入れの苦力《クーリー》（労働者）服に着ぶくれた私たちは、馬の輸送車に詰めこまれた。車の上にある小さな窓は真っ白に凍りつき、内部《なか》は馬の匂いで、息もつまるほどであった。

今度もまた、何処へ行くのかわからなかった。一行の中で女は、私とドイツ人女性、タタール人のルキヤの三人きりだった。あの中国人王さんは、既に釈放されていた。

逮捕されてからかれこれ三ヵ月、入浴ということは、大連で、ただの一回きりだった私たちは、虱《しらみ》に悩まされ始めていた。天気のよい日は窓をあけ、僅かな太陽の光を頼りに、虱取りをするのが日課になった。男たちが猿股までぬぎ始めると、私は目のやり場に困ってしまった。

車の中には石炭ストーブがあって、寒さはそれほど感じなかったが、暗さと虱にはほとほと閉口した。

何日も何日も列車は走り、私は隣りの人の肩にもたれて眠った。ある晩、ドッと起った笑い声にハッとして目がさめると、私は寝言で歌を歌っていたのであった。

〝空も港も　夜ははれて
月に数《かず》ます　舟のかげ
端艇《はしけ》のかよい　にぎやかに
よせくる波も　黄金なり〟

小学唱歌の「港」であった。好きな歌であったが、どうして寝言などで……

男の人たちは、口々に言った。

「夢で歌を歌うとは大したものだ。大丈夫だよ。赤羽さんは。これからソ連人の中へ一人ではいっていっても心配いらないよ。これだけ元気があれば」

私は気恥かしかったが、その言葉は嬉しかった。

ソ連へ連れて行かれるらしいことは、みんなうすうす気づいていた。が、人間というものは、どんな時にも物事を楽観的に解釈しようとするものだ。私は列車が南へ向かっているような気がしきりにした。駅名が見えないので余計そんな気がするのだった。

が、窓から射す陽の具合から、列車が北へ向かっていることは疑いもなかった。それでもまだ、ハルピンあたりで釈放されるらしい、という噂が流れると、ほっと心が明かるくなる。同

室の男たちは、声高に歌ったり、冗談を言いあったり、つとめて賑やかに振舞っていた。駅に列車が止まると、監視のソ連兵に金を渡し、なにがしかの食料を買って来てもらった。
何日進んでも、周囲の光景は雪と氷だけだった。ハルピンも通過し、釈放の望みもはかなく消えた。中国人二人が、便所の窓から脱走し、大騒ぎになったのもこの頃だった。列車は平時では想像も出来ないほど、のろのろと走っていたので、飛び降りようと思えば飛び降りられたのである。
しかし、この中国人二人は捕まって、銃殺された。暗いニュースだった。明かるく、元気一杯に振舞っている男たちの顔にも、かげりが見え始めた。奉天を出てからもう十数日。車輪の単調な響きの一つ一つが、私たちを日本から、愛する肉親から引き離して行く音なのだ。

遂に、中国の国境を越える日が来た。ある駅に停った時、ソ連の将校が、日本の金をここで全部使えと言ったことで、それと判ったのだ。ソ連の領土にはいれば、金はみんな、ただの紙きれになってしまう。

私は無一文だったが、中には何千円（現在の何百万円）ものお金を持っている人もいた。それらを全部はたいて、大量の食料が買いこまれた。鶏の丸焼、ソーセージ、茹玉子、小麦粉の揚げ菓子、茹でたじゃが芋など。

所持金の高に関係なく、食べ物は等分に分けられた。明日のことは忘れよう。私たちは久しぶりの豪華な晩餐《ばんさん》に舌鼓を打った。

十七日目に汽車は停った。下車の命令が私たちに出た。私は大きな荷物を引きずりながら汽車から降りた。プラットフォームもないので、何という駅なのか、ここは何処なのかさっぱり判らない。周囲は見渡す限りの雪だった。

馬糞と人いきれから縁の切れた、清々《すがすが》しい大気を、私は胸一杯に吸いこんだ。列車の中で、長い間凍《い》てついた車壁に背中を押し当てていたため、私はすっかり風邪を引いていたが、十七日ぶりの外気は、この上もなくおいしかった。

一面の銀世界は、やがて何百、何千人とも知れぬ日本人捕虜たちで埋められた。女の姿は私たち三人だけであった。ソ連兵の命令で私たちはぞろぞろと歩き始めた。風邪で熱のある私を、両側から抱えるように助けてくれた男達……私は大きな軍靴を引きずって歩くのがやっとだった。私の大荷物は、男の人の一人が持ってくれた。

《これがソ連の町か……》

小さく低い町並みだった。それでも家々の窓には、上の方にきれいなレースの飾りがついていた。新聞紙を上手に切り抜いたレースもあり、私は初めて前の白いレースも紙であったことに気づいた。

しばらく歩くうちに、何処からともなく、ここはシベリアのチタであることが伝わって来た。長い長い行列は広い通りを歩いて、五、六階建と見える大きな赤煉瓦の建物にはいった。既にその中には、私たちのような囚人の集団が幾組も詰めこまれていた。

その夜はここで一泊し、翌日、私たちは囚人護送用のトラックに押しこまれた。窓のないトラックの中はまっ暗で、いくつかの仕切りで区切られ、まるで暗室にはいったようだった。私はルキヤと一緒だった。産み月も迫り、大きくなったおなかを抱えたルキヤは、はためにも痛々しかった。道路が悪いのか、走り出したトラックはむちゃくちゃに揺れる。ルキヤは壁にぶつかりながら悲鳴を上げていた。

やっとトラックは止まった。降りた所は一面の雪の曠野だった。目の前には、うす汚れた高い土塀が、どこまでも続いている。塀の中には古色蒼然とした、黒煉瓦造りの五階建の建物が見えた。

「監獄だ、監獄だ！」

期せずして、みなの口からその声が洩れた。

とうとう、来る所まで来たのだ、と私は思った。熱っぽくかすんだ私の目には、晴れ渡った空を背にしたその建物は、ひどく陰惨に見えた。何千、何万の囚人たちの怨みと嘆きの声が、ここまで聞えてくるような感じだった。折から夕陽が沈みかけて、窓という窓はまるで監獄の眼のように、残光を映してぎらぎらと輝やいていた。

私たちは門をくぐり、少し離れた別な建物に連れて行かれた。ここもチタの監獄の一部であった。取調室や炊事場があり、私が入れられたのは、荒れ放題の部屋だった。

所持品検査が行われた。紙類や薬類はどんどん投げ出された。手許に残ったものは、布団と衣類だけだった。

私は熱が三十八度以上あることが判って、病院へ入れられることになった。それは日本人の男たちとの別れを意味した。

不幸の中で、苦楽を共にしてきた人々との別れは悲しかった。私は万感胸に迫って、何一つまとまった言葉が口から出なかった。みなは口々に、また会えるよ、と励ましてくれた。私もその言葉を信じた。以後十年にわたる日本人との訣別が、今始まったことも知らずに。

3

私の連れて行かれた病室には、七つの粗末な鉄のベッドと、サイドテーブルがあった。

一見したところ、一般の病院と変らぬ造作と雰囲気に、私はほっとしたが、指示されたベッドに入るとすぐ、裾のほうから漂ってくる悪臭に気づいた。そこには、高さ七十センチほどの大きな桶が置いてあるのだ。

間もなく、ベッドの一人が、すっと桶に近づいて、お尻を乗せたことで、私はそれが用便桶《パラーシャ》だと知った。背の小さい私は、たちまち不安になった。あんな高い桶で、どうやって用を足したらよいものか。それとなく見ていると、用足しが終ったあと、彼女は着ていたスリップのすそで、前をちょっと押えただけだった。しかも、それも当然のことだった。私たちは紙というものを持つことを一切許されていないのだ。着ているものも、病院お仕着せのスリップ一枚だった。私物は、パンティに至るまで取り上げられていたのである。

用足しに外の便所へ行くということは、ここではなかった。用便桶《パラーシャ》が大小両用とわかって、私は憂鬱になってきた。それと判ってみると、女囚たちのスリップは、みな悪臭を放っていた。が、だれもそれを気にする風もなく、肩をむき出しにしてベッドの上に坐り、ハンカチに刺繡などをしていた。部屋にはスチームが通っていたが、寒がりの私にはやはりうそ寒かった。ベッドの中で、せっせと身体をこすらなければ、寒くてとても眠れなかった。

食事は、白米を牛乳で煮た粥《カーシャ》であった。希望者には、濁った生臭い油も、少しずつ配られた。黒パンにつけて食べているソ連人の女たちを見て、私も少しでも栄養をとらねばと思い、肝油のつもりで飲みこんだ。

風邪の熱は幸い、四、五日ほどで引いた。私は監房に戻ることになった。看守長《ナチヤリニク》が私を迎えに来た。

病院から戻された私物は、例の唐草模様の大きな風呂敷包みと、小さな包みが一つだった。

今までは日本の男の人が持ってくれたが、もう今からはすべて自分でしなければならない。蟻が食物を運ぶように、私は大きな荷物をひきずり始めた。と、小さな私の悪戦苦闘を見かねたのか、看守長が黙ってそれを担いでくれた。

長い長い廊下や、階段を幾つも通った。重たく閉ざされた鉄の扉。看守長はその一つをガチャガチャと鍵を鳴らして開けた。

何度聞いても、この鍵の音は、私は嫌いだった。地獄の音のようで、悪寒すら感じる。

「入れ《はい》」

十人ほどの女囚がいっせいに、顔を上げて物珍らしそうに新入りの私を見た。

私にも一目で部屋の様子は見てとれた。ツルツルに光ったコンクリートの床。中央の通路を残して両側に女囚達の坐っている棚のような高い板の床。窓は奥に二つあった。天井も壁も、白い石灰が塗られていて明かるく、一見清潔に見えた。用便桶《パラーシャ》も、ここにはなかった。

看守長は部屋の中を見廻すと、垢じみた赤い頭巾を被ったタタール人の女に向かって、何か言い残すと、出て行った。あとで判ったことだが、赤頭巾の女、マルーシャは窃盗犯で、彼は私の荷物に手をつけると承知しないぞ、と言いおいたのである。

私は空いた棚の上に荷物を運んで一息ついた。部屋にはスチームが通って暖かかった。私はこの部屋に初めての日本人らしかったが、女囚たちの私を見る目は、物珍らしさはあっても、異邦人に注がれる冷い色はなかった。ソ連人自体が多種多様の民族の集まりなので、肌の色、髪の色の違いは気にならないのだろう。敗戦国の人間、という、軽蔑の視線もなかった。

間もなく、私には初めての、監房の食事時間がやってきた。配られたのは、じゃが芋のスープと黒パンである。私はスプーンを持っていないので困った。すると、一人の女が、「これを取っとくといい」といって、匙立てにささっていた四、五本のスプーンから、一番よさそうなのを選んで渡してくれた。

どれも先が蛤《はまぐり》の形をした太柄のもので、塗りのはげかかったのやら、手造りらしい木製の粗末なスプーンばかりで、私用にしたのは、どこの誰が置いていったものであろう。汚ならしく汚れていたが、こんなものでもなければ食事が出来ないのだ。

黒パンは中までよく焼けていたが、スープにはじゃが芋がほんの少しと、塩漬の鱒《ます》のような魚が少々、身も骨もぐしゃぐしゃになってはいっていた。

周りの女たちはみな、スープを飲みこむなりペッペッと魚の骨を床の上に所かまわず吐き出した。もう少しましなやり方があるだろうにと思えるほど、乱暴な食べ方だった。量が少ないので、食事はすぐに済んでしまう。食べ終ると、みんな匙《さじ》をペロペロとなめ、どこかにしまった。

私も、自分の匙をしまおうとして、はたと困った。食器を洗う水はおろか、紙一枚さえないここでは、結局、あの人たちのように、自分の舌できれいにするより仕方がないのである。今、私が使ったこの匙も、そうやってどこの誰とも知れぬ先住者に、ペロペロなめられて来たと思うと、私は俄かにぞっとした。

《ああ、これが監獄なのだ》

私は、黒っぽい不潔な匙をじっと見つめた。虱だらけの自分にふさわしい匙……

私は部屋に入った時、気がついたものがあった。床から七十センチほどの高さに、小豆ほどの小さな穴が四つあいており、そのすぐ下に受皿があった。

少し経つと一人の女がそのそばでしゃがみこんだ。一寸そのままでいると、立上った彼女は手に深皿のようなものを持って皿の中身をさきの受皿にあけた。

ここが小用の便所だった。男の場合は、この小さな受皿が便器そのものになるという。が、女の身体では到底無理なので、寝床の横で深皿を使い、この穴から流し込むのだった。それでは「大」の方は……女の一人が、一日二回、朝と夕方に、外の便所へ出してくれる、と教えてくれた。私はホッとしたものの、ではそれ以外の時間にもよおしてきたらどうなるのだろう、と、再び心配が頭をもたげて来るのだった。

夕方になると、果して鉄の扉が開いた。女たちは先を争って外へ飛び出し、われがちに廊下を走って行く。勝手のわからぬ私は、一番後からそれでも必死について走った。

到着した便所は、私が今までに見たことも聞いたこともない変な造りだった。十数個の穴がずらりと並んでいるだけで、穴の両側には鉄の低い足台がある。間仕切りは全然ないから用足し中のお互いの姿は丸見えであった。

私が便所にたどりついた時、穴はもう全部塞がっていた。仕方なく使用中の一人の前に立って空くのを待つ。早く済ませた女囚は、われ先に少し離れた壁際へとんで行き、十個ほど並んだ水道の蛇口で、持って来たハンカチや下着を洗っている。隅のごみ捨て場をかきまわしている女もいる。煙草の吸がらを探しているのだ。そのうち、場所があいて、私も用を済ませることが出来た。蛇口の水で手を洗って、やっと人心地がつく。と思ったのも束の間、私たちは看守の鍵の音に追い立てられて、部屋に閉じこめられるのであった。

二、三日は驚きと困惑のなかで、瞬くうちに過ぎた。赤頭巾のマルーシャが、部屋頭気取りで、同室の者に采配を振っていることも判ってきた。マルーシャは肥った、粗野な女で、ナターシャというおとなしそうな若い娘を妹分にしていた。部屋頭を気取っていても、マルーシャは、新入りをいじめるようなことはなかった。

監房の一日は、午前八時の点呼から始まった。冬のシベリアの夜明けは遅く、その時刻はまだ暗い。看守が扉を叩きながら、

「点呼《プロヴェルカー》！　点呼！」

と怒鳴って歩いて行く。

私たちはその声で寝床から起き出し、コンクリートの床に一列に並んだ。この時は別に服を着る必要はない。裸でさえなければよいので、パンティとブラジャーだけという女囚が多かった。寒がりの私はシャツを身体から放すことができなかったが、女囚の中にはパンティ一枚で寝ている者さえいて、そんな女はブラジャーのホックをかけながら点呼に並ぶのであった。

看守長は、前に私の荷物をかついでくれたズーボフ（歯）という名のチェチェン人だった。彼は部屋にはいってくると「今日は《ズドラストヴイチエ》！」と言う。私たちも同じ返事をする。鋭い目が私たちをじっと見渡して、そして出て行く。前の日に騒ぎを起した者は注意された。

これと同じ点呼は、夜九時の就寝前に、もう一度あった。

この監房は、未決監であったから、私たちは労役に出されることはなかった。作業といえば毎朝、室内の床を、交替で水洗いするだけだった。寝床掃除も命じられたが、これは棚板の汚れた部分を、水で湿し、ガラスの破片《かけら》を使って削りとるのである。

三度三度の食事のなかみは、きまりきっていた。黒パンが一日六百グラム。これは胃下垂で胃弱な私には食べ切れない量だった。朝夕はスープがつき、昼は少し固めの燕麦《えんばく》の粥《カーシャ》。スープの実は、塩漬のキャベツとじゃが芋、塩ますの骨で、ほんの少しのじゃが芋は、石油臭くてとても食べられない時があった。あとは、砂糖が一日小匙一杯である。私は弱い胃腸をかばって、出来るだけ時間をかけて黒パンを嚙んだ。

こうして、新しい境遇に馴れてくるにつれて、私は自分の裁判のことが気になり始めた。いつ、どんな形でそれが始まり、どのような判決が下されるものか、私は全く見当がつかなかった。ここへ来てからも訊問はあったが、それは、大連で取調べられたことの、簡単な繰返しだった。

裁判が始まったら、疑いをかけられている事実を、もっと筋道たてて申し開きをしようと、私は何度も、その時の陳述を考えるのだった。私のロシア語は、そのために不十分ではなかったが、元来私は話下手だったのである。

私は、大連の家のことも気になっていた。なんとかして一言、私がチタに、こうして生きていることを伝えたかった。そこで私は、自分の名を「アカハネ」で通すことにした。「フミコ」ならありふれているが、「アカハネ」はそうざらにある姓ではない。いつか、何処からか、巡り巡って私の消息が、父母のもとに届くかも知れないと、一縷《る》の希望をこの呼び名に託したのだった。

労働ということはなく、粗末な食事ながら食べて、寝るだけの生活は、恵まれていたのかも知れない。しかし、私たちには、娑婆《しゃば》では想像出来ぬ大きな悩みがあった。楽天的で、物事にあまりくよくよしない私も、このことだけには参った。それは、便所に自由に行けぬ苦しみだった。

確かに監房の扉は一日に二度は開かれた。けれども、生身の身体が、そう都合よく監獄の制度に合わせて、排泄を始めてくれるものではない。その上、便所にいる時間は限られている。私は女たちが、先を争って便所に殺到する理由が初めてわかった。待ち切れなくて粗相寸前の者もいれば、少しでも早く場所をとり、限られた時間に精一杯力もうとする者——出なかったからまた、などという悠長なことは、ここでは通用しないのだ。

鎖でつながれた家畜でさえ、用便の自由はあるというのに、私たちにはそれもなかった。おなかの圧力がどんどん高まって来るのに、扉が開くのは、何時間先か判らないという時の苦しさを、普通の人に、判ってもらえるだろうか。便所へ行っても出るものが出なかった時、そして部屋に戻って扉にガチャリと錠のおりる音を聞いたあとで、おなかにあの気配を感じた時も同じだった。なんとかもたせなければと、必死で耐える。貴重な食事の味もろくにわからない。馬鹿げているようだが、一日の大半の時間は便所の心配に費された。タイミングよく出た日

——そんな日は稀だったが——は、肩の重荷を降ろした思いで、一日中、気分が晴れ晴れとするのだった。

何日か後、私たちの部屋に新入りがあった。日本人の女性だった。川村さんといい、奉天で逮捕されたという。私たちは奇遇を喜び、お互いを慰めあいながら、日本語で積る話をした。

川村さんは、家で、和服を着た姿でいる時に逮捕されたのだった。彼女はそのままの姿で監獄からチタに送られた。彼女の風呂敷包みの中には、目もあやな総絞りの羽織があった。彼女は人に見せないほうがいいようねといった。何しろこの部屋には、マルーシャのような窃盗犯から、乞食のようなボロをまとった者、変な病気の女まで、得体の知れぬ女がいっぱいいたからである。彼女はおびえた目をして、羽織を風呂敷包みの奥深くしまいこんだのであった。そして、私たちは同じ布団の中で寝て、よりそって暮した。

この部屋で暮すようになってから、私の虱はいくらか減っていた。週一度、シャワーの入浴があり、その都度、衣類全部を熱気消毒するからだった。

女囚たちはみな、熱気消毒を厭がっていた。焦げる寸前まで熱するので、乏しい衣類がすぐボロボロになってしまうのである。その上、同室の者全員の衣類を、上着もパンツも靴下もいっしょに消毒室に入れてしまう。ろくろく洗濯もしてない、梅毒の女の下ばきや靴下と、こちらの衣類がいっしょくたにされるのは、いくら熱を通すからといっても、たまらなかった。消毒が終り、床にぶちまけられた衣類の山から、自分のをより出すのも一苦労だった。うかうか

していると、人に持って行かれてしまう。かといって、消毒に出すまいと、寝床の下に隠しておけば、看守長がいち早く見つけて「これは誰のだ！」とこわい顔で怒鳴るのだった。

入浴の時には、茶色の、親指の頭ほどの石鹸が支給された。これで髪の毛から足の先まで一緒くたに洗い、残りは大切にとっておいて、用便の時を利用して洗濯に使う。用便時間は短いので、少し大きな衣類は水に濡らすだけとし、部屋へ持って帰って石鹸をぬりつける。次の用便タイムに大急ぎで洗い流すという手順だった。

用便のままならぬ苦しさから、私は病室にいた時の臭い用便桶《パラーシャ》さえ懐かしく思いだした。女囚たちが、「ラーゲル」では一日中便所が自由だよ、と喋《しゃべ》っているのを聞くと、思わず耳がそばだち、早くそこへ行きたいものだと思った。私は「ラーゲル」がどんな所か、よく知らなかったのである。ソ連については、共産主義の国であるという以外、私はほとんど知らなかった。二年間の領事館通いの間も、日本語教授以外は、見ざる聞かざるで過してきた。ロシア人の大らかで、物事にこだわらぬ性格は、私は好きであったが、国家の機構にたずさわる人間からは、ソ連の様子は何一つ私に伝わっていなかった。私は手さぐりで、自分の肌身で、一つ一つソ連を体験しているようなものであった。

大連に残した父母のこと、これからの自分の身の上は、折にふれて気になったが、私はあまり深刻に考えないようにした。元来が諦めのよい性格でもあり、それに物事は楽天的に解釈したほうが、生きて行く上には都合がよい。三十六歳まで独身であったことも、今となっては幸いと思った。奉天で一緒だったルキヤのように、投獄された夫に三つの息子、老いた父までいたら、その心配だけでも量《はか》り知れぬものがあるだろう……

しかし、有体《ありてい》に言うならば、この頃の私の頭の中は、用便のことだけで一杯で、来し方行く末など案じる暇はなかったのである。一日の大半は、用便時間に合わせて、いかにうまく排泄するかの努力に費されていた。朝目がさめると、私はおなかをもみ始める。百回も二百回ももんで、うまく出てくれるよう祈る。全く難しいことだが、それでも私は必死だった。

それだけ努力しても、うまく行かない時がある。出ない時ばかりでなく、下痢をすることもある。マルーシャの妹分ナターシャには、家から週に一回の差入れがあった。牛乳、固くて甘い粥《カーシャ》、固形状のヨーグルト（トヴァログ）などである。ナターシャは同室の者に、少しずつ分けてくれた。匙一杯ほどの牛乳の、なんとおいしかったことだろう。が、天国の珍味を味わった報いには、おなかの調子がおかしくなることがよくあった。

差入れの大半を二人で食べるマルーシャとナターシャも同様だった。こんな時はどうするか。部屋には紙も、余分な布もない。小用用の深皿を使っては、小の時に困ってしまう。部屋には飲み水を入れたやかんと、琺瑯引きのコップが一つだけあった。切羽《せっぱ》つまった時は、このコップがそれになった。そして小窓をあけ、中身を外へ投げすてるのである。

一週間に一度くらいは、誰でもこのコップの厄介になった。私にしても川村さんにしても同じであった。顔の崩れた梅毒の女も、阿片中毒者も、モスクワ大学卒の婦人もこれを使う。だから、そのコップで水を飲む者は誰もいなかった。

ところが、臨時便所となった窓は、小さく高かった。鉄格子もはいっている。うんと遠くへ投げ棄てようと思っても、中々うまく行かず、外の敷居のところにひっかかってしまうのが多かった。それが、積り積って、窓を覆い隠さんばかりに、じりじりと盛り上ってきたのには、私も驚いた。凍りついているので不潔感はそれほどなかったが、なんとも不気味であった。

水飲みコップは小さい。そのために女囚たちは、食事の時に配られる深皿《ミスキ》を二枚、こっそりと看守の目をかすめて部屋に残した。これも切羽つまった生活の知恵である。深皿はなるべく汚いものが選ばれ、コップでは小さい時に使われた。もう一枚で蓋をして、用便の時間になると大急ぎで便所へ運ぶ。そして水道の水で洗って次の食事の時に返してしまう。看守も見て見ぬふりをしているようだった。

食事に使う深皿《ミスキ》は、コップと同じ琺瑯引きで、周囲にはげかかった模様がついていた。どれも古びて汚れたり穴があいていたり、満足なものは一つもない。大きな穴はガーゼをつめて塞いであったが、そのガーゼの不潔なことはこの上もなかった。こんな穴あき深皿《ミスキ》に当ると、食事をしているうちにスープはどんどん下からもってしまい、配給量の半分も食べられない。その上、得てしてこの種のおんぼろ深皿《ミスキ》は、いつかどこかで身体の外へ出るものの用にも使われているかも知れないのである。模様やふちの欠け具合、大穴の位置などで、どうも見憶えのある深皿《ミスキ》が廻って来ると、私は、どうぞあれが当りませんようにとドキドキした。いっそのこと娑婆《しやば》の感覚をみんな失って、動物のように平然と暮せたら、どんなに楽かと思ってもみた。

4

ある日、私は同室の女囚に呼ばれた。

「アカハネ、電話よ！」

電話と聞いて、私は自分の耳を疑った。が、それはすぐ、例の小用の穴の別名と判った。手招きされるままに、耳を押し当ててみると、なんと低い日本語が聞えてくるではないか。小用のパイプは、各部屋をつないでいるので、顔を押しつけて話せば、結構この穴が、「電話」の役割を果すのだった。ベル代りには壁を何回か叩く。叩き返されれば通話ＯＫの合図であった。「電話」が始まると、だれかが一人、扉の覗き窓から看守に見つからぬよう、見張っていてくれる。

電話の主は、山本さんという、まだ若い日本娘だった。新京で捕まり、今はチェソットカ（皮膚病の一種）に罹《かか》って隣りの隔離室にいるという。私は、もう少し我慢すれば「ラーゲル」という所に移されて便所も自由に行けるから、と彼女を慰めた。おかしな慰め方だが、私と同じに困っているだろう彼女にとっては、便所に関する希望的なニュースほど嬉しいものはないと思われたからである。

それから少し経つと、山本さんと、田中さんという娘が、私たちの監房に移されて来て、日本人は四人となった。山本さんも田中さんも、肥って立派な体格をしていたが、田中さんは胸を患っていた。訊問の時、ひどく殴打された結果であるという。私は気の毒でならなかった。

しかし、彼女たちは朗らかだった。ロシア語は簡単な会話しか出来なかったが、よく日本語で歌を口ずさんでいた。時には女囚たちにせがまれるままに、当時流行していたさくら音頭を踊ったりした。

日本人が四人ということは、やはり気強いものだった。女囚たちの出入りは激しかった。明日がどうなるか、誰にも判らない。「護送《エタツプ》！」の声が一声かかれば、大急ぎで荷物をまとめて発たねばならない。少し大きなものを洗濯した時は、乾くまで気が気ではなかった。濡れている最中に護送《エタツプ》がかかったら、どうやって持って行こう。日に日にすり切れて行く限られた衣類は貴重だった。私は、母が差入れてくれたかいまきのカバーが、もう何ヵ月も洗わぬまま、まっ黒に汚れているのが気になっていた。とうとう考えあぐねた末、手で二つに裂いて、半分ずつ洗うのに成功した。女囚の中には、洗濯が終った布などを、両手に持って、寝床の上ではたはたと一日中振っているのがいる。これも、少しでも早く水気を切るための、手動式乾燥法なのだった。

来る者、去る者……時にはこの部屋に、三十人以上もの女がつめこまれたことがある。そんな時はパンがごまかされる。パンは一人前ずつきちんと量られ、不足分は棒につきさしてあったが、パン当番はその小さいパンをぬきとって自分のものにしてしまう。どうも日本人の不足分が抜きとられているようだ、と言い出したのは、山本さんだった。私たちは四人で抗議して、その不足分をとり返した。

暢気な性格の私は、差別には気づかぬほうだった。ソ連人は小さなことにこだわらず、人種差別もないものと思っていたが、やはり差別されている民族はあった。私はそのことを、マリア・ラーゾレヴナという女囚から知った。

彼女は、女史という言葉がふさわしいような、中年の品の良いインテリ女性だった。まだ十分魅力の残る整った顔、大きな美しい目、ふさふさと波うった金髪。古びてはいるが、立派な毛皮のオーバーを着た彼女が監房にはいってきた時、女囚たちの間には、みるみる小波《さざなみ》のような波紋が拡がった。その波紋は驚きでも、尊敬でもない、目引き袖引きという感じであった。あちこちで、こんな囁きが聞こえた。

「ユダヤ人だよ！」

マリア・ラーゾレヴナは、ハルピンにいたユダヤ人の亡命者《エミグラント》であった。日本の法院で翻訳をしており、ハルピン大学の法科の講師でもあったという。なるほどペンより重いものを持ったことがないのか、彼女の指は白魚のようだった。

当番が廻ってくれば、彼女もそんな繊細な手に雑巾を持って、下の水洗いをせねばならない。小さく痩せっぽちの私には、力のいる水洗いは苦手で、下手でもあったが、彼女は私に輪をかけた掃除下手だった。こわいものでも扱うように雑巾をつまみ、大汗をかいているが、はた目には床を撫でているとしか思えない。見るに見かねた私は、つい寝棚から「代って上げましょうか？」と声をかけてしまった。私の掃除も、ずいぶん同房のみなに笑われたものだが、その笑いには、同情と憐愍《れんびん》はあっても軽蔑はなかった。ところがマリア・ラーゾレヴナの場合は、ことごとに嘲笑し、あからさまに皮肉な言葉を投げつける者がいた。ユダヤ人に対する憎悪と差別の根強さに、私はひそかに驚いた。

私たちが監房の外へ出られるのは、朝夕二度の用便のほかに、週一回の風呂、そして散歩があった。天気のよい日に限られ、希望者だけが出る。出たくとも防寒具のない者は、部屋に残らねばならなかった。

私は奉天で、旧日本軍製の防寒帽と軍靴、綿入れの苦力《クーリー》服を貰っていたので、外気を吸いたさに散歩には必ず出た。散歩場は高さ三メートルもある板塀に囲まれ、更にその中に仕切りがあって、隣りに誰が来ているのか、全く判らぬようになっていた。

少し離れた所には、高い望楼があって、監視兵が私たちを見張っている。看守が私たちを仕切りの中に追いこんで、鍵をかけて立ち去ると、ある者は見張りの目の届かぬ板塀に飛びついて、落書きを読み始め、また、ある者は仕切り板の隙間から、隣りの囚人に話しかけた。

私たち四人の日本女性は、いつも一緒で、板囲いの中をせっせと歩き廻った。青い空から透明なシャワーのように降り注ぐ太陽の光が嬉しく、胸の中に抱えこんで、部屋の中へ持って帰りたかった。女囚たちにせがまれるままに、若い山本さんたちは、ここでもさくら音頭を踊った。望楼の看守は、とがめもせず、物珍しそうに私たちを見おろしていた。

山本さんたちにも、時々、訊問室からの呼び出しがあった。一度は、護送《エタツプ》の命令がかかり、山本さんと田中さんの二人は慌てて仕度をして出ていった。私は川村さんと二人、気が抜けたようになっていると、夕方になって彼女たちがひょっこりと戻ってきた。護送《エタツプ》の延期はしょっちゅうだったのだ。

「一体どこへ行くの？」と私が言うと、

「ダレコーという所よ」

山本さんは大まじめであったが、私は思わず笑った。ダレコーとは「遠い」というロシア語なのだ。そうと知って二人とも笑いながら、顔色は次第に暗くなって行くのだった。チタよりもまだ遠い奥地とは、一体どんな所なのだろう……？

一度、日本人の男がいると、誰かが教えてくれて、山本さんたちは小窓によじ登り、下へ向ってしきりに喋っていた。私は恐くてとてもそんな勇敢なことは出来なかった。規則を破った罰は、隔離室への監禁である。そこがどんなに恐ろしいかは、閉じこめられた者が二、三日でげっそり痩せこけて監房へ戻ってくることでも判った。

散歩の時に踏む雪は、まだ足の下でキシキシと鳴っていたが、陽ざしは日一日と、春の近いことを告げていた。遂に、山本さんと田中さんに護送《エタップ》の命令が下り、別れの言葉もそこそこに出て行って、もう帰らなかった。続いて、川村さんも移送された。時間でせき立てられる女囚には、別れを惜しむ暇もない。「元気でね」「貴女もね」その言葉を最後に、私はまた一人ぼっちになってしまった。

一人になった私は、暇潰しに刺繍を始めた。事の起りは同室の女囚がやっている刺繍があまりに幼稚で、見ていられなかったからだった。

ロシアの女たちは刺繍が好きだ。しかしお世辞にも旨いとは言えない。第一、監房には針類は厳禁で糸さえない。それでも、どこから手に入れたのか、針を持っていて、看守の目を盗んでこっそりと刺す。青い糸が欲しい時は、青色の靴下がほどかれ、黄色のいる時は、黄色のパンツをはいている者がねだられた。私の緑色の唐草模様の風呂敷も、ずいぶん糸を所望され、ぼろぼろになりはしまいかと、私は内心心配であった。

小切れ一つない監房でも、女囚たちは、持っている物から布をやりくりして人形型の刻み煙草入れを縫い、ハンカチの隅に矢印とハートの刺繍をして、男の囚人へのプレゼントとしていた。私の描く刺繍の下絵は好評だった。刺繍の合間には、破れた衣類をつくろったり、補強したり——着たきり雀なので、つくろいは大切な仕事だった。こうした仕事は、針がなくては出来ない。私の隠し持っている針は、大連時代、母から差し入れられたものだった。こまかな母の心尽くしは、こうして立派に私を助けてくれているのだった。

男囚との接触は、もちろん厳禁されていたが、大胆な女たちは平気でこの禁を破った。例の部屋頭、マルーシャがその筆頭で、ナターシャを見張りにし、寝床の棚板を外して、こんこんと天井を叩く。すると、上からも音が返って来る。私たちは三階、四階と二階には男囚がいるのだ。間もなく小窓にするすると紐が降りて来て、マルーシャはそれを引っつかむ。手紙のようなものを結びつけると、紐はたちまち引き上げられて行った。

実に大した度胸だと、私は驚くばかりだった。一度は天井を強く叩きすぎて、壁土がバラバラと落ちて来たことがある。その時、マルーシャはさすがに慌てていたが、すぐに覗き窓から看守を呼んだ。

「壁が古くなって落ちてくるんだよ。塗りかえるから石灰を頂戴」

看守が石灰水の入った桶をよこすと、私たちは総出で、溶いた石灰を天井に塗りつけた。この時は幸い見つからずに済んだが、もしこの通信法がばれたら、私たちは全員監禁所《カルツェル》へ入れられるところだった。

ラブレターをやりとりしているのは、マルーシャだけではなかった。紙と鉛筆は禁制品だが、ちびた鉛筆と紙の切れはしは、針と同様、みんな隠して持っている。差入れのある者は包み紙が手許に残るので、それも便箋代りになった。

字の書けない娘は多かった。私のところにも、よく代筆の注文があった。クラバーという、大きな灰色の目をした、二十三、四歳の娘は言った。

「アカハネ、手紙を書いてくれない？　床の水洗いは私がするから」

「何を書けばいいの。困るわね」

「大丈夫。私の言う通り書いてよ。いい？　私の鷹《モイ・ソコリニク》よ……」

手紙はいつも、こんな言葉で始まった。そして、四、五日経つと、彼女は今度は右下りの字を書いて、と言い出す。

「どうして？」

「また別の男に出すのよ」

毎日同じ男ではつまらないというのだ。恋文の内容を知っている私は驚いてしまった。何という浮気女だろう。こんな恋文を貰って悦に入っている男こそ災難ではないか。

しかし、女囚たちの間では、ラブレターは一種の遊びのようなものだった。ところが、受け取った男にしてみれば、そうはいかなかったのだろう。

ある日、クラバーの手紙と引きかえに、四階から降りてきたものは、重い小さな包みだった。食べものかもしれない。クラバーの目が輝く。

「暖かくて柔いよ！」

急いで開くと、中からはぷーんと鼻をつく悪臭に、悩みの種のあの固形物……さすがのクラバーも体裁悪そうに、いやな顔をした。

したたかな彼女は、その返礼を忘れなかった。二、三日、彼女は監房に出没する二十日鼠を追い廻していた。やっと捕えると、袋に入れて四階へ送ったのである。彼女はいかにも愉快そうだった。

私の字は読み易いと、誰からも言われた。私は一通りの読み書きは出来たが、ロシア語を習ったのはせいぜい二年である。ロシア人ばかりの中へ放りこまれたのを機会に、もっと自分のロシア語に磨きをかけようと、最初は殊勝なことを考えていた。以来ずっと、ロシア語を学びたい気持は変らなかったが、本物のソ連人たちに囲まれていながら、語学力はあまり進歩しなかった。女たちの言葉は汚く、文法も無茶苦茶で、到底お手本とはならなかったからである。

マリア・ラーゾレヴナだけは例外だった。彼女は上手な英語を話し、ロシア語も美しく、私のよい話し相手になってくれた。ハルピン時代、日本人から不快な思いをさせられたらしく、日本人嫌いだと自分では言っていたが、私には何故か親切だった。年は私より四つ五つ上と判ったが、美しい金髪にはもう沢山の白髪があった。

「ハルピンで一度死刑の宣告をされたの。その時一晩でこうなった」

彼女はそう言って、歯の欠けた櫛で、そっと髪を撫でつけるのだった。

しかし、私はほんとうを言うと、一人ぼっちになってからは、同室の誰とも腹を打ちわった話はしなかったのである。スパイ容疑で捕まった私は、ひとりでに用心深くなっていた。同房の女囚をつかまえて、ソ連のことを材料に話していると、つい口がすべって、更に疑いが濃くなるかも知れない。日本のことも、どう解釈されるか知れたものではないので、なるべく口をつぐんでいた。これは、逮捕以来私が身につけた自己防衛の本能のようなものであった。

そんなわけで、私の会話は、単純で、ありふれたものに限られる。それに比べると、ソ連の女たちは話上手だった。中でもうまい語り手が、「今晩、話してあげようね」というと、私た

ちは夕飯のあと、寝床で静かになって彼女の話を聞く。その言葉がみんなわかるのが、私には嬉しかった。こうした語りの中で「巌窟王」ロシア語版はとくに面白かった。ロシアの貴族の夫人が、夫に隠れて売春婦をしているという物語は、違った話し手の口から三度も四度も聞いた。

時には、話を聞く代りに、みんなで歌を歌うこともあった。咽喉に自信のある者は、昼間から歌っていたが、夕食のあとの、長い無《ぶ》聊《りょう》をまぎらわすのは、歌が一番だった。

点呼が終ると、みな寝床にはいったまま、誰ともなしに歌い出した。

〃チタの監獄は　とても大きい
囚人の数は　数え切れない
護送兵が　はいって来て
さあ　準備をせよ　とどなった〃

哀調を帯びた、何とも言えぬメロディ。私

はこの歌が好きで、皆についてよく歌った。いつ、誰が作った歌だろう……声を張りあげて歌っていると、何十、何百年にわたって、ここを通過していった囚人たちの魂のうめきが惻々《そくそく》と心に迫るのだった。

私がスパイ容疑をおそれ、言葉に注意していたのには理由があった。年のころ五十あまり、中国人ともロシア人ともつかぬシューラという女性が、どうも気になったのである。

青白い顔をしたシューラは、目がうつろで、一見して阿片中毒《オピアム》と判った。間もなく彼女は阿片を吸うことを、半ば得意そうに自分から話した。整った顔立ちでありながら、何となく下品に見えるのは、前歯が欠けているせいかも知れない。その欠けた歯の間から、赤い舌がちらちら覗くのが、気味悪い感じだった。

シューラは煙草気違いだった。用便のたびにごみ捨て場をひっかき廻し、汚い吸いがらを平気で吸った。散歩に出ても看守に吸いがらをねだり、監房でも扉にへばりついて看守の通るのを待っていた。執念というものは恐ろしいもので、こうして絶え間なくせがんでいれば、五度に一度は吸いがらにありつけるのである。シューラは碌な防寒具を持っていなかったが、震えながらも散歩に出て行くのは吸いがらの欲しい一念だった。

こうして煙草が手に入っても、火種がないのでシューラは悪戦苦闘していた。原始人さながらに、部屋の隅にあるこわれた食器戸棚から抜きとった木をこすり合わせると、綿に火がつくのである。驚くほど根気のいる仕事だったが、シューラは諦めなかった。そのうちに、彼女はセルロイドが引火しやすいことに気づき、櫛の歯をねだり始めた。私のセルロイド製の歯ブラシの柄も狙われた。アカハネ、アカハネと近づいてきて、機嫌をとったり、おもねったりするシューラに、私は負けてしまい、とうとうセルロイドの柄は、彼女の火種と変ってしまった。ちなみに、監房の中で、歯ブラシを持っていたのは、マリア・ラーゾレヴナと私だけだった。女囚たちが歯を磨くのを、私は見たことがなかった。時たま、上着のすそなどで、ちょっと歯をこする所を見ただけであった。

シューラは、どうしても火が起きない時は、隣や上下の監房から火を貰った。綿を紐の先にくくりつけ、それに点火して貰うのである。こうやって手に入れた貴重な火種を、シューラは毛布からぬきとった木綿糸製の火縄に移す。糸は太くより合わせてあるので、くすぶりながらかなり長時間持った。

私はシューラが惜し気もなく毛布を裂いて火種にするのが不思議だったが、官給品の毛布と聞いてなるほどと思った。女囚たちはみな自分のものは大切にするが、おかみのものは粗末にする。共産主義の国でも人間の考えに大した違いはない。シューラはどういうわけか、私物というものを何一つ持っていなかった。寝る時も、火縄用にちぎられて行く官物のぼろ毛布一枚だった。

彼女はよく事務所に呼び出された。帰ってくると「布団のことさ。無くして届けてあるのにまだ出てこない」と、言いわけがましく言った。ほかの者にも呼び出しはあったが、シューラのようにひんぱんなのは珍しい。

そこで、彼女はスパイらしいという噂がみなの間に拡まった。「私たちを監視して、密告してるんだよ」

　私はいっそう言葉に気をつけた。言われてみると、彼女はどうもこの私をスパイしているようにも見えてくる。アカハネ、アカハネ、となにかにつけて私のそばに寄ってくるのだ。シューラの言葉は汚く、二言目には「てめえのお袋を姦せよ《ヨットス・ボイ・マーチ》」を連発するので、私は辟易《へきえき》した。彼女は満洲育ちなので、同じ満洲育ちの私と気が合うのだと言っていたが、どうも疑わしかった。私は散歩に出かける彼女が、あまり寒そうなので、綿入れの一組を貸してやったが、便所で煙草をあさる彼女があまり不潔なので、病気でもうつされてはと思い、その綿入れをとり返した。しかし、後で、このことを恨まれて密告でもされては、と怖くなり、綿入れはほどいて、ブラウスとスカートに縫い直した。鋏は誰かが女看守にとりいって借りたのを私が利用したのである。

　怪しげなスカートとブラウスは、娑婆ではとても袖を通せぬ代物だった。中から出て来た綿は、綿とは名ばかりで、古い糸屑やら布切れやら……綿をあてにしていた私は失望した。

　生理の時の綿花に、私は困っていたのである。

　今までは、座布団の古綿を、大事に大事に使っていた。この座布団は、奉天から護送されて、チタで日本人の男たちと別れた時、彼らの一人から貰ったものだった。私は綿をどうして長持ちさせるかを考えたあげく、細長い小さな袋を五、六枚縫って綿を入れ、口をとじて生理の時に使った。済んでも捨てず、洗って乾かし、何回も使った。一度、所持品検査の時に、女看守に「一体これは何だ」と、とがめられた。説明すると、女看守は、どうしてこんなものがあの時にいるのかというようなけげんな顔をしていた。

ソ連の女は、どうやって生理の処置をしているのだろう。私は不思議でならなかった。日本人の私は、排泄や生理現象からは、目をそむけていたかった。見られたくない、見たくない、そんな気持だったのである。ソ連の女たちは、そんな点すこぶるのん気で、便器にまたがったまま大声で喋りあい、順番を待つものは、前の人の力んでいる顔を、臆面もなく眺めていたりする。見る方も見られる方も平気であった。私は、つとめて目をそらしていたせいか、女たちが生理にどのようなものを使っていたのか、ほとんど判らなかった。一度だけ、大きなネルの布を使っている女を見たきりだった。

苦力服をほどいて縫ったブラウスとスカートを、私は護送《エタップ》の時に着て行こうと思った。私の未決滞在は、もう四ヵ月を過ぎていたし、そろそろ私にも判決が近いような予感がしたのである。

監獄内のニュースは、女囚の口から口へと伝えられる。便所の壁や散歩場の板塀は、落書き板兼伝言板である。「ソーニャはまだいるらしいよ」「ナーデャは死んだって」女囚たちはびっしり書かれた文字をむさぼり読む。

ラブレターのやりとりに使われる長い紐は、また隣室や上下の監房とのニュース交換にも使われた。私はこの監獄通信で、奉天でいっしょだったルキヤが隣りにいること、無事にお産を済まして女の子が生まれたことを知った。

氷がとけ始める少し前、看守長のズーボフが、スコップを持ってずかずかと私たちの部屋にはいってきた。何事かと目を丸くして見ていると、マルーシャが飛んでいって、黙っている彼からスコップを受取った。彼はそのまま部屋を出て行く。マルーシャは心得顔で、台を使って小窓によじのぼると、一面にこびりついた汚物を、スコップでかき落し始めた。

凍っている今のうちなら、さほど作業は汚くない。汚物がなくなると、マルーシャは扉をたたいて、看守にスコップを返す。

以心伝心というのか、監獄とは妙なところであった。

5

私は同房の女囚たちとは、当らずさわらずのつきあいをし、めったに喧嘩はしなかった。しんそこから親しくなることもなかった。第一、女囚は移動が激しく、仲良くなった者にも、たちまち別れが襲うのである。親しくなればなるほど、別れとその後に続く寂寥は辛い。何事にも淡々と、運命に身をまかせ、流れる水のような心境でいることは、囚人の一つの生き方であった。そうなのだ。嘆き、悩み、怒り狂っても、解決されることはここでは何一つない。私は泣くより笑おうとした。女たちの馬鹿話に、相槌を打って笑いころげた。少なくとも私のロシア語の語彙《ごい》が、増え続けていることは確かだった。

同室には、七十歳近い老婆が一人いた。立派な体格だったが裾のすり切れたスカートをはいて絶えず口の中でぶつぶつ言っていた。それは逮捕されたことへの弁解だった。罪は第五十八条、国事犯ということであったが、こんなもうろくしたお婆さんが、どんな政権転覆の陰謀に加担したのか不思議であった。私は当時のソ連が、ほんの些細な一言で、民衆を容赦なく監獄にぶちこんでいることを、まだ知らなかった。

お婆さんは、同房の女囚から、よい嬲《なぶ》りものにされていた。若く元気よく、便所の悩みもどこ吹く風の女たちは、退屈をもてあましていたのである。楽しみと言えば、粗末な食事だけしかなかった。スープや粥が配られたあと、桶に余りがあると、扉にへばりついて恨めしげに眺める者もいた。この部屋でおしまいなのだから、も少し注いでくれたらと誰もが思う。そんな時、マルーシャはお婆さんをそそのかした。

「婆さん、あんたが頼んでみなよ、きっとくれるよ。いいかい、こう言うんだよ、済みませんがスープの余りを頂けませんでしょうか……ほら、言ってみな」

「わしが言うのかい……？」

「あんたが一番なんだよ、ほら！」

お婆さんは、なぶられているとも知らず、ぶつぶつつぶやきながら立ち上る。「しっかり！」「頼むよ！」と女たちがはやし立てる。扉にたどりついたお婆さんは、覗き窓の下をこんこんと叩いた。

「何だい⁈」

つっけんどんな女看守の声がする。

「あの……済みませんが、頂けませんでしょうか……その……」

私たちはかたずを飲む。

「お水を！」

ドッとおこる笑い声。荒々しい女看守にすくんでしまった老婆の口からはスープの代りに水がとび出してしまったのだ。こうして私たちは、あわよくばと思ったスープのお余りにはありつけなかった。

マルーシャは、また、何とかしてこの老婆を踊らせようとしていた。さぞかし面白い眺めであろうというわけだ。二、三人の女たちと、老婆のほうをちらちら見ながら、何事か話しあっていたマルーシャは、やおら、寝棚の老婆に近づく。

「お婆さん、ひとつ楽しく行こうじゃないか。あんたのうまい踊りを見せておくれよ！」

マルーシャは、おだてたり、つついたりし始めた。老婆は、その気になったのか、よっこらしょと腰を上げかけたが、また思い直して坐りこんでしまう。すると、周りの女たちは、手拍子を叩いて歌い始めた。

歌声に誘われたのだろう、老婆はやっとコンクリートの床に降りた。若い娘たちも、ばらばらと老婆を取り囲む。みんな腰に手をあてて、靴の踵で床をけりながら踊り始めた。

〝マリンカ　マリンカ

マリンカ　マヤ……〟

この、みるかげもない老婆にも、若い日の思い出が蘇ってきたのだろうか……動きは鈍く、不恰好だが、老婆のテンポは娘たちのそれと変らない。私たちは熱狂的にはやしたてた。踊り子たちのステップにも熱がはいる。手拍子、歌声。床を踏みならす音。まるで踊りのるつぼだった。静粛という監房の規則もあらばこそ。

がんがんがん！

突然、扉を叩く音に、私たちは飛び上った。踊りはぴたりと止まった。われがちに寝床へふっとんで行く者。私は歌も唄えず、踊もおどれない。いつも傍観者である。それでも、毛布を被って息をこらした。

がちゃがちゃと鍵の音がして、看守長のズーボフがはいって来た。そっと毛布の下から様子を窺うと、みんないち早く寝床にもぐりこんだ中で、逃げ遅れたお婆さんだけが、もじもじと立っている。ズーボフの青白い顔は、この時余計恐ろしく見えた。彼は何も言わず、マルーシャの方を、物凄い目で睨みつけた——

この結果は、マルーシャとナターシャの隔離室送りという罰になった。連れて行かれた二人は、三日目にすっかり痩せ細って帰って来た。死刑室に入れられていたのだという。その死刑室では、少し前、一人の死刑囚が最後の特別食を与えられ、刑場に連れて行かれたことを、私たちはみな知っていた。

ズーボフという看守長は、私が監房入りをする時、荷物をかついでくれた人だが、看守の中では最も厳しいとして、囚人から恐れられていた。

ある日、私がつくろい物をしていると、女囚の一人が窓から呼び立てた。

「アカハネ、日本人が大勢いるよ。いつもと様子が違う。どこかへ行くらしい。早く来てごらん！」

規則では、窓から覗くこともいけないのだが、廊下に看守の姿のないのを幸い、私は小窓によじのぼった。

目の下に、三、四十人もの日本人の集団が見えた。みな背《はい》のうをかついだ兵隊姿だった。うらぶれた捕虜姿とはいえ、私は懐しさで胸が一杯になった。護送《エタップ》だろうか、釈放だろうか。もし南へ帰るものなら、一言、私の消息を伝えて貰いたい。赤羽文子は元気でいる、と。その手段がないのがもどかしかった。

突然ひゅーッと風を切って石が飛んできた。ハッとして下を見ると、地上に突っ立ったズーボフの物凄い顔が目に入った。私は夢中で窓からとびおりたが、足がわなわなと震え、寝床に這い込んでも、身体中の震えが止まらなかった。

飛びこんだ石は、部屋の中に見つかった。彼が怒って投げたものに違いなかった。どんな罰が下されるかと、点呼まで私は生きた心地がしなかった。

点呼の時、果してズーボフは私を睨みつけて何か言った。おびえ切っていた私には、なんのことか聞きとれなかった。呼び出しでなかったことは確からしい。彼は出て行き、私は部屋ですくんでいたが、その後何のお達しもなかったから、私は、やっと胸を撫でおろした。

春の遅いシベリアも、いつかもう初夏であった。鉄格子を通して見る青空は、この上もなく美しく澄んでいた。私は遅い裁判にしびれをきらし、毎日のように訊問に備えての準備を怠らなかった。おびえることなく、自分の主張をはっきりと通そう、と。

事なかれ主義の私が、ソーニャという女と喧嘩をしたのは、この頃であった。彼女は私の枕を持って行ったまま、返してくれなかったのである。座布団を縮めて縫い直した枕といえども、ここでは貴重品であった。そこで、私が「枕を返して」といったところ、ソーニャはいきなり枕を取り上げて、私の背中にぶつけてよこしたのである。

いつも背中をかばっている私はカッとした。膿胸で肋骨を二本とっていたので、その弱い背中を打たれることは、私にとって致命傷だったのである。床に落ちた枕を拾うと、私は形相ものすごくそれをソーニャにぶつけ返した。

ふだんは静かで小さい私がそんなことをしたので、周りの女たちはあっけに取られていた。少し経って私は、年甲斐もないことをしたかと思ったが、いや、あの程度の強さも場合によっては必要なのだ、と思い直した。私は人に向って手を上げたことは、生まれてこの方一度もなかったのである。

ソーニャは、一週間以上もむくれていた。口も利かず、ツンと横を向いてしまう。その間の気まずさは、なんともいえなかったが、彼女はやがて折れた。頭を下げて、男囚に出す手紙の代筆を、私に頼みに来たのだ。栗色の髪をした彼女も、文盲だった。

監房には時々、気味悪い女がはいって来た。ある肥った名前もわからぬ若い女は、見るからに山出し然としていたが、目がぎょろりととび出し、手足は鉛色をしていた。毎日一回、医者が来て、彼女は注射を受けていた。

「梅毒だってさ」

女たちは口々に言った。医者は、めったにうつらないから大丈夫だと言う。私は食欲もなくなってしまった。彼女の使う深皿《ミスキ》は、廻り廻って私の所へ来ないとも限らないのである。彼女は少々脳もやられているのか、至って大人しかった。一日中じっと自分の場所に坐り、ぼんやりあたりを見ているだけだった。気持は悪かったが、そんな様子を見ていると、ふと憐れをもよおすこともあった。

もう一人、目もとに険《けん》のある、三十四、五歳の美しいロシア女がいた。彼女は殺人犯で、しかもそれは、自分の幼い子供を殺して食べてしまったのである。私には到底信じられなかったが、彼女に廻って来た書類を、彼女が読めなくて、代読した時にやはり真実と判った。旱魃《かんばつ》で、大飢饉《ききん》が起った時のことだという。この世には、はかり知れぬ恐ろしさがあるものだ。

青い空には、燕《ラストチカ》が飛び始めていた。大連の燕よりは大きいような気がした。高く低く、自由に飛べる燕の群れは羨ましかった。監房のスチームはとうに止まり、閉め切った部屋は見苦しく感じられた。

チタへ来てから、もう半年が経とうとしているのだった。何もしないで食べているせいか、私は少し肥っていた。アカハネの板のような腰が丸くなってきたと、女たちは言った。けれども栄養不足は歴然としていた。ガラスのかけらに写して見る私の顔は、何とも言えぬ土気色《つちけ》だった。くびのところのぐりぐりも日増しに大きくなっていた。

私がここで半年の間に口にした食物は、黒パンとスープ、燕麦の粥《カーシャ》、砂糖、この四種類だけ

なのであった。あとは、ナターシャの差入れの婆婆の食べものが少々。ナターシャは嬉しいことに一匙ずつでも差入れを分けてくれたが、そのため、彼女に差入れがあると、私までが落ち着かなかった。

人のものをあてにするとは浅ましいことだ。が、私は浮世の美味しいものを食べたいというよりも、除け者にされることの方が辛かったのである。一匙の牛乳が私にも配られると、私はみなと一緒、という思いに安堵した。

食事が粗末だったのは、私たちが虐待されているわけではなく、当時のソ連の暮しは豊かなものではなかったのである。私たちは同室の女たちのほとんどが護送《エタップ》に出され、僅か四、五人になってしまった時、女看守から内緒の仕事を頼まれたことがある。ガーゼの包《ほう》帯《たい》を横につなげてベッドカバーを作るのだ。ソ連のガーゼは日本のものよりやや厚地だった。部屋いっぱいにひろげて仕事にとりかかったものの、糸がないので、ガーゼのはしから糸をぬきとり、何本か撚って、まず糸から作らねばならなかった。権力者であり、内務省の役人である看守まで、糸さえ持っていないとは不思議であった。別の女看守は、所持品検査の時、私のベルトを取り上げて返してくれなかった。それは何本もの太い絹糸をよりあわせたもので、ほぐせば刺繍糸としても役に立つものだったのである。

「あいつは自分が使うんだ」といった女囚の言葉が、私は嘘とは思えなかった。

ベッドカバーを作った女看守の名は、マルーシャといった。彼女は官製品の包帯をごまかしたに違いない。私たちは内緒の頼みの御褒美に、スープのお余りを貰って満足したのであった。もう一人のマルーシャ、赤頭巾の部屋頭も、この頃は護送《エタップ》に出されていた。入れ代りにはいって来たのは、「黒猫《チョルナヤ・コシカ》」の者だという、ガーリャとゾーヤである。「黒猫《チョルナヤ・コシカ》」とは強盗団の名であった。ガーリャの美しさに目をみはらされた私は、彼女が女強盗と聞いて、びっくりしてしまった。

背がすらりと高く、女優のような美人のガーリャは、まさに掃き溜めに舞い降りた鶴のようだった。しかし、他人のことは眼中にない、傍若無人のその態度は、無頼の徒である彼女の正体を如実に物語っていた。どこで手に入れたのかガーリャは、紫の華麗な裾模様の着物を持っていた。自分の美しさを誇示するように、彼女は部屋の中で、よくその着物を肩からかけて悦に入っていた。

ガーリャはまた、歌が自慢だった。いつもソプラノで歌い、その声は部屋中に響き渡った。

私たちが騒ぐと叱られるのだが、看守はたまに、鍵で扉を叩いて注意するだけだった。

ガーリャは、声高らかに歌うことで、自分の存在を男囚たちに印象づけていたのである。もう、かなり暑くなっていたので、小窓しかない監房の中はむし暑く、寝苦しかった。ある日、看守長が来て、窓硝子の枠を全部外して行った。涼しい風が流れこみ、私たちは生き返った思いがした。

すると、三、四人の女囚は、たちまち小窓に飛びついて、四階と二階の男囚に、声を張り上げてセレナーデを送り始めた。合唱は二、三日続き、私はきっと一波乱あるだろうとおっかなびっくりでいた。果して四日目に、険しい顔のズーボフがやって来て、窓枠を元のようにはめこんだ。再び、寝苦しくなった部屋の中で、私はあの軽はずみな歌い手たちを恨んだ。

それでもガーリャの歌声は男囚たちの耳に届き、彼女の意図は達せられたらしい。

ある日、小窓のところへするすると紐で結んだ大きな包みがおりて来た。ガーリャとゾーヤがそれを分捕った。開けてみると男囚の衣類で、縞模様や黒のワイシャツであった。

男囚にしても、なけなしの衣類であるから、プレゼントにしては気前が良すぎる。と、思っていると、ガーリャたちは、部屋の飲み水を惜し気もなく使ってシャツを濡らし、石鹸を塗りたくり始めた。ほかの者がこんなことを始めようものなら、大苦情が起るところだが、みなは黙っていた。

洗濯をしてあげる、とかいって、あの衣類をまき上げたに違いない、と私は思った。用便の時間が来ると、ガーリャとゾーヤは、石鹸だらけのシャツを抱えて飛び出し、水道の水できれいに洗い流した。

シャツは監房の中でほどなく乾いたが、二人はそれを、女看守をだまして借りた鋏で切ってしまい、怪しげな手つきでスカートに縫い直してはいていた。二人がぴたりと散歩に出なくなったことで、やはり男たちにとがめられるのを、恐れているのが判った。

6

私に突然の呼び出しがあったのは、六月も半ばを過ぎた頃であった。

何の呼び出しか説明もされず、仕度は何もいらぬと言われ、私は看守の後からついて行った。コンクリートの狭い階段をいくつも降りたり上ったりして、とうとう、ある部屋の前で止った。

不意に、扉があいて、日本人の男が、看守に連れられて出て来た。見覚えのない顔だった。何か悪いような気がして、私は視線をそらした。彼の姿はすぐに、階段の向こうへ消えた。

と、今度は階段の彼の消えた先から、十四、五歳くらいのソ連人の男の子たちが、どやどやと上って来た。みな、見すぼらしい身なりで、顔色も悪く、痩せこけていた。少年たちは、ちらちらと私の方を見て通り過ぎて行く。少年囚たちに違いなかった。

私は部屋の中に通された。思ったよりも小さな部屋で、中央にテーブルが一つ、椅子が一つあった。軍服を来たソ連人の男が、テーブルの前に立っていた。

命じられるままに、私は椅子に坐った。テーブルの上には、一枚の印刷した紙があった。

「よく読んで、署名しなさい」

私は急いで紙をとり上げた。

「第五十八条　第六項　姓名　赤羽文子
刑期　五年
釈放される日　一九五〇年十月十六日」

刑期五年とある。釈放される日は五年先の十月十六日とある！　これが判決なのか?!　私の視界は大波のようにゆれた。

裁判はないのか?!　人定質問も、罪状の認定も、証人の喚問も！　いきなり刑を宣告し、判決理由も言わない。しかも即座に署名しろと……私は足ががくがくした。目の前に黒い渦が巻いている。目の前の判決文がかすんで行きそうになるのをぐっとこらえ、二度、三度とそれを読み直した。字と字の間も食い入るように見た。何もない。単純明快なロシア語が型通り素気《そつけ》なく並んでいるだけ……

言い返す気力も起らなかった。どうやって署名したのか、その後であの軍人がどう言ったのか、私は一つも憶えていなかった。監房へ帰る足は、奈落の底を踏んでいるようであり、頭は鉄槌でうち砕かれたようだった。

私は部屋へ帰ると、寝棚にはい上った。涙がドッと出てきて、私は声をあげて泣いた。止めようとしても止まらぬ号泣であった。

チタまで連れて来られたのだから、刑を受けるのは覚悟していた。裁判で筋道を立てて身の

証しを立てようと、準備を怠らなかった私ではないか。その裁判もない。証拠も示されぬまま
いきなり五年の判決とは！

ひどい！　あまりにひどい！

五年経てば、私は四十一歳になる。年老いた両親の顔が目の前に浮かんで、私はまた激しく泣いた。あと五年も、両親に心配をかけると思うと、胸もつぶれる思いだった。今ですら、ソ連に消えてしまった私のことを、どんなに案じていることだろう。その苦しみがあと五年も引き延ばされるのだ。

（済まない……済まない……）

私の涙はとめどがなかった。

女たちが心配そうに、私の回りに集まっていた。

「アカハネ、どうしたの？」

「なにがあったの？」

美しいチタの夏——黒煉瓦の建物で渡された一片の紙片。それが私を未決の日本人から、本当の囚人に変えたのだ。

ラーゲル[*2]

一九四六年六月～一九五〇年七月

1

チタの監獄を後にしたのは、一九四六年、六月の終りだった。

「アカハネフミコ。護送《エタップ》だ。用意せよ」

の声と共に、私は衣類とかいまきを毛布にくるみ、その上を唐草模様の風呂敷で固く包んで身ごしらえをした。シベリアでも夏は暑いので、ブラウス、もんぺ、ズック靴の軽装である。判決がおりてから、監房内で、シャツとパンティだけで過していたのも、大事な衣類を少しでもいためぬようにするためだった。

外庭に出ると、もう四、五十人の囚人の集団が出来ていた。日本人の男は一人もいなかった。不意に、かん高い声が私を呼んだ。

「アカハネサン！」

「まあ、ルキヤ！」

赤ん坊を抱いたルキヤが、集団の中で懐かしげに笑っていた。私は彼女のそばへとんでいった。ルキヤは前より太って血色がよくなり、赤ん坊もまるまると太っていた。前よりも幸せそうにさえ見える彼女だが、私と同じ第五十八条で、十年の刑を受けていた。

やがて、私たちはチタの駅から囚人列車《ストルイピン》につめこまれた。乗る前に食料として四、五日分の黒パンと、塩漬のニシンが一、二本まとめて渡された。

〝ストルイピン〟とは、日露戦争後、内務大臣ストルイピンが、無政府主義者を大量にシベリア送りするため、特に作らせた車輛だという。

まるで動物の檻のような車だった。車輛はいくつかに仕切られ、通路との境には鉄の柵があった。窓にも鉄格子がはまり、囚人がはいる側の窓は特に小さい。仕切りの中は三段の棚となり、這いこんだが最後、身動きもままならず、寝返りもうてない。暑さと人いきれで、一時間も経たぬうち、あちこちから苦しげなうめき声が起った。

「水をくれ！」「水をくれ！」

水は朝、コップに一杯支給されたきり。これが一日の量とわかって私たちは茫然とした。これで塩辛いニシンをかじれとは！

咽喉はカラカラになり、唾液も出ない。流れ出る汗に目がかすんで来る。身体中がチクチク刺され、気が狂いそうになる。南京虫だ。暑さで曇る眼鏡をこすり、私は必死になってつぶした。

囚人列車《ストルイピン》のような、身も心もぼろぼろになり、苦痛の極みを詰めこんだ列車を、私はまだ知らない。パンは日毎に固くなる。ぬるぬるの塩漬けニシンは生のまま齧った。生臭い手や口を拭いたハンカチで、顔の汗も拭く。隣りの者に当り散らす、やくざ風のこわい女囚。便所は一日二回。下痢をしていても、それ以外の時間には檻の外へは出して貰えない。

「看守《デジュールニイ》！　看守！」

悲痛な声が、どの檻からも聞こえる。そのうち、たまりかねたジャーという音。悪臭が立ちこめる時もある。雫と汚物は容赦なく隣りの人の服を濡らし、下段にしたたって来る。

しかし、誰も怒る人はいない。この次は自分の番なのだ。手許の食料袋を汚さぬよう、しっかりと抱えこむだけ……食欲も失せる思いだが、少しでも食べねばならない。何日続くか知れない旅……

一人でも苦しいのに、赤ん坊を連れたルキヤの苦労はなみ大抵ではなかった。乳さえ飲めば、赤ん坊はすやすやと眠っていたが、こんな囚人列車の中では乳の出も止まってしまう。せめて水をくれと、ルキヤは看守に必死になって哀願していた。私は彼女に大事な自分のコーヒー沸しを貸してあげた。これは大連の外人クラブの備品で、護送される時、満洲人のボーイが私の荷物の中に押しこんでくれたものだ。囚人の苦しみは、水を貯めておく容器を持っていないことから始まっているのだ。コーヒー沸しを手許に持っておいてよかったと思った。布団のような大きな荷物は別の場所に積みこまれている。なくなりはしまいかと、それも気が気ではない。暑さと悪臭と渇きに半死半生となった私たちはもう幾日日が経ったかを数える気力も失っていた。イルクーツクで乗換えがあった。そこからまた、檻につめこまれ、牛馬よりもひどい状態で何日も運ばれて行く。動物さえこんなに折り重なってつめこまれることはないだろう。私たちを支えているのは、生きようとする僅かな気力だけだった。

ノボシビルスクに着いた。炎天の一日を、私たちは荷物を引きずって、中継所に追い立てられて行った。小さな私はとても大小二つの包みを持つことは出来ない。手ぶらの男囚がいたのを幸い、黒パンをあげてかついで貰った。

囚人列車の中で
ダーシャは
大事なガルショク(便器)を取出す。

太陽が容赦なく照りつける埃だらけの道。少しでも遅れると、護送兵にどなられ、大きな犬がけしかけられた。村人たちが遠くから行列を眺め、囁きあっている。私は「復活」のカチューシャを思い出した。涙で読んだあの境遇が、今、自分の上におこっている。物語と違い、現実の自分の姿の何と醜いことであろう……

中継所は監獄と違い、粗末な木造のバラックだった。日蔭ひとつない庭で点呼が始まる。一人一人呼び出され、生年月日、裁判の種類、刑の期間を聞かれる。私は自分の裁判の種類を知らなかった。多分軍事裁判だろうと思い、その通り答えたが、何も言われなかった。大まかというか、不思議な国だ。

全員の点呼が終る長い長い間、私たちは水も飲めず炎天の日にあぶられている。やっとバラックの扉があき、男女別に追いこまれると、みなは我先に用便桶《パラーシャ》から少しでも離れた場所を、自分のねぐらにしようとした。食事は監獄と同じものだった。女囚たちは争って耳つきのパン《コルカ》を欲しがった。この方が口の中でいつまでも噛めて、空腹がまぎらわせるからだった。

イルクーツクには二、三日滞《と》められ、また汽車に乗り、ノボシビルスクからさらにペトロパブロフスクと進んで行くのだった。

こうした大きな中継所では、シャワーにはいれたのがせめてもの救いだった。が、その前の点呼があきれるほど長い。人数を一度数え二度数え、合ってないとまた初めから数え直す。看守は数の数え方を知らないのではないかと思えるほどだった。

南京虫と虱にまぶれた囚人のため、ここでもソ連独特の熱気消毒がある。苦労を重ねて運んで来た全財産の衣類が、ほかの人とごっちゃにされるのはたまらなかった。消毒が終るや否や、かすめ取られるより先に必死で自分のものをかき集めねばならない。何しろ周囲は窃盗犯や強盗犯など本職が揃っているのだ。その上、こわい女やくざにかかったら、理屈も何もありはしない。

用便桶に行く時でさえ、私は荷物を盗まれないかとびくびくしていた。不恰好でも、すり切れていても、これから五年間使わねばならぬ大切な服や下着なのだ。

一つの中継所を通るたび、チタから来た仲間は少しずつ減っていった。シベリア中に散らばっているラーゲルへ送られて行く為だが行く先は本人にも判らない。私にしても、自分がどこのラーゲルへ運ばれるのか、まだ知らなかった。中継所で一緒になった女囚の話を聞くと、到着してすぐラーゲルに出発する人もいれば、一ヵ月も時には二ヵ月も中継所にとめておかれる不運な囚人もいるという。誰もが早くラーゲルに行きたがっていた。中継所は不安定であったし、ラーゲルのほうがここより少し自由があるというのだ。

私がチタを発ってから、既に一ヵ月が経っていた。最後の中継所となったのはカラバスである。実に大きな中継所で、これほど膨大な数の囚人がいるとはと、私はびっくりしてしまった。チタの監獄を一緒に出た者は、もう誰もいなかった。ルキヤとも別れてしまった。しかし私は、ここで、思いがけない人に再会した。チタで同室だった田中さんだった。

彼女は結核がもうかなり進んでいるように見えた。チタ時代よりも弱々しく、病人用の食事も貰っていた。それは、普通食に小指の先ほどのバター、と牛乳二百ccほどがつくのである。

再会を喜びあった翌日、田中さんは私に一人のロシア婦人を紹介した。

「ニーナ・ミハイロヴナさん。とても親切なおばさんよ」

彼女は八月というのに、すばらしい黒の毛皮のオーバーを着て、絵で見る上流夫人の姿そのままだった。シベリアの朝夕は冷えるからだが、一つには手許を離していては盗まれる心配があったのだろう。

ニーナ・ミハイロヴナは大の日本人びいきで私にも親切にしてくれた。彼女の前身は外務大臣リトビノフの秘書で、モスクワの大きな邸宅に住み、子供は九人もあったという。

「うちには日本人の新聞記者がよく出入りして、日本のおみやげを持ってきてくれたわ。そうそう、私の真ん中の息子が、とてもよくその日本人の記者に似ていたの。どうしてなのかしら……私はその子が可愛くてたまらなかった……」

彼女はそんな話をくっくっと笑いながら言った。

私のカラバス滞在は長く続いた。働けそうなものは、畑仕事や炊事場の手伝いをさせられた。女囚たちは小さな私を見て、仕事の呼び出しがあっても行かなくていいと言ってくれた。どれだけのたしにもならない、という目の色であった。することのない私は、洗濯をしたり、刺繍をして過した。

ニーナ・ミハイロヴナのところへは、何人もの女囚が、スターリン宛の赦免嘆願書を書いて貰いに来ていた。彼女は法律にも詳しかった。一通書くたびに、何ルーブルかの手数料をとっていたが、彼女の字はすばらしい達筆で、私は感嘆するばかりだった。

私は、カラバスで初めてソ連のお金を見た。囚人たちは、仕事に出された時、こっそり人参を盗んで来ては、自分も食べ、仲間に売っていた。人参はここでは貴重品だった。生で齧ればほのかに甘く、栄養もあり、ラーゲルのチョコレートと言われていた。

その貴重な人参を、ニーナ・ミハイロヴナは、ある日こっそり私にくれた。私は彼女の好意が嬉しかった。

シベリアの夏は早く終る。私は時々自分の荷物の中から、黒のエナメル草履を出してはいていた。これも母が、大連の監獄に差し入れてくれた真新しい品であった。素足にエナメルの感触は快く、女囚たちは物珍しそうに私を取り囲んで、遠くのバラックから、わざわざ見物に来るものもあったくらいである。

そのエナメル草履が、片方なくなってしまったのだ。私はがっかりしたが、何故片方だけなのか不思議でならなかった。盗んだとしても、一方だけでは役に立たないのに……

母の心尽しが無になったことで、私は情なく、泣くような思いでもう一方を捨てようとしたが、ニーナ・ミハイロヴナは言った。

「それなら私に頂戴。日本の記念に私が持っていたいから」

私は草履を彼女にあげた。

それから暫くして、中継所の中に、ニーナ・ミハイロヴナは詐欺師《ジュリック》だという噂が拡まった。私は自分の耳を疑ったが、次第に不安にもなって来た。囚人の悲しい習性で、護身本能だけは人一倍発達してしまうのである。私は二枚ある自分の毛布の一枚を、彼女に譲る約束をしていたが、詐欺師《ジュリック》と聞いてからは急に心配になり、ただでまき上げられることを恐れて、とうとう譲るのを止めてしまった。

八月も終り、私はカラバスを後にしたが、ニーナ・ミハイロヴナのことは、何故か私の心に残った。彼女が田中さんと私に、親切だったことは真実だった。それが詐欺の一手段と思うより、私は彼女を日本人びいきのロシアの上流夫人と信じ、彼女の親切に感謝したい気持の方が強かった。

囚人列車は再び、何処へともなく進んで行く。方角さえも判らない。真暗な闇の中で、南京虫に嚙まれていると、惨めな境遇に、たまらなく気が滅入ってくる。

カラバスを立つ少し前、私は看守に呼び出されたことがあった。不安が急に私を襲った。その時、私は暴行されるなどという心配はしなかった。気の小さい私は、私が何かしくじりでもしたのではないかと気になった。命ぜられるままに男囚の方へ行くと、思いがけなく日本人の男が二十人ばかりいた。

彼らはみな、樺太の漁夫で、終戦当時のどさくさに誤って越境し、そのままここへ連れて来られた人々だった。ロシア語は皆目判らず、ソ連側も日本語が判らないと来て、通訳のために私が呼び出されたのである。

この人たちは口々に、カラバスへ来る途中、囚人列車の中でソ連人に押えつけられ、口の中の金歯を罐詰の空罐で叩き取られた、と訴えた。金歯のある全員がこれをやられ、口の中が切れている人もいた。私は思わずぞっとしながら通訳したが、その場の情景を想像すると、女囚の部屋へ帰ってからも、恐怖はいつまでも去らなかった……

その後、金歯のいくつかが返された、という噂を聞いたのが、せめてもの慰めであったが。

九月四日、私はアクモリンスク・ラーゲルに着いた。

チタを出てから二ヵ月以上かかっていた。ここは、ソ連領カザフスタン共和国の中であった。ラーゲルの入口には「アクモリンスク第十三分所」と書いてあったが、これは、囚人が手紙を出すとき書く自分の住所名であった。このほかにも沢山のラーゲルがあるのだろう。

ラーゲルに近づくにつれ、遠くから見た第一印象は、曠野に散らばったいくつかの白いマッチ箱だった。柵で囲われ、高い見張りやぐらがあることは、チタの監獄と変らなかったが、美しい青空の下で、曠野に点在する白の印象は極めて明かるかった。樹木は殆どないが、野原をわたる風は快い。とうとう来た、という感慨と、解放感とともに、私は門から食堂までのラーゲルの構内を、小走りに走った。

到着したのは夕方であった。ここでは顔も洗えた。便所へも自由に行けた。たったこれだけのことで、私の心は、校庭をかけ廻る一年生になったばかりの子供のように弾んでいた。周囲の柵も、望楼も、見張りの兵隊も少しも気にならなかった。便所へ行ける自由を得た嬉しさに比べれば、そんなものはとるに足らなかった。

ラーゲルの食堂で、私たちに最初の食事が配られた。パンとスープが深皿に一杯。パンはまずかった。何がはいっているのか、どんなに噛んでも口の中にいっぱいカスが残ってしまう。「ここのパンは薪入《たきぎい》りだよ」と、女たちは笑いながら言いあった。スープも薄かった。じゃが芋一かけと、キャベツ、人参が沢山入って、塩と酢だけで味をつけたような美味しくない汁。キャベツは固く、まるでスジだけを噛んでいるようだ。噛めども噛めどもなんの味もしない。

無理矢理咽喉へ押しこんだものの、こんな食事が毎日なのだろうかと思うと、希望の曙光もいささかかげって来た。出るものの方の心配がなくなれば、はいってくるものの悩みが始まる。両方うまくは行かないものだ。

私の住居ときまったバラックは、約二百名ほどの女囚がはいれる大きな建物だった。これが四棟あり、その外に、カビンキと名付けられた四、五名用の小屋が二十数戸。合計、千人ほどの女囚が、ここに収容されているのだった。

隣りには鉄条網をへだてて、男性ラーゲルがある。彼らの住いも、女囚のそれと変らない。ラーゲルにはこのほか、食堂、炊事場、パン焼所、診療所などがあった。どれも丸木小屋を石灰で真白に塗った平屋だった。

ラーゲルの柵外には、裁縫工場、刺繍工場などがあった。ラーゲルは一般に強制労働収容所と思われているが、正しくは矯正労働収容所であった。労働によって体制に違反した者を叩き直すという意味である。

バラックの内部は、チタの監房と全く違っていた。二段ベッド式の寝床に、上、下一人ずつ暮すのである。横木の上に四、五枚の長い板を渡した簡単なものではあるが、ベッドの体裁だけはしており、自由に取外しがきく。これは、南京虫退治にも、都合がよいのであった。

入所するとすぐ、私はスープと粥《カーシャ》用の丼を買わねばならなかった。これがないことには食事が受け取れない。売り手は囚人の中にいくらでもいた。私はパンの余りを金にかえていたので、小遣はいつもあった。取りあえず、スープ用のものを一つ買う。それは素焼の植木鉢に、形も色も似ている。粥《カーシャ》用には御飯茶碗とそっくりの白い茶碗を買った。匙はチタから持って来たものがある。ともかくこれで生活必需品は揃った。

到着して二、三日すると、仕事の割当があり、私は刺繍工場で働くことがきまった。畑仕事は重労働と聞いていたので、軽い仕事に廻されたことは嬉しかった。チタの監獄で少々肥ったといわれた私も、悪名高い囚人列車《ストルイピン》で二ヵ月も引きずり廻された揚句、すっかり痩せ細って萎《しな》びていた。刺繍工場行きはさいさきの良いことに思われた。ラーゲルの仕事の種類は少ないので、自分に合った仕事につけるということは、大きな幸運なのである。

ラーゲルの一日は、朝六時、起床の鐘の音で始まった。食堂で食事をするか、バラックへ運んで来て食べたあと、一休みして七時には仕事に出る。

私は胃下垂に悩んでいたので、食後、遠慮なく寝台に横になれるのはありがたかった。刺繡工場はラーゲルから歩いて五分の距離にあるので、私たちは午前七時に門前に集まって整列する。

毎日欠かさず点呼があり、警備隊長の〝お祈り〟が読み上げられる。ソルジェニーツィンの「イワン・デニーソヴィッチの一日」に出てくるそれである。

「囚人部隊、気をつけ！　行進中には縦隊の秩序を厳格に守れ！　隊をくずすべからず！　話しあうべからず！　よそ見するべからず！　左右に一歩でも出ようものなら逃亡とみなし、警戒兵は無警告に発砲するものとする！」

私たちはこれを、うわの空で聞き流していた。

工場の仲間は、私がはいった当時、十四、五名だった。私は日本刺繡をしたが、ルパシカにクロスステッチをしている組もあった。

午前十時に、十分間の休憩がある。かすかに色のついた、お茶らしいものを飲み、バラックから持って来た〝薪入り〟パンを齧った。

十二時に午前中の仕事が終る。ラーゲルに戻って昼食。黒パンとスープのほかに、お玉杓子に軽く一杯の粥《カーシャ》がつく。その上には植物油がかけてあった。いや、かけてあるというより、象の背中に乗った赤子のように、油が一滴、粥《カーシャ》の上に落ちているのだ。

午後一時、再び作業が始まる。仕事が終るのは五時だった。それからは自由の時間になる。ゆっくり夕食をすませ——といっても食事のなかみはきまっている。時たま、ヴイニグレッドというサラダ風のおかずが出るくらい。これはキャベツ、人参、砂糖大根を大切りにした、非常に酸っぱく塩辛い、ピンク色の代物である。野菜はどれも板のように固かった。

仕事の終ったあとは、解放感があふれる。衣服の繕いをする者、読書、お喋り、散歩など。気のあった友だちを隣りのバラックに訪ねることも出来た。チタの監獄に比べれば、ここは全く自由であった。周りの鉄条網さえ気にしなければ。

午後九時、最後の点呼がある。この時は一人一人の名前が呼ばれた。ラーゲルは人種の見本市のようであり、私もそうだが、色々と耳なれぬ名前があった。「ピリピリチューテ」などという傑作が呼ばれると、みなくすくす笑った。

点呼のあとは自由であった。午後十時、消灯。大きな部屋の片隅に石油ランプが一つきりとなり、ほとんど真暗闇の中で、私たちは眠った。

2

私はこのラーゲルで、たった一人の日本人のようだった。ラーゲルの事情がおいおい判ってくるにつれ、食堂も診療所も、すべて囚人によって運営されていることが、私の興味を引いた。

責任者である班長も、囚人の中から選ばれていた。ソ連政府側の人間は、警備兵と、看守のほか、点呼をする係、お供をぞろぞろつれて巡視する所長くらいであった。

所長や兵隊はもちろん軍服であったが、看守は私服でいる時が多かった。何故か女看守はいつも、スカート姿の軍服だった。ソ連の女はズボンをはいても、必ずその上からスカートをはく。ズボンの女は、やくざ《ブライトニィ》か、レスビアンと思われても仕方のないことを、私はあとから知った。

ここでの食事は、全く貧しかった。スープは味がなく、固い塩漬のキャベツと人参が沢山入っている。匙でかきまわしてもじゃが芋のかけらもひっかからぬ時は、思わず涙がこぼれてくることがあった。しかし涙が出るなどということは、よっぽど気が弱くなっているときに限られていた。私はチタの、魚の骨入りスープを懐しく思い出した。ともかく、あれには鱒がはいっていたのだ。骨だけでもいいからもう一度しゃぶって見たかった。

パンは一日に六百グラム配られ、ノルマの成績によっては九百グラムも貰っていた者もいた。私は胃が弱いのでパンは少しでよかった。残りは売ってちゃっかりと金に代える。そのお金で、牛乳、バター、砂糖などを買い、足りない栄養を補った。

こうした品は、身体が弱く、病人食を貰っている者が売るのだった。

お金さえあれば、ラーゲルの外から、自由人（囚人ではない一般の人）がタンクに入れて売りにくるアイラン[*3]が買えた。牛乳を加工する時にできる、白く酸っぱいどろっとした食品である。砂糖とパンを入れて食べるとおいしかった。砂糖はまとめて茶碗一杯ずつ配られたが、これが一ト月分だった。

砂糖入りのアイランは、囚人のささやかな幸せだった。便所の心配も、護送《エタップ》のおそれもなく、ゆっくりと一匙一匙口に運んでいると、忘れていた贅沢という気分が、胸に蘇ってくるのであった。

それにつけても、便所に自由に行ける喜びは大きかった。ラーゲルの便所は、これまた妙な造りで、通路をはさんだ両側に、直径三十センチほどの丸い穴が、七、八個ずつ並んでいるだけ。間の仕切りはない。

しゃがむと膝が隣りの人とすれすれになった。その上、手を洗う設備も全然ない。ラーゲルにはいったら、あるいは紙の支給があるかもと思っていたが、その期待は裏切られた。たいていの女たちは、入れものに水を持参して、用足しのあとを洗っていた。下ばきにポケットを作って小布《こぎ》れを入れ、ハンカチで鼻を拭くように、便所でその布を使っている女もいた。

ある日、私は、コップに水を持ってトイレへはいって行く日本人の女を見た。懐しさのあまり思わず追いかけて呼びかけた。

「あの、日本の方ですか?」

相手はきょとんとしていた。ロシア語で話してわかったが、彼女はカザフの女だった。気をつけて見ると、カザフの女性は大勢いた。彼女たちはそれが習慣なのか、毎夕二回、必ずトイレで腰を洗う。回教の風習でもあるという。

　私と顔みしりになったカザフの女たちは、ソ連人があたりにいなくなると、ロシア人は不潔な民族だ、としきりに悪口を言うのだった。

　しかし、ソ連人の方でも、これら少数民族は文化の程度が低いといい、アジアータと呼んで区別していた。ラーゲルには、ソ連人のほかに、色々の民族がいた。ドイツ人、ルーマニヤ人、ユダヤ人、ポーランド人。ウクライナ、ラトビヤ、リトワニヤの人々。チェチエン人、タタール人、トルクメン人、アセルバイジャン人。アメリカ人、フランス人、イギリス人の名は聞かなかった。

　トルクメンの女たちは、服装に非常な特徴があって、ラーゲル第一日から私の目に印象づけられていた。赤色の服は長く、靴の爪先まで届いている。その上に肩からまた赤く長い布をかけて、その先には房《ふさ》がついていた。

彼女たちの肌は黄ばんで、日本人によく似ていた。かつては鮮やかな赤色だったのであろうその服も、今はみな色あせ、すり切れかけていた。何の罪でここに連れて来られたのであろう。ソ連の事情にうとい私も、こうした大量の女たちを見るにつけ、何か暗いものを感ぜずにはいられなかった。

暗い気分になったことはまだあった。ラーゲルに着いて間もなく、私はセーターを一枚と、大切な衣類二、三点を盗まれたのである。寝床で茫然としている私を見て、女囚のひとりが言った。

「よくそんなに落ちついていられるわね。私だったら卒倒してるわ」

叩かれても卒倒などしそうにない、たくましい女が、そんなことを言う。大仰な表現はロシア女の特徴だった。

盗まれたセーターには、ファスナーがついていた。カラバス中継所でこれを着ていた時、女囚の一人がファスナーだけを売ってくれと言ったことがあった。ファスナーをとってしまったら、こちらが困ることなど全く考えない。現在着ているものでも平気でねだる神経が私はわからなかった。そして断られてもけろりとしている。これもロシア気質というのかも知れなかった。

セーターよりも、更に困ったのは、眼鏡を盗まれたことだった。

アイランを買いに出て、人ごみにもまれているうち、ハッと気がつくとポケットに入れておいた眼鏡がない。すり盗られたのである。

たった一つきりの大事な眼鏡！　十五の時から乱視の私はこれがなくては空のお月様も十個くらいに見えるほどだった。千人もの女囚の中から犯人を探すことなど到底出来はしない。自分のうかつさに私は地団駄踏みたい思いだった。

眼鏡がなくなったため、私はクロスステッチをやりたくても出来なかった。普通の刺繡の方なら何とか続けられた。

工場で、私と並んで刺繡をしているワーリャは、私の災難に心から同情してくれた。彼女はハルピンから来たロシア人だったが、第五十八条で十年の刑の宣告を受け、既にその刑期は終って、釈放の日を待っている身だった。

バラックでも、私たちの寝床は隣り合っていた。彼女はつつましく、品のよい中に、強いしんを秘めた女性で、私は好きであった。

読書家で、毎晩、インク瓶に石油を貰って来ては、豆粒のような火を点し、いつまでも本を読みふけっていた。目を悪くするわ、と私が注意しても、大丈夫よ、と平気だった。ワーリャの点す灯は、私の助けにもなった。消灯後の真っ暗闇の中では、ものを取るのも、寝仕度をするのも、不便でならなかったからだった。

私とワーリャとは、不思議な縁で結ばれていた。ラーゲルに到着した日、私はみなのするように、瓶に水を入れてバラックの外で顔を洗い、何日ぶりかで旅の汚れを落したが、その時、通りかかった一人の男が、私に話しかけてきた。きっと新入りの日本人の女を物珍しく思ったのだろう。私たちはロシア語で話し、途中から英語になった。この男が、実はワーリャの愛人、ボリスであった。

ボリスは、額の上のほうが少し薄くなった四十歳くらいのユダヤ人だった。彼もまた五十八条十年の刑で、刺繍工場でノルマ計算係をしていた。

彼はユダヤ人なるが故に、一部の囚人から白眼視されていたが、私の目には教養ある、感じのよい男と映った。パール・バックの「大地」なども読んでいるワーリャとは、似合いの恋人であった。

二人は仲睦じく、ワーリャは夕食が終ると顔に白粉をはたき、ほっそりした身体に、すり切れてはいるが上等のコートを、形よく着こなして彼のところへ出ていった。毎日のように読みふけっている本は、彼から借りたものだった。

工場での昼休み、ワーリャと私が草の上で休憩していると、ボリスがよくやって来た。彼の話にはユーモアがあり、私たちはよく笑ったが、二人の仲を知ってから、私はつとめて彼らのために気をきかせた。ボリスは時々、ワーリャをバラックに訪ねてくることがあった。そんな時も私は遠慮したが、粗末な寝床に並んで腰をかけ、熱心に本の批評などをしている二人の姿は、羨ましい限りだった。

二人を見ている私の心には、虚しさと淋しさが忍び込むのを、どうすることも出来なかった。こんな不幸な場所でも、ともに慰めあい、喜びも悲しみも分かち合う相手がいることは、なんと幸せなことであろう。私には誰もいなかった。肉親との愛は断ち切られている。これまでつとめて前向きに、辛いことは忘れ、流れる水のような心境で生きて来たが、私とても生身の身体であった。人恋しい気持、何か大きな頼もしいものにすがりたい気持を押えることはできなかった。

私は小さな、見すぼらしい女であった。美しい顔も、豊かな胸も腰も、女の魅力といわれるものは何一つなかった。若い頃は鏡を見て、もう少し美人だったらと、何度思ったか判らない。その不器量が、かえって今までの私を守ってきたとも言えるだろう。ソルジェニーツィンの「ガン病棟」「収容所群島」を読んでも判る通り、ラーゲルで、若い娘が犯されないことは不可能に近い。私は自分に魅力のないことを、かえって幸せと思っていたが、身近に愛され愛しあう二人の姿を目のあたりにしては、私の心もまた、愛のある魂を求めていることを、ひしひしと感じるのであった。

女囚のラーゲルに出入りする男囚の数は多かった。多くはボリスのように、女囚ラーゲルに関係のある仕事を持った男たちだった。

日曜日などは、よく男の囚人が、女囚のバラックに訪ねてきた。もちろん一般の囚人ではなく、畑の作業班長とか、衣類の配給係とか、ある意味で囚人の中の特権階級に属する男たちである。普通はベッドに腰かけて話すが、やくざ《ブライトニィ》と呼ばれる女たちは、寝床の回りを幕で囲い、男を呼び入れるのだった。幅一メートル足らずの狭い寝床なので、男の足はいつも三十センチほど幕の外へ突き出す。男女の交際におおらかなソ連の女たちも、さすがにこんな時は眉をひそめあった。ボリスとワーリャの二人は、幕を降すようなことはしなかった。

やがて、ワーリャの頼みで、私は彼女に英語を教え始めた。教科書は、ワーリャがどこからか手に入れて来た、ソ連製の初等英語の本だった。

ワーリャは英語をどんどん覚え、なみなみならぬ頭のよさを示した。点呼から消灯までは、私たちの学校になった。彼女は私に、エレンブルグの「その翌日」という短篇をくれ、これが私のロシア語の教科書になった。


「その翌日」は、私の能力では読みこなすことが難しかった。第一頁から、解らぬ言葉が沢山出てくるのを、ワーリャは一つ一つ教えてくれた。長い間、無学な女たちの間で、下品なロシア語ばかり聞いていた私は、よい先生を得て張り切らざるを得なかった。


ラーゲルに来て、最初に驚いたのは、広野をわたる風のなんとも快いことだった。チタでは思うように外気も吸えなかった私は、服の衿をゆるめ、毎日のように心ゆくまで風に吹かれていた。冷やされたことで、くびの淋巴《りんぱ》腺が悪化していることに、私はまだ気づかなかった。

ラーゲルでは、身体の具合の悪い者は、仕事に出なくてもよかったが、どんなひどい病気でも熱がなければだめだった。従ってリュウマチで苦しんでいる人などは気の毒だった。

私の右の耳の下にも、気味の悪いぐりぐりがいくつも出来ていた。栄養不足のため、すっかり痩せて、視力も衰え、眼鏡をなくしてからは、針に糸を通すのに何十秒もかかる始末だった。

私の哀れな様子は、医師も十分わかってくれ、十月から私の労働は一日六時間となった。更に少し経つと一日四時間になり、昼食後は働かなくてもよいというお達しが出た。

私のいた刺繍工場では、ノルマはなく、仕事の質によって点数がきまるのだった。私の技術は優秀ということで、いつも百パーセントの点数がついた。大連で少し刺繍は習っていたが、それがこんな所で役に立つとは嘘のようであった。

ソ連でノルマの重要なことは、想像以上であった。ノルマの向上は英雄視される。大連にいて太平洋戦争の開戦を迎えた頃、私はソ連関係の記事で〝スタハノフ運動〟という言葉をたびたび見ていた。スタハノフという炭鉱労働者が驚異的なノルマを出したというので、当局はそれを宣伝に使っていたのである。

それから五年、私はノルマを自分が体験するはめとなったが、当局のノルマ奨励は相変らずであった。刺繍工場に隣りあった大きな裁縫工場でミシンをかける女工たちの手は、まるで飛ぶように動いていた。身体が機械の一部になっているとしか思えなかった。もっともこんな縫い方では、数は出来ても相当ずさんなものがあるらしく、私は袖下が肩からついているおばけ服を見たことがあった。

この裁縫工場で、私はへまをした。私の職場からトイレへ行くのには、大きな裁ち板の前で布を裁っている、裁縫工場の班長の横を通らねばならないのだが、そのあたりには布の裁ち屑が一面に落ちていた。

ある日、その中に、少し大きな布を見つけた私は、「いいものがあった」と喜んでバラックに持ち帰った。

それというのも私は、トイレ用の布が欲しかったのである。ラーゲルには紙がない。特にちり紙のたぐいはかけらすらない。では、その代用は、というと、これが何もないのである。稀に、どこからか紙を都合してくる女たちは、キャラメルの包み紙くらいの紙でおしりを拭いていた。胃腸の弱い私は、とてもそんな小さい紙では間に合わない。余分な布はどこからも手に入らないので、用足しのあと始末は、私には悩みの種だった。落ちていた裁ち屑を見て、これ幸い、と思ったのはそのためだった。

ところが、私が帰ったあと、裁縫工場は大騒ぎになっていた。あの裁ち屑は服に必要な布だったのである。班長は顔色を変えて女工たちを問い訊し、誰にも覚えがないところから、それでは午前中に来ていたアカハネだということになった。

夕方、ただならぬ形相で乗りこんで来た班長に、私はぎょっとなった。シラを切れるような私ではないので、急いで布を取り出したが、まだ一枚も使っていなかったのは幸いだった。私は自分の不注意を恐ろしく思った。

床の上にあったので、いらないものと思った……と言いわけし、ひたすら謝ると、班長は何も言わずに布を手にして帰って行った。私は胸を撫でおろした。こんなことでも官物横領で刑を追加されたら大変なことになるからであった。

ラーゲルには、年に一度、官物検査《インヴエンタリザーチヤ》があった。何の予告もなしに行われるので、最初、私はあわてふためいた。自分の持物は、官物、私物を問わず、バラックの外へ運び出し、土の上に並べて検査を受けるのである。藁布団から丼に至るまで運ばねばならないので何回も何回も往復する。その間にものが盗まれはしまいかと気が気ではなく、禁制品があれば早いとこ隠しておかねばならない。

ほとんどの囚人は、禁じられたナイフを持っていた。五ルーブルも出せば、男囚の鍛冶屋さんが作ってくれるからだ。女囚はたいてい工場からごまかして来た刺繍糸を貯めこんでいる。それも急いで身体に隠す。

ところが待っても待っても係官はやって来ない。早くて半日は待たされ、順番が来ないで日が暮れてしまうと、検査も立ち消えになってしまう。こんなことなら荷物を出すんじゃなかったよ、とブツブツ言いながら、私たちはまた、ぞろぞろと荷物を運び込む。

官物検査の時、一番あわてるのは、支給された官物を売ってしまった人たちだった。しかし、よくしたもので、大騒ぎの最中に、ちゃんと売り手が現われるのだ。

予告なしの検査は、この外に隠匿品捜索《オプィースク》があった。私たちはみな、バラックの外へ追い出される。何の為の検査かさっぱり判らないが、とにかくナイフや刺繍糸を急いで隠すことは変らない。

看守は土足のまま寝床に上り、あるいは寝床の下へもぐり、布団を引っぱがし備品を引っくり返して、隅から隅まで調べる。お許しが出て帰ってくれれば、寝床の上は全財産が散らばっている。かき集めて、何もなくなったものがないとホッとするのであった。

検査はまだあった。虱である。衣類の虱は熱気消毒で死んでしまうが、頭にわいた虱はそうはいかない。

検査で虱の大群を発見された女囚は、髪を切られてしまった。短くするのならともかく丸坊主にしてしまうので、ラーゲルには西瓜を包んだようなネッカチーフの頭が何人もいた。

暇な時には、あちこちで虱取りが始まった。気やすい相手の膝《ひざ》に頭をあずけ、虱をつぶしてもらう。交替で取りっこしても、虱はどんどん増えた。

面白いのは、こんな虱取りの光景を見つかっても、だれも虱を取っている、とは言わないことだった。

「虱なんかいないよ。かゆくて、フケを取って貰ってるだけさ」

告げ口されて、丸坊主にされるのを恐れるためか、必ず返ってくるこんな答えも、囚人の保身術の一つであった。

私は髪も短く切り、虱の巣になることは免れていたが、ある日、風呂で、虱退治のために、陰毛を剃り落す、と言われた時は、たまげてしまった。しかも剃るのは、男囚の風呂番で、彼ははや剃刀を構え、立膝をして待っているのである。

逃げて帰ろうにも、衣類は全部熱気消毒に出して、私たちは真っ裸であった。入浴を済ませなければ衣類は返して貰えない。ところが入浴する為には、剃刀の関門をくぐらねばならない。若い娘たちは、下刈り役を見て、キャッキャッと騒いでいた。私は観念して彼の前に立ったが、恥ずかしさと混乱で、彼がどんな顔をして剃っていたのか、全然覚えていなかった。

虱と同じ位、いやそれ以上に私たちを悩ませたのは南京虫だった。寝床にはいると、きまって南京虫の大群が押し寄せて、かゆさで気も狂わんばかり。明かりでもあれば起きてつぶすが、真っ暗闇の中ではどうしようもなかった。食われ放題、南京虫の餌食となってそのままトロトロと眠ってしまう。

南京虫にも検査があった。各バラックの管理人がやるのだが、南京虫の発見はそのバラックの不名誉とされるので、私たちは落ち着かなかった。ぞろぞろと並んで来た検査員が、誰かのベッドの横で止まるとハッとする。ベッドの下の板を、ちょっとでも持ち上げられたらお終《しま》いだ。取りつくしたつもりでも、釘穴から二、三匹は必ずこぼれ落ちるからだ。

見つかったが最後、またまた徹底した南京虫退治を命ぜられる。薬品一つない囚人に、これは大事業だ。結局、衆知を集めてベッドの板を戸外へ運び出し、検査前の準備の時にしたように板の片方を思いきり高く持ち上げて、バタン、と地面にふり落すよりほかに方法はなかった。と、その時に四散する埃のように南京虫がふり落された。

それでも、意外に効果はあった。検査の予告があるとあちこちで、バタン、バタンと、南京虫の葬送曲が聞えた。

3

ラーゲルにはいって初めての、革命記念日、十一月七日が近づいて来た。

刺繍工場の班長は、鉛筆と紙を持って私に近づいてきた。

「アカハネ、革命記念日が近づきましたね。さあ、この記念日をどう迎えますか？　貴女はどんな心の準備が出来ていますか？　話して頂戴」

私は当惑した。私はソビエト社会主義共和国連邦の一員ではない。革命記念日など、私には何の関係もないことだ。しかし、そんなことを言ってよいものか……？

班長は、美しく賢いソ連の婦人であった。彼女だけでなく、私の周囲のソ連人は、みんな私をソ連人であるかのように扱った。私が日本人であることを留意してくれた人は一人もいない。私はかねがね、彼らのそんな気持に抵抗を感じていた。私は囚人であっても、日本人なのだ、と。

私は、答えに窮して戸まどっていた。

「そうね……貴女の刺繍は百パーセントの出来だし、どう書こうかしら……？　そう、益〻努力する積り、とでも書いておくわね」

うまい答えを、班長の方から用意してくれた。

ラーゲルにはいってから、私はソ連に関して何の予備知識も持っていなかったことを、残念に思うことがよくあった。もっとも太平洋戦争中から、ソ連の内部は謎に包まれていたし、共産主義について知ることは、当時の私たちにはタブーであった。

ラーゲルの中では、別に共産主義を鼓吹されることはなかったが、入所して間もなくの頃、一度だけ所長が演説をしたことがあった。胸一杯に勲章をぶら下げた所長の言葉で、私が一番驚いたのは、アメリカが盛んに飛行機をとばして、ソ連に敵対行為をしている、ということだった。ついこの間まで、アメリカとソ連は味方同志だった筈だのに！　もうそんな冷い関係になったのかと、私は国際情勢の変化の早さに唖然とするのであった。

私は共産主義者になるつもりもなく、講話に興味もなかったが、所長の話は、さすがにロシアの標準語で、私にもはっきり聞きとれた。入ソ以来、同室の女たちの荒っぽく汚い言葉に辟易していた私は、こんな標準語が聞けるのだったら、共産主義のPRでも何でもよい、もっと度々聞きたいと思ったが、幸か不幸か、所長の大演説は一度きりだった。

革命記念日が過ぎれば、カザフスタンはもう冬であった。雪はラーゲルを覆いかくし、バラックのそばにも雪の小山が出来る。時々強風《ブラーン》という大吹雪があると、私たちは食堂へも出られなくなる。そんな時は男囚が、スープや粥のはいった桶をバラックまでかついで来てくれた。

バラックの中は、チタとは比べものにならないくらい寒かった。ペチカは二つあるきりで、一日に二回、一抱えか二抱えの蒲《カムイシ》をくべるだけだった。蒲《カムイシ》は、ラーゲルの近くの沼に沢山茂っているものを採ってくるのである。

ペチカは台所式のもので、焚き口の上に鉄板が張られ、お湯を沸したり、スープを温めたり、トーストを焼いたり出来た。しかし、百人宛に一個では、誰でも利用出来るとは限らない。

寒がりの私は、室内でも綿入れの労働服を着て震えていた。私だけでなく、みんな綿入れを身体から離さなかった。しかし寝床に入るとまず足を百回以上こすり合わせ、それでも冷たいと手でこすり、身体中を動かして冷たい身体を暖めるような者は、私だけだった。

こんなに寒い冬でも、私の手に、ひびやしもやけがひとつも出来ないのは不思議というほかはなかった。暖房が完備して寒さ知らずの大連の冬でさえ、私はひび、しもやけに悩んでいたのである。一つには、ラーゲルでは水を使う機会が少なかったからでもあろう。水は外の井戸から手廻しのハンドルのついたつるべで汲むのだが、少し置くと底に白い沈殿物がたまる水だった。それでも私たちはそれを平気で飲んでいた。

丸木小屋のバラックは、意外に風を通さなかった。乏しい暖房で、私たちが凍え死ななかったのは、多人数が二段ベッドに、ぎっしりつめこまれているせいでもあった。人いきれもここでは暖房の役目を果したのだ。

冬の訪れとともに、私は奉天で貰った旧日本兵用の防寒帽と、軍靴を身につけ、苦力《クーリー》服を着ていた。小さい私が、全然身体に合っていない男ものを着ているのだから、不恰好は当然で、見すぼらしい女囚の中でもひときわ目立った。同じ綿入れでもソ連の労働服《テログレイカ》は、しっかりした木綿で、スタイルも私のよりはるかによかった。

ラーゲルの女たちの中には、着古されてはいたが、そのまま街に出ても決して恥ずかしくない整った服装の者がいた。私は自分の滑稽《こっけい》とも見える姿が、情なかったが、これを恥とは思わなかった。そんな気が起りかけると、これは自分の仮の姿だ、自分の本当の姿は別にあるのだ、と思うようにしたのである。

それにしても、大連の外人クラブで、母が折角差し入れてくれた、冬用の暖い衣類を、送り返したことが悔まれた。「直ぐ帰してやる《スコーロ・ダモイ》」という検事の言葉をまに受け、せいぜい四、五日の勾留と思ったためである。

あの中には靴もあった……私は軍靴の重いのに困り果てていた。そしてとうとうラーゲルからラープティを支給して貰った。これは、綿をうどんくらいの太さに固く撚って編んだ、スリッパふうわらじ、とでもいう履物である。

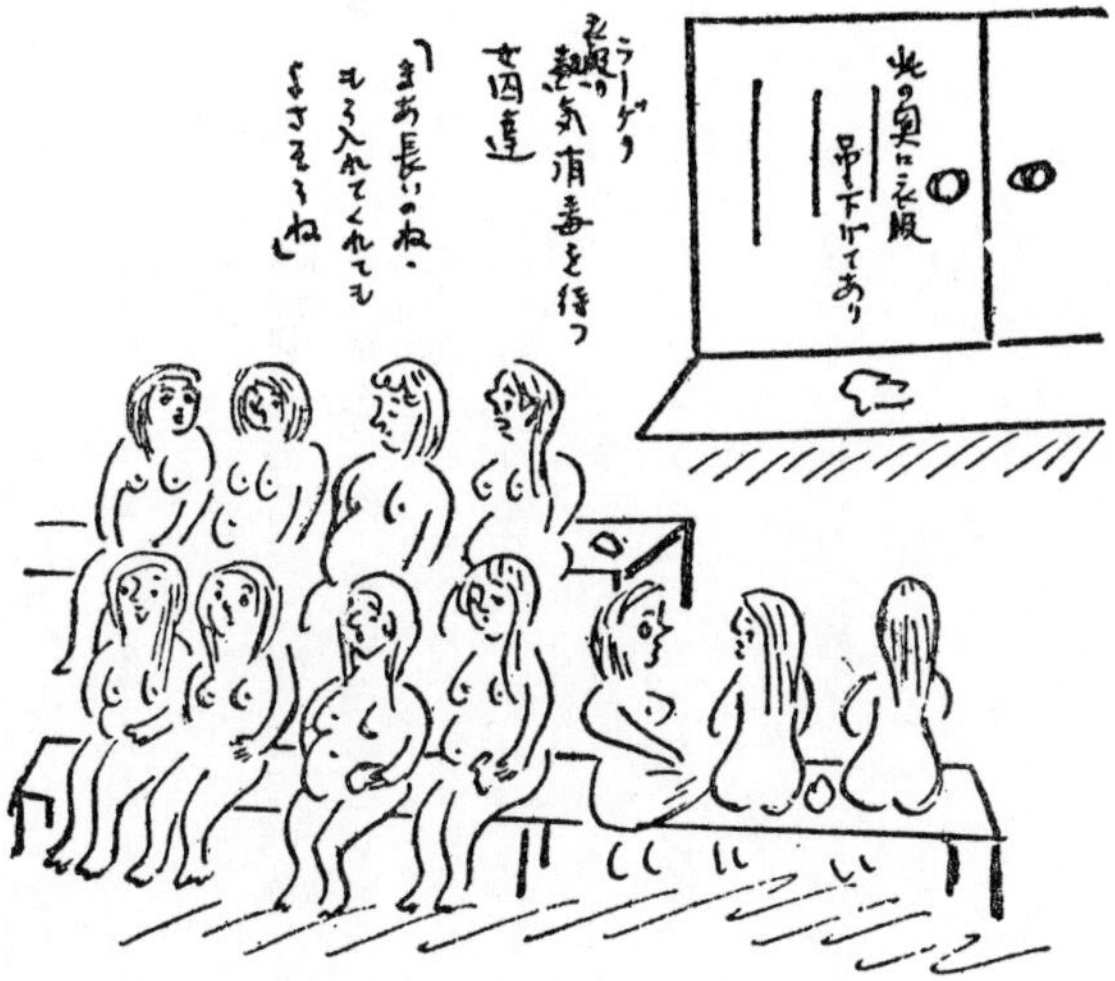

ラープティをはくと、汚れてくたびれた囚人の姿が、ぴったりきまった、という感じになる。老いた男囚が、古びた労働服《テログレイカ》の背を丸め、ラープティをひきずって、元気のない足どりで労働に向う姿は、囚人の哀れさ、醜さの典型であった。囚人もそれを知って、ラープティをはきたがらない。私も早くお金を貯めて、軽い古靴の一つも買いたかった。

惨めな姿の私にも、一つだけ人に羨まれる持ち物があった。大きな袖のついた、かいまきであった。これも大連に勾留中、母が差入れてくれたものである。表地はお召で、中に真綿がはいり、とても暖かかった。

こんな贅沢なかいまきを差入れてくれたのは、やはり娘を思う母心からだったのであろう。私がこのかいまきをベッドに拡げると、女囚たちは珍しそうに集まり、中にはせがんで袖を通し、「日本の着物！」と叫んでベッドの上を次次と走り回る娘もいた。

南京虫の襲撃もない時、かいまきにくるまって寝ていると、大連の家が懐しく思い出された。寒がりの私は、冬になると湯たんぽを二つくらいも入れなければ足が冷たくて眠れなかったものだ。それが湯たんぽも、暖房すらない、大連よりはるかに北のカザフスタンで眠れることは不思議であった……

ひび、しもやけも起らない……毎日刺繍をしているが、胸も痛まない。と、いうのは、大連時代、私は針仕事をすると膿胸のあとが痛み出し、つい縫い物から遠ざかっていたのだ。その痛みが今は全くない……

不思議であった。何か大きな力が、私の上に働いているとしか思えなかった。

それはきっと、母の祈りに違いなかった。何千キロ離れても、母は私のことを思ってくれている筈だった。かいまきに籠められた母の願いが、異境の極寒の中で私を護ってくれているのだ……

私は涙の湧いて来るのを、押えることが出来なかった。


「バーニャ(風呂)！　バーニャ！」

風呂番の男囚がどなって歩いている。

今日は、週一回の入浴の日だった。

風呂場は、ラーゲルから一キロも離れた所にあった。これから私たちは雪中の大行進をして風呂にはいりに行くのである。

みんな綿入れ労働服《テログレイカ》の上に毛布を頭からすっぽりと被る。持ちものはタオル一本だけ。門のところに集合、整列して、お馴染みの警戒兵のお経を聞く。

「囚人部隊、気をつけ！　行進中には……」

若い娘は、警戒兵に叱られても、平気でべちゃべちゃ喋りながら歩いた。一行の中には杖をついた八十歳近いような老婆もいて、遅れがちになっては警戒兵にどなられていた。

風呂場にたどりつくと、ぬいだ衣類をまず熱気消毒に出す。それから入浴までまず一時間は待たされる。すっ裸の女囚がずらりと椅子に並んだ姿は壮観であった。

部屋は十分に暖められているので、裸でも寒くはなかった。実にいろいろな肌があった。羨ましいほどつやつやした、ピンク色に輝く肌もあれば、くすんだ肌、たるんだ肌、象のようなシワだらけの肌。私はといえば、まるで洗濯板である。また、「あの人、本当にむすめなのかね」「違うさ！　きっと子供を生んだことがあるよ」などという囁きが聞えてくる。

うんざりするような長い待ち時間のあとで、やっと浴室の扉が開く。一人一人、消しゴムほどのチョコレート色の石鹼を貰って、我れ先にと浴室へなだれこむ。十人くらいは片隅の一個所をめざして突進、しゃがみこむ。待たされて、今にも洩れそうになっていたのだ。

浴室といっても、浴槽はない。湯桶に二杯お湯が貰えるだけである。それで髪から身体まで洗わなければならない。

私はぐずの方なので、湯桶をとりそこねてあとの方から行くと、もう二杯目の湯はなくなってしまい、貰えないことがよくあった。時間も限られているので、その忙しいこと。烏《からす》の行水とも言えぬ、お湯で身体を濡らすだけの風呂である。湯で温まるなどということはできない。外に出ると、熱気消毒のすんだ衣類が、焦げ臭い匂いをぷんぷん立てて床に放り出されている。どれもこれも濁った鈍い色。裸のままで右往左往して自分のを探しまわる。パンツがない、靴下がないとわめく声。やっと熱い外套を着終ったあとは、ほっと一息、温まると、もう汗が吹き出す。それをぬぐいながら、外に出て冷たい風に当る。

この時の快さ！　この気持よさだけは王侯も司令官も囚人も同じだ。手にしたタオルは、みるまにカチカチに凍ってしまう。

再び一キロの道を歩いて帰る私たち。バラックへたどり着いた時は、身体はすっかり冷えきっている。ペチカに火はないから、洗った髪を布でくるんで、いそいで寝床にもぐりこむ。一週一度の、やや衛生的な行事は、これで終るのだった。

やがて、クリスマスが訪れたが、もとよりラーゲルにはなんの行事もなかった。しかし、ウクライナの娘たちの間には、宗教的な雰囲気が漂っていた。いつもよりきれいな頭巾《クッシンカ》をかぶり、白いブラウスに黒いサロファン（肩からのスカートの一種）をつけ、三、四人ずつ集まって、澄んだ声で聖歌を歌っていた。

この娘たちは大部分、刺繍工場の私の横でクロスステッチをしていた。みなで二、三十人はいただろうか。長い髪をきれいに編んでお下げにし、ある者は冠のように頭のまわりに巻きつけていた。その上から白い三角巾をつけて、あごの下で結ぶ。みな品のよい顔立ちで、動作もソ連人よりずっとしとやかだった。

彼女たちは故郷で、ウクライナの独立をめざす組織《オルガニザチヤ》に加わっていたとかで、全員、第五十八条、十年の刑を宣告されていた。ウクライナの父母からは、時々小包が届くので、ほかの女囚たちよりは身ぎれいに装うことができたようだ。

肉親からの手紙も度々届いていた。それに読みふける彼女たちの姿は、美しく、羨ましい限りだった。

しかし、一ヵ月でも手紙が途絶えると、はた目にもいたましいほど彼女たちは心配し始める。故郷の肉親に対する政治的、経済的不安は、ウクライナ娘たちの場合、殊に大きいのであった。娘がラーゲルに入ったため、流刑のうきめを見た親もあれば、よい仕事を馘《くび》になった身内もいる。仲間の間にこうした例を数多く見て来た娘たちは、音信の途絶えをすぐに不幸に結びつけ、心も落ち着かぬ様子であった。

そんな娘たちを見ていると、最初は手紙を羨んでいた私も、かえって手紙などには縁のない自分の境遇をよしとするようになった。少なくとも日本では、私がソ連に捕まったからといって、肉親が不幸な目に会う筈はない。むしろ同情されていることを、私は固く信じた。手紙も小包も来ないのは淋しかったが、来ないものと諦めてしまえば、もうあれこれと気を廻すことはない。可憐なウクライナの娘たちに、私は同情するようになった。

ラーゲルに宗教の匂いがするものには、もう一つ、尼《モナシカ》の集団があった。二十名くらいいる尼たちは、みな白い頭巾を被り、黒の幅広いスカートを裾長くはいていた。

ラーゲルに来てまもなく、夜中にトイレに立った時、真暗な柱の前やベッドの上で、何人もの尼が、ひざまずいたり立ったりして十字を切り、何事か祈っている姿を見て、私は驚いた。

この人たちはラーゲルの規則に全然従わず、強制労働にも出ず、一般の女囚とも交わらなかった。最初は監禁したり脅したり、さまざまな圧力を加えた所長も、遂に匙を投げて、お構いなしとなったのであった。

ソ連に宗教の自由があるのかないのか、私には全然わからなかった。誰に訊ねても、曖昧《あいまい》な答えしか返って来なかった。宗教は阿片なりという共産党のスローガンを聞いたような覚えもある。

いずれにせよ尼《モナシカ》たちは、ラーゲルでは異質の存在だった。私は彼女たちの信仰の強さに驚いていたが、尼たちの表情はみな暗く、信仰に生きるものの輝やきが見られないのは不思議であった。

カザフスタンの冬は厳しく、長かった。一年の半分は雪に覆われた生活が続く。私はどうやら風邪も引かず、最初の冬を越すことが出来た。

しかし強風《ブラーン》のために、私の淋巴腺はすっかり悪化していた。日に四時間しか働かなくても、淋巴腺はどんどん膨《ふく》れあがり、反対に身体は痩せ細る一方だった。雪どけ水で構内中がぬかるみに変った頃、とうとう私は病院に送られた。そして、そのまま入院することになった。

病院は約二百名の患者が収容できるようになっていた。私は結核病棟に入れられた。鉄のベッドが十ほど並び、サイドテーブルもあって、このへんは娑婆と変らなかった。大きなペチカがあって、燃料は石炭であり、厚い木綿のねまき一枚でいても寒くはない。

一人ぼっちになった私は、病気のこともあって、ひどく心細かった。お仕着せのねまきの下から、飛び出した肋骨が一本一本はっきり見える。まるで骸骨《がいこつ》のようだった。

ロシア語を習っていたワーリャとも離れてしまった。彼女の釈放が近いのも気がかりだった。また会えるだろうか。気のあった友と別れてしまうことは、ラーゲルの場合、殊に淋しい。私はいつか、板のようにうすくなった膝にぽたぽたと涙を落していた。

日本は今、どうなっているのだろう……

この年、一九四六年の初め、天皇が神でなくなったことも、旧円が新円と交換されたことも、私は知らなかった。三月五日には、チャーチルが演説の中で、ソ連圏を「鉄のカーテン」と呼んでいたことも。私は鉄のカーテンのただ中に閉じこめられていたのだ。ラーゲルでは新聞は比較的楽に手に入り、日本のことも少しは出ているようだったが、はやる気持と反対に、新聞を読もうとは決して思わなかった。スパイだと噂されたり、密告されることが恐かった。病院へはいってからも、私の用心深さは変ることなく、心の底に大連を、わが家を思い出すだけだった。女学校はまだあるのだろうか……私の末の妹はそこで教師をしていたのだ……

三ヵ月ほどいるうち、私は少し肥った。すると、腫れは引かないのに退院させられてしまった。その後はどんどん悪化した。一ヵ月後は化膿し、膿が流れるようになった。そしてまた病院へ送り返された。

入院しても、治療らしい治療は何もしないのだから、回復するわけがなかった。最初に紫外線をちょっとかけたきりで、包帯もせず、膿《うみ》を拭きとることもしない。包まないほうがいいと言われて、私は仕方なく、汚い首を人目に曝《さら》していた。ぐりぐりはどんどん大きくなった。とうとう顎の両端がふくれ、ま四角な妙な顔になった。それでも、女院長の回診があるだけで相変らず何の治療もなかった。

女院長ウットキナ（ウトカ＝鴨）は、尊大な婦人だった。もう六十代の半ばだったが、白髪交りの髪をきちんと高いまげに結い、威厳のある顔には一種の美しさがあった。女囚たちも彼女のことは悪く言わなかった。院長もまた第五十八条の十年組で、在任中に更に五年を累刑された、気の毒な婦人だったのだ。

淋巴腺炎の経過は、はかばかしくなかったが、病院の食事の上等なのは、私には嬉しかった。バターや牛乳が支給されるほか、スープの中には必ずじゃが芋があり、肉も一切れははいっていた。胡瓜と肉のスープもあった。時々、紅紫色をした、茹でた甜菜《てんさい》の大切れが丼にはいって出た。大層甘かったので、私は心の中で、羊かんと思いながら食べた。

粥《カーシャ》も、ラーゲルよりはおいしかった。マンナヤ・カーシャ（小麦粉を加工した微粒子の粥）は、牛乳で煮てあるので、特においしい。パンの量は私には多すぎたので、牛乳や砂糖と交換した。みんな、牛乳は一、二日放っておいて発酵させ、ヨーグルトにして飲むのだった。

4

私は病室でも刺繡をしていた。今で言うならアルバイトである。入院したのは春だったが、夏が過ぎ秋になっても病気は一向によくならなかった。しかし、熱はなく、気分も悪くなかったので、暇潰しと小遣稼ぎのため、一つ三、四ルーブルで、仕事を引き受けたのだった。

私の刺繡は前から定評があったので、女囚や女看守、はては警備のソ連兵からも次々と注文があった。首から膿《うみ》の出ている私の手仕事を、一向に嫌がらないのが、私は不思議だった。ある女看守は私の刺したすみれの花に大満足して、お礼だといって刺繡用の円い枠をくれた。それまで枠なしで刺していた私は非常に嬉しかった。その後は刺繡の能率も出来ばえも格段に良くなった。

刺繡に疲れると、私は入院中知りあった中年の婦人にロシア語を習った。姿勢のよい彼女は十年の刑を受け、釈放も間近だった。よい育ちを思わせるように、彼女の指はほっそりと美しかった。

ラーゲルに来て二度目の革命記念日は、私は病室の中で過した。淋巴腺が治らぬばかりか入院してしばらくすると目の調子がおかしかった。女囚の話では、ウットキナ院長は眼科が専門であるという。院長は外科手術も何でもやっている優秀な医者だというので、目だけでも治して貰おうと、私は彼女に泣きついた。

「涙と目やにで、目が溶けそうです！」

院長はやっと本格的な治療をしてくれた。

目が治ると、私はまた刺繡を始めた。ロシア語を教わっていた婦人が釈放になったのはこの頃だった。病院を出て行く時、彼女は私を抱きしめ、頰に接吻してくれた。私は涙が滲み、彼女の品のいい顔が良く見えなかった。首から膿の流れる私を、彼女は汚ながりもせずに抱いてくれたのだった……

彼女と入れかわるように、また中年の婦人が運びこまれてきた。痩せ細った彼女は、まるでミイラのようだった。

「アカハネ！」

突然、ミイラが私の名を呼んだ時の驚き！

その声を聞いて、私は雷にうたれたような気がした。マリア・ラーゾレヴナ！　チタの監獄で一緒だったあのインテリ婦人だった。

それにしてもこの変り果てたさまはどうだろう！　声を聞かねば、これが昔のマリアとは、到底信じられなかった。チタを出てから今まで、彼女は囚人列車《ストルイピン》で中継所から中継所へと引きずり廻されていたのだ。どんなに苦しかったことだろう。慰めの言葉もなく、私は彼女の手を握り、お互いに涙ぐんで見つめあうばかりだった。あの白魚のような手も、今は枯木のようだった。

私は自分のパンを彼女にあげた。彼女は少しずつ元気になって行った。ベッドから起きられるようになると、私は彼女を扶《たす》けて廊下を歩いた。

すると患者たちの中には、私たちを白い眼で見るものがいた。これは、マリア・ラーゾレヴナが、ユダヤ人なる故だった。私は平気だったが、終生、このいやな目《ま》ざ《な》しとひそひそ話につきまとわれる彼女のことを思うと暗然として来るのだった。

回復に向ったマリア・ラーゾレヴナは、私に、ロシア語の文法、詩、諺などを教えてくれた。合間では彼女はひとりトランプ占いをしていた。粗末なトランプは手製で、ぼろぼろになっていたが、彼女は静かに言うのだった。

「プーシュキンは、トランプを信じていましたからね」

病院には時々検閲官《コンミッシャ》がやって来た。衛生について隅から隅まで調べるので、院長以下私たちまでその準備が大変だった。が、検閲官は、重症患者を見て、釈放を命じることもあるので、私たちは一縷《る》の期待を持つのだった。

ドクトルばかりの検閲官が来たことがあった。先頭の女医は私の前で立ち止り、首のあたりをじろじろ見た。私は膿をたれ流したまま、顎を腫らして例の四角い顔をしていた。

「あなたの罪は何条ですか」

検閲官が言った。

「五十八条です」

彼女は、それなら駄目だ、という風に首を振り、手も振って出て行った。

「重症でも、五十八条じゃ駄目なんだね」

かなり結核の進んだ五十八条の女囚が言った。彼女の顔は例えようもなく暗かった。私たちはため息をつき、重苦しい空気は部屋の隅々にまで拡がって行くのだった。

このショックのせいかも知れない。私は俄かに熱が出た。耳が突き刺されるように痛く、仰むけに寝たきり首を動かすことも、寝返りをうつことも出来なかった。高熱のため、目はかすみ、食べものも何一つ咽喉を通らなかった。

僅かに目だけを動かしても、激しい目まいがした。天井も壁も一度にぐるぐると廻った。それらは廻りながら下りてきて、私を押し潰すかと思われた。苦しい！　私は声を挙げようとしたが、その声も咽喉でかすれた。

一日、二日目までは憶えていたが、あとは昼か夜かも最早判らなかった。私は自分が死ぬのではないかと思った。この苦しみが、もっともっと苦しくなり、極限の苦しみが訪れた時、それが死だ……そう思うと恐怖に胸がしめつけられた。灼《や》けつくような、そのくせもうろうとした頭の中には父母のこと、兄弟たちのことが、次々と浮かんで消えた。

肉親の次に、何故か思い出されるのは己れの来《こ》し方であった。自分の一生は何であったのだろう。夫も子もない私は、死んだあとに一体何が残るのだろう……カザフスタンの広野に一人淋しく埋められる、この私の小さな身体……誰が泣いてくれるのだろう……ああ、私はやっぱりこんなところで死んでしまうのか……とりとめもない思いが胸を駆けめぐる中を、私は夢と現《うつつ》の境をさまよっていた。

そのなかに、ぽっかりと浮かんで来る面影があった。まだ私が二十代の前半、思いを焦《こが》した

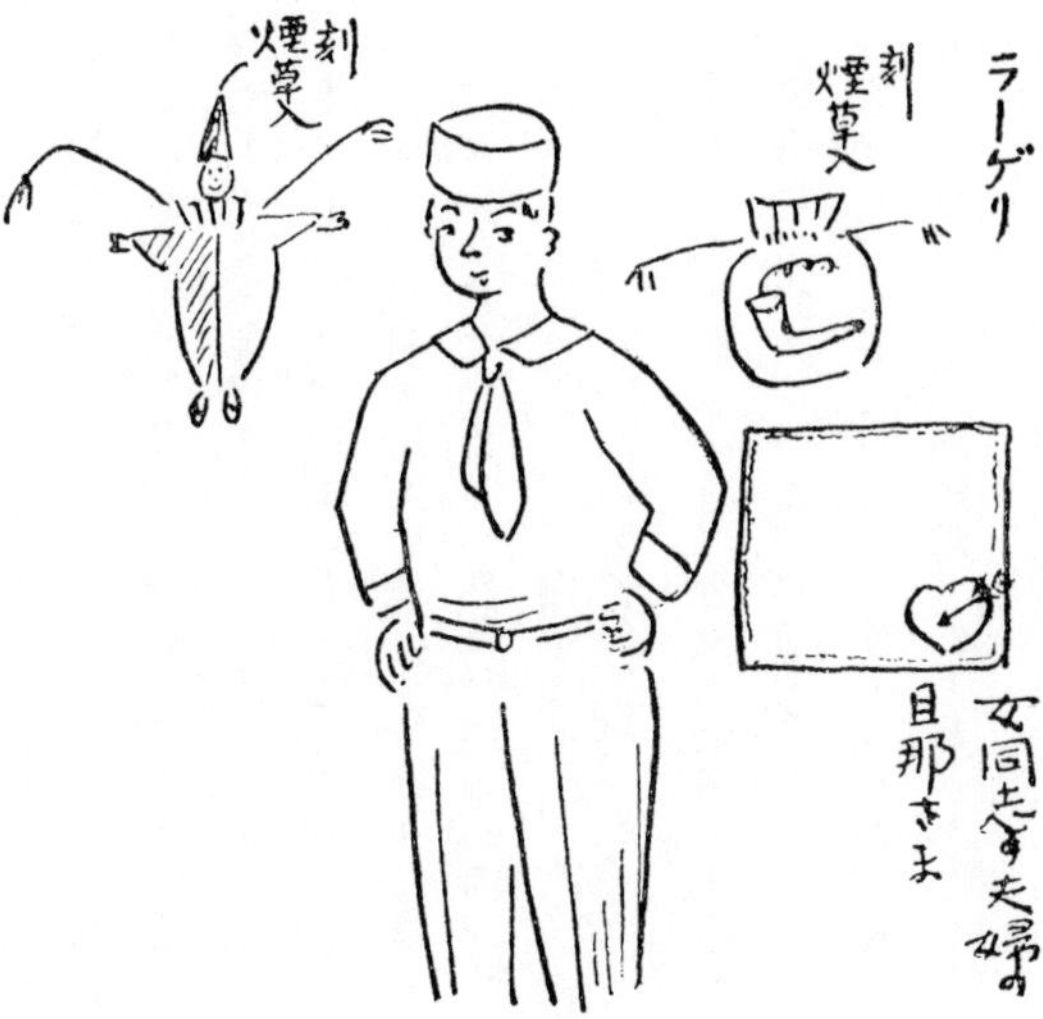

青年の顔であった。彼は、私たちと同郷で、従姉の大学同級生であった。卒業後、旅順工大の講師にきまり、途中、私の家に立ち寄った時、彼は、まだ若かった私の心を捕えてしまったのである。

若気の至りというか——いや、あれが若さというものだったのであろう——私は自分の方から思いを彼に打ち明けてしまったのであった。結婚、という意志も一緒に。彼は即答はしなかった。しかし、母は私たちの結婚に大乗気で、土曜日毎に遊びに来る彼を、家族の一人のようにもてなしてくれたのだった。

この間、私は文検の試験勉強に夢中であった。彼も文官試験をめざしていた。やがて、試験の結果が発表された時、彼は落ち、私は合格していた。

その為に彼を嫌いになったというのではない。が、私の心には、文検合格をきっかけに、以前と違ったゆとりが生まれていた。恋と試験準備で、私の頭は沸きかえり、のぼせに似た状態になっていたのである。それが冷めると、私は彼と自分の間を冷静に考えるようになった。私は、まだ、彼の心を聞いてはいなかった。好きか嫌いかも……私の方ががむしゃらに彼を求めていただけだった。

こんな一方的な気持で結婚することの恐ろしさに、漸く私は気づいたのだった。理性を取り戻した私は考え続けた。すると、彼に対する心も、徐々に冷めて行ったのである。

私は彼に、先の結婚申込みを取り消す決心をした。あの時から、かれこれ一年が経っていた。

その日、彼は私の好きなシュークリームをつめた大きな箱を抱えて私の家を訪れた。

二人きりになった時、私は彼の前に手をついて、深々と頭を下げ、いつかの私のプロポーズを取消してくれるよう、謝った。

彼の顔色はさっと変った。

「そんな！　僕は今日、貴女に結婚の申込みをする積りで来たのです」

運命の皮肉さに、私は啞然とした。

しかし、私の心は変らなかった。彼が結婚を望めば望むほど、私の気持は冷えて行った。やはり、あの恋は、熱病だったとしか思えなかった。やがて彼は、別な女性と結婚したが、私の心に動揺はなかった……

高熱の間に浮かんでは消える彼の面影は、私のこの世への別れの先ぶれのように思われた。過去のことが、次々と思い出され、さながら走馬灯のようだった。私は恋とは縁遠かった。淋しくはかない青春だった。しかし、忘れることの出来ぬ、もう一つの思い出があった。

彼は、新京の学者であった。私とお見合をし、婚約は九分九厘きまりかけた。私の家族は彼を大連の家に晩餐《ばんさん》に招いたが、その夜の話の中に、彼や彼の兄弟がすべて文学に関係しているという話題が出た。

小学校を出たきりの私の母は、「文学」というものを毛嫌いしていた。母の感覚からみれば文学とは、危険なもの、不安定なもの、堕落したものの象徴だった。母は俄かにこの縁談に反対を唱え始め、も早婚約などは覚束《おぼつか》なかった。

彼に魅せられていた私は、思い悩んで、母が温泉に行った留守を幸い、新京の彼のもとへ走った。これは、私としては大胆な行動だった。矢張り、恋が私を向う見ずにさせていたのだ。

突然の私の姿に驚いた彼は言った。

「いざという時、僕のところへ来てはいけない。東京の両親のところへ行って下さい」

その時四十歳あまりだった彼は、年相応の分別で私をさとした。私はその時三十二歳だった。

彼の言葉は、私の耳には冷たく響いた。すごすごと大連へ帰ったが、追いかけて届いた彼の手紙には、親の承諾のない結婚は不幸の始まりであるから、この縁談はなかったものと思って欲しい――と記されていた。

私は失意のどん底に落ちた。

温泉から帰って、私の新京行きを知った母は、烈火のように怒った。癇癖な母は、いきなり傍の二尺差しをつかむと、私の膝をピシャピシャと叩いた。

日頃おとなしい私が、男を追いかけて新京まで行くような、はしたない行動をした——母は私に裏切られた口惜しさから惑乱し、逆上してしまったのであった。

その時ぶたれたあとは、いつまでも大きなあざとなって私の膝に残った。私は新京へ行ったことを、悪いとは思っていなかった。その一方、母の怒りも嘆きも手に取るように判るのだった。物差しの下から逃げなかったのは、恋と母の間に板挟みになった、切なく苦しい心のせいであった……

《さようなら、お母さん……》

はかない恋の思い出が消えたあと、私の意識の底に浮かぶのは、小さく淋しげな母の顔であった。母はもう、私のことを、きっと死んだと思っているに違いない。私の弱い身体を一番よく知っているのは母だった。そして私はこの身体ゆえに、母に苦労のかけ通しであったのだ……

けれども、母と一緒に暮していたころ、私は母が嫌いであった。いや、嫌いと一口には言い切れぬ、複雑な気持であった。母は私の健康を気遣うあまり、常に私に口やかましく、迷信や信仰を押しつけるので、私は早くほかの兄弟たちのように、母の許を離れたかった。しかし、明治の女である私は、親とか家をぬきにした行動はとれなかったのである。英語を勉強することで、私は僅かに母の束縛を脱することが出来た。母の手から完全に離れたと気付いた時、私は皮肉にもソ連の手に捕われていたのであった。

母が遠い姿となった今、思い出されるのは仲のよかった兄弟たちより、あんなに嫌いだった母のことばかりだった。叱られたことも恨んだことも、不愉快だった思い出は、カザフスタンの春の雪のように消えてしまい、私の心には母への慕わしさだけがあった。二尺差しでぶたれたことも、私はただ懐しいだけだった。そして、彼のことでも、私は母が気の毒でならなかった。私がこんなことになった今、母はあの時の縁談をまとめておけばよかったと、ひそかに臍《ほぞ》を噛んでいるに違いなかった。あの時、彼との結婚を許しておけば、私は妻の位置におさまり、領事館で日本語を教えることもなく、ソ連の手に捕まることもなかったのである。母はきっと、悩んでいるに違いなかった。一緒にさせてやればよかった……私が反対したばっかりに……と。母はそんな女性《ひと》だった。母を苦しませていることが、また私はたまらなく辛かった……

《お母さん、どうぞ私を許して下さい……こんなところで死んでしまうことを……》

死ぬことはもう、こわくなかった。あとに残る人の悲しみが辛かった。私は自分の一生で何か人間らしいことをしただろうか、などということは一切頭に浮んでこなかった。文検の受験に夢中になり生甲斐を感じたことも、その喜びも……

形見分けのことが頭に浮かんだ。粗末な私物を、誰と誰に上げようか……熱に浮かされた頭で、私はそんなことまで考えていた……

一週間目に熱が引いた。

奇蹟のようだった。

しかし、私の左の耳は、完全に聴力を失っていた。中耳炎を起していたのだと思う。

再び、単調な病院の明け暮れが始まった。既に、私が入院してから一年以上経っている。淋巴腺の膿は、まだ流れっ放しだった。

この年——一九四七年の夏は、第五十八条の雑役婦がラーゲルを逃げ出して、大騒ぎになった。警戒が異常に厳しくなり、室外の散歩は禁止、小窓さえしめ切られてしまった暑い夏だった。

入院以来、私は一度も入浴していなかった。病院には風呂の設備はないのである。毎朝の洗面の水も僅かだった。私は色々と頭をひねった揚句、手拭を水で湿し、これで身体の垢をこすり取るようにしていた。これだと、コップ一杯の水で、全身の垢が除けるのである。

今日は風呂がある、という知らせを聞いた日、私は狐につままれたような気がした。そのうち、病室に運びこまれて来たのは、長方形の大きなたらいだった。

バケツでお湯が運ばれてくると、看護婦が手伝って、患者の一人がみなの見ている前でお湯につかった——というよりも子供の行水のようなものだった。次々に入浴する患者を見ているうちに、私は気分が悪くなって来た。結核病棟だから、背中から膿が出ている人もいる。皮膚病のような患者もいる。お湯は一人一人に一ぱいずつ新しく運ばれたけれど、患部のみさかいもなく洗うのである。あれではかえって、黴菌《ばいきん》を体中になすりつけるようなものだ。

私の番が来ると、看護婦は膿の出ている創口《きずぐち》にも構わずお湯を流した。私は観念してこらえているだけだった……

こうしてまた、冬が訪れた。病院を去る人来る人。マリア・ラーゾレヴナは退院して行った。

ハンストをしたという女囚がかつぎこまれて来たこともある。彼女は私と同い年だった。前のラーゲルにいた時、重い石を担がされて健康を害し、それでも強制労働に出されるので、ハンストで抵抗しているのであった。

バラックで一緒だった、おとなしく清潔なラトビヤの女も、病院に運ばれて来た。彼女は気が狂ったのである。彼女が閉じこめられた小部屋からは、一日中スターリンの悪口が聞えてきた。夜となく昼となく、スターリンを罵る大声は四方八方へ響きわたった。あれを聞いて心の中で痛快な思いをしている人もあったに違いない。彼女はある日、白衣一枚で小部屋を逃げ出した。そして雪の上で踊っている所を捕まった。

私の病室にいたウクライナ娘、マルーシャは死んだ。黒い目をした、優しい上品な娘だった。ウクライナの娘たちは、拷問の結果、胸を痛めているものが多く、彼女も結核だった。そこへ、マラリヤに罹ったのである。病院のそばには沼があって、蚊が多かった。結核患者がマラリヤになれば、死神の手に捕えられたも同然だった。高熱が出ても氷枕一つなく、可憐な彼女が苦しんでいる有様は見ていられなかった。

彼女が死ぬと、ウクライナの娘たちは、ラーゲル所長の許可を得て、亡骸《なきがら》を白い衣裳で飾った。白い紙の冠をつけた彼女は、花嫁のようになって病院を出ていった。ウクライナの故郷の親の心を思い、私は涙を押えることが出来なかった。

雪が、すべてのものを覆いつくしていた。ある日、窓から外を見ていた女の一人が、向うの建物に、日本人の男が来ている、と言い出した。

「きっとそうだよ。この前にも来ていた。アカハネ、誰かに訊いてごらん」

私が覗いた時、彼の姿は見えなかった。私は病室の壁塗りに来ていた男囚に、もし日本人がいるなら私のことを伝えて欲しい、と頼んだ。

翌日、その日本兵は、私の窓口に現われた。懐かしさで胸が一杯だった。彼は野菜——人参やキャベツをトラックで運んでいる、と言った。

「たいていの日本の捕虜は帰国しました。自分達は殿《しんがり》です。しかし、近いうちに帰れると思います」

次の日も、彼は来た。嬉しかった。私達が話していると、うしろから女たちが、人参をねだりなさいと口々に騒ぎ立てた。私は彼に迷惑をかけたくなかったが、仕方なく頼むと、次の日、彼はポケットというポケットに、人参をいっぱい隠して持って来てくれた。

折悪しく昼食の時間が来て、私は、感謝の言葉も十分言い尽せぬまま、彼と別れねばならなかった。彼は深く積る雪を踏んで帰って行った。

その次の日、彼は来なかった。次の日も、その次の日も。私は毎日のように窓の外に目をやっては、彼の姿を求めた。五日、六日と経つと、はかない希望は絶望に変った。

人参が見つかって処罰されたのだろうか……それとも、帰国したのだろうか……彼は近いうちに、と言っていた。きっと帰国したのだ。移動は、突然行われる。別れを告げる暇もない。彼は、きっと帰ったのだ。日本へ。もう私とは会えないのだ……

人参でふくらんだ彼のポケットを思い出すと、あの時の幸せと喜びに、私の胸は締めつけられた。彼はもう行ってしまった。私はとり残された。私にはいつ帰れる日が来るのだろう……

私は一日中、誰とも口を利く気になれなかった。一九四八年の冬であった。

私の病院生活は二年を過ぎた。顎の腫れはやや引き始めていたが、皮膚に出来た妙な湿疹が不気味であった。

病院とはいいながら、風呂の例を見ても判る通り、私たち日本人の衛生観念をもってすれば、此処は不潔な場所であった。売春婦ややくざ女《ブラトニィ》などもいて、梅毒、性病患者にもこと欠かないのである。私は自分の皮膚病が、そんな女から感染したものではないかと不安だった。

思いがけず、バラックのワーリャから手紙が来たのは、こんな時だった。手紙は英語で書いてあった。私が入院してからも、彼女は英語の勉強を忘れなかったのだ。近いうちに釈放される、とその手紙にはあった。ラーゲルを発つ前には、きっと貴女にお別れに行きます、と。

喜びと淋しさが交互に私を襲った。十年の刑期。彼女は更にそれを二年も過ぎていたのだ。彼女の心中の不安と焦燥は察するに余りある。しかし、今、やっと希望が訪れたのだった。

ボリスはどうするのだろう、と私は思った。彼の刑期はまだ残っていた。釈放されたら、ワーリャの後を追って行くのだろうか。釈放後の囚人の運命が、必ずしも平坦ではないことは、ラーゲル内でよく語られていた。釈放されたが、ラーゲルの門にしがみついて出て行こうとしなかった老婆がいたことを、私は聞いていた。十数年の空白のあとの故郷が、彼女を暖く迎えてくれる保証は何処にもない。肉親は死に絶え、身寄りは四散しているかもしれない。ラーゲルにいれば少なくとも、食うところと住む所だけはあるのだ。この老婆だけでなく、ラーゲルに永住を希望する者の話は時々聞いた。しかし、彼らは容赦なく警備兵の手で放り出されて行った。

刺繍の注文は相変らずあって、私は小遣い銭には少しも困らなかった。釈放される人々が、故郷へラーゲルのおみやげにするというのが多かった。出来上った刺繍を、または、刺しかけのを私はベッドのそばに飾っておいたが、これがアカハネ刺繍店のショーウィンドウなのであった。尊大な院長も、これを見る時だけは、にこにこと顔をほころばせていた。

ラーゲルに来て、三度目の革命記念日を迎えた頃、院長は私に、退院の近いことをほのめかした。腫れも引いて、顔はどうやら元の形になり、ぐりぐりは小さくなっていたが、まだ二個所から膿が出ていた。

私が、田中さんに再会したのはこの時だった。重症の結核患者として、彼女は別の病室に運ばれて来た。女囚の知らせで、駆けつけた私は、変り果てた彼女の姿に茫然とした。結核が若い彼女の身体を蝕《むしば》みつくし、誰の目にも、彼女の生命が尽きかけていることは一目でわかった。

それでも彼女は気力だけはしっかりして、私の部屋にこっそり来て私を驚かすこともあった。重患の部屋へは、はいらぬよう看護婦から厳しく注意されていて、私が彼女を訪れることはまれだったからでもある。弱っている彼女が、ロシア語の日常の会話もままならぬことを思うと、私は気の毒でならなかった。しかし、どうすることも出来なかった。

刺繍をする時、私はよく田中さんのことを思った。彼女はきれいな針さしを持っていた。病室の僅かな私物の中にもそれはあった。別れる時、彼女は言った。

「私が死んだら、この針さしを形見に使ってね……」

私は退院の間近いことを知って、院長にも刺繍を差上げねばならなかった。あまり効果ある治療をしてくれた人ではなかったが、顔が腫れ、膿が出るだけの私を、二年以上も療養させてくれ、病人食を食べさせてくれたのは有難いことだった。ラーゲルでは、熱がなければどんなに身体が痛もうと、苦しかろうと、労働にかり出されても仕方がないのである。

私がお世話になった記念に、刺繍を差上げたい、と言うと、院長は少し考えていたが、

「では、日本の菊《ヤポンスカヤ・クリサンテーマ》を刺して頂戴」

と言い、しばらく経って黒の小布を持って来た。

私は下絵に苦心しながら、一つは薄桃色、もう一つは黄色の大輪の菊を縫いとった。刺している間、病人たちは代る代る出来映えを見に来ては、アカハネの菊は、陽光の中で生きているようだ、とお世辞を言った。

出来上った菊を、院長は大層喜んで受取った。そして自分の小部屋に私を招き、お茶とお菓子を御馳走してくれた。

「ラーゲルを出る時、持って行きましょう。何時迄も大事に蔵《しま》っておくわ」

それ以来、私の〝ヤポンスカヤ・クリサンテーマ〟は、ラーゲルの中でつとに有名になった。

病院を出る間際になって、私は淋しい知らせを聞いた。ワーリャが釈放され、ラーゲルを出て行ったのだ。必ずお別れに来ると言っていたが、彼女は来なかった。一般社会のように、人

人に行動の自由のないことはよくわかっていたが、私は淋しくてならなかった。そして僅かに、彼女も同じ思いであることを信じて、自分を慰めるのであった。

ラーゲルの別れ。それは明日のない別離だった。日本での私の人生にも、数々の別れはあった。しかし、それは、いつかまた、何処かで会える別れだった。ラーゲルには、それがなかった。居所を教えあっても、そこに便りが届くとは限らない。何人の人がこうやって、私の前を去っていったことだろう。平和なら名前も知らなかった小さな町や国の、さまざまな女たち……いつか、ワーリャがよこした英語の手紙を胸に抱いて、私はしばしの感慨にふけった。

5

一九四八年十二月、私は退院した。

「アカハネ！　もう死んだと思っていたわ！」

女たちは口々に言った。

首からは、まだ膿が出ている私だった。この時から私は、身体虚弱者《インヴァリッド》として扱われることになり、インヴァリッド用バラックに移された。

新しい住居は、お婆さんたちが多かったが、年若なのも数十名いた。私もその中の一人となったのである。

インヴァリッドは、労働に出る必要はなかった。パンは一日六百グラム、食事は普通人と変

ラーゲリ 雪の夜道
一キロ離れた風呂に
追われる
女囚達

らない。ぶらぶらしていて食べられるのは結構だったが、膿のとまらぬ私は、やっぱり健康になって働きたいと思った。

　入院中に小遣いを貯めていた私は、インヴアリッド・バラックに移ると、まっ先に小さな木箱を買った。これは囚人の最高の家具で、枕許において食器戸棚にするのである。小包みの木箱が時々売り物に出たが、お金が足りないので辛棒していた。やっと憧れの家具を手に入れた時は、嬉しくてたまらず、頭の方において一日中ためつすがめつ眺めるのだった。

　私が悦に入っていた時、悲しい知らせが私を打ちのめした。

「病院で、タナカが死んだ」

　女囚の口から口を伝って、そのニュースは私の許に届けられた。

「死ぬ前まで、一人で便所に行っていたよ」

可哀想な彼女……私よりまだずっと若かったのに……よろめきながら便所に行く彼女の姿を想像すると、私は涙が止まらなかった。彼女は前から、そんな気丈なところがあった。チタの雪の上で、さくら音頭を踊った、豊満な身体も今はない。きれいだった声も、もう聞かれない。彼女の身体は、他の囚人の死亡した時と同じように解剖されると聞いて、私はたまらなかった。カザフスタンの広野で淋しく死んだ愛娘のことを知ったら、日本の両親はどんなに嘆き悲しむことであろう……

私はせめてあの針さしでも貰い、日本の両親に届けてあげたかった。同室の病人たちは、私のことを知っていて、田中さんの私物が同じ日本人の私の手に渡るよう、色々運動してくれた。しかし、結局、遺品は私の手には届かなかった。

私は、インヴァリッドのバラックで、七十歳をとうに過ぎたお婆さんを沢山見なれていたので、若い田中さんの死んだことは、殊にいたましく思われた。拷問されて胸を痛めることもなかったから、彼女は元気で釈放の日を迎えることが出来た筈なのに。

インヴァリッドのお婆さんの着ているものは散々着古され、すり切れた服には継ぎが沢山あてであった。布団は小切れを丹念に縫い合せて作ったものだった。その小切れは、裁縫工場から拾って来た厚手木綿の裁ち屑だった。

継ぎはぎだらけの衣類でも、お婆さんのものは小ざっぱりと洗濯されていたが、同じ年ごろの男の囚人の姿はみじめであった。こんな所で長年生きて行くためには、針も持て、まめに洗濯の出来る女の方がどれだけ強いかわからない。事実、ラーゲルでは、女よりも男の方が多く死んで行くと言われた。

私はインヴァリッドで会った一人の日本人男性を思い出さずにはいられなかった。私がまだ入院しない前、炊事場に来ていた男囚を通じて彼は私に手紙をよこしたのである。戦争中はハルピンで、電気器具商をやっていたと書いてあった。空腹に悩んでいる様子だったので私は返事と一緒に、私のパンを贈った。何度目かに来た彼の手紙には、彼は痔を患い、ちり紙のないのに苦労している、とあった。

紙の悩みは私も同じであったので、私は何も上げられなかった。私は彼がどんな顔かも知らなかったが、この文通はひそかな慰めであった。一度だけ、風呂に行く時、仲間が教えてくれて遠くの鉄条網の方を見たが、そこに顔を押しつけている一人の男は、確かに日本人のように思われた。彼はじっと、私の方を見ていた……

インヴァリッドの彼は、小遣い稼ぎの仕事もなく、食べ物が買えずに空腹に苦しんでいたのだろう。ずっとずっと後の、私が帰国してから間もなく、先に帰国していた彼の亡くなったことを私は耳にした。

インヴァリッドの一日は、手仕事に明け、手仕事に暮れる。この国の女性たちは、実に刺繡や編みものが好きだった。チタにいた時も、余分のパンを突きさしてくる木の棒をとっておいて硝子の破片《かけら》で削り、編み棒を作って何か編んでいる女囚がいた。

二段ベッドの上段に、ちょこんと坐って手を動かす者、自分用の小椅子を手に入れて——それはちょうど、日本の風呂場の木の腰かけに似ていた——寝床をテーブル代りに、半日も前かがみになっている者。お婆さんでも何か編んだり、縫ったりしている。お昼の鐘が鳴ると、みんな一斉に立ち上り、丼と匙を持ってぞろぞろと食堂へはいって行く。食事の鐘はへんな音で、ある時、看守が叩くところをよく見たら、レールの切れはしが、ブランコのように、バラックの側にぶら下がっているのだった。

インヴァリッドにも、仕事が支給されることがあった。バラックで手袋を編むのである。糸はわらじ《ラーフティ》に使われているのと同じ、うどんのような木綿糸で、針も火箸のように太い。編み方は簡単で、手順を覚えれば、目をつぶってでも編めた。

これにもノルマがあったので、手袋の仕事が来ると女たちは寸暇を惜しんで手を動かしていた。点呼の時は、廊下へ整列するのだが、その時でさえ、立ったまま編み針を動かしている。点呼前の静かなひととき、カチカチという編み針の音が、あちこちから聞えた。

馴れたものは一日に何組も編んだ。ノルマにせき立てられているので、みな編み目を間違えても、ほどいて編み直すようなことはしない。お喋りに花を咲かせながら、手だけはどんどん動かして行くので、時には手の両側に親指がついているお化けが出来る。それでも平気で製品として出すので、あとで班長は誰れが作ったのかわからず困っていた。

私も手袋は編んだが、内職の刺繡の方にも精を出していた。刺繡糸は依然として不足ぎみであったが、刺繡工場からこっそり持ち出された糸が売買されて、何とか揃えられた。官物をごまかすことは、みな平気だった。囚人同志のものを盗るのは盗みだが、国家のものを着服するのに、そういう感覚はないのであった。私は始めのうちは、官物をごまかすことが、やましく恐ろしかったが、馴れとは恐ろしいもので、お終いには平気になってしまった。しかし、官物の糸で刺している以上、いつもなにがしかの不安が心につきまとっていた。

私がせっせと内職に励んだのは、釈放後の生活が不安になって来たためであった。私の釈放はあと一年の余になっていたが、女囚たちの話を聞いていると、釈放されたからと言って、直ちに自由の身になれるとは限らぬらしい。私はソ連の制度を何も知らなかったが、あと数年、「流刑」というものがあって、そこではラーゲルの檻はない代り、自分で働いて生活せねばならぬ様子なのだ。

これは、私には不安なことだった。そう言えばロシアの小説には「流刑地」とか「流刑囚」というのがよく出て来る。「復活」のカチューシャも流刑地に送られた。「流刑」というのは、僻地の監獄にはいることだと思っていたが、どうもそれとは違うらしい。日本人である私も、やはり流刑になるのだろうか……?

とにかく、お金はあるに越したことはない。労働など出来そうにもない私だけに尚更だった。先のことは、あまりくよくよと考えぬこととして、私は専ら日本の菊《ヤポンスカヤ・クリサンテーマ》の制作にいそしんだ。

数ヵ月経つうちに、私の首の両側の傷口は次第に小さくなって、膿もぴったり止った。傷跡は残ったが、私はひとまず安堵した。

懐が豊かになった私は、大きな丼をもう一個買ってバケツ代りにし、小椅子のほか洗濯用のたらいまで買った。たらいは金四ルーブル也で、男囚の鍛冶屋さんが、罐詰の空罐をつないで作ってくれるのである。たらいまで持っている私は、囚人の中では物持ちの方だった。もっと貴重品なのは鏡で、名刺か葉書くらいのものが、五ルーブルから十ルーブルはした。鏡だけは男囚の職人でも作れないので自由人に頼んで買って貰うのである。白粉や口紅も、自由人を通せば手に入った。私は鏡だけを買ったが、でこぼこの、顔が妙にゆがんで写る鏡だった。私のだけでなく、ソ連の鏡はまともに顔が写るものはひとつもなかった。

私はこの頃、エレーナ・ミッチェスラヴナという、ポーランド系インヴァリッド婦人と仲良くなっていた。彼女は私より少し年上で、若いころの美しかった面影がまだ残っていた。気の毒なことに、彼女は顔の半分と右手に大火傷のあとがあり、傷ついていない半分が美しいだけに余計いたましかった。

エレーナは、二十歳の時、勤め先の薬屋が火事になり、この大火傷を負ったのだという。火傷するまでの楽しかった青春の思い出を、彼女はよく話してくれた。

彼女は右手をいつもぼろ布で包んで隠していたが、一度布を外したのを見た時、私は、あまりのむごたらしさに胸がぐっと詰った。同時に私は、光り輝くようであった青春の思い出を、語らずにはいられない彼女の心がはっきりと判るような気がした。

エレーナは、ポーランド人であったが、両親の時代からソ連に暮していたので、彼女は私の新しいロシア語の先生になった。彼女はも早父母も亡く、全くの一人ぼっちで、釈放されても行末は養老院でしょう、と言っていた。手袋こそ編めなかったが、彼女はバラックのこまごました仕事を進んでやっていた。陽ざしがぬるんで来ると、彼女は陽だまりに腰をおろし、すらりとしてよい姿勢で、紙がわりのベニヤ板を、硝子の破片で丹念に削っていた。このベニヤ板はラーゲルで、指導者が帳面代りに使うものであった。紙不足は囚人もラーゲル側も、似たりよったりだったのである。

私が刺繡をしていると、エレーナは傍で本を読んでくれた。二、三人の聞き手がその回りに集まった。ウクライナ娘のハヌーシャもその一人だった。刺繡をしながら本を聞くのはすばらしい楽しみだった。エレーナの快いロシア語を聞きながら針を運んでいると、私はここがラーゲルであることを忘れた。それは自由の世界でも数多くない、満ち足りたひとときだった。

そんな時、私に手紙が届いたのである。

「アカハネ!」と呼ばれた時、私は自分の耳を疑った。私には絶対、来る筈のない手紙だった。しかし、封筒はちゃんとあった。

それは、私が入院中、ロシア語を教わっていた、姿勢のいい、きれいな手をした婦人だった。膿の流れる私を抱いて、別れのくちづけをしてくれた人である。私の胸は嬉しさに高鳴った。

彼女は故郷に帰り、今はピアノの教師となって元気に働いている、とあった。そうだった、彼女はピアノの先生だった。そのことを私に語った時、彼女は両手を激しく左右に動かし、目には涙がたまっていた。ピアノから遠ざけられた十年間、彼女はどんなに苦しく辛かったことだろう。しかし、その空白にもめげず、彼女は立派に新しい人生を生きているのだ。手紙を抱きしめた私は、胸の中が熱くなった。私を忘れず、手紙をよこしてくれたことだけでも、感謝の思いで一杯だった。

ラーゲルの中の音信制度は、政治情勢によって始終変更していた。月二回が一回になったり、第五十八条組だけ特に厳しくなったりした。

私も父母に手紙を出すことを、考えないでもなかったが、ソ連と日本の間の国交がどうなっているのか、皆目判らなかったし、よし書いてもラーゲル側からつき返されるような気がしていたのであった。

ラーゲル所長の見廻りの時に、私はこのことを聞いて見ようと思い立った。ときどき、部下を従えて巡回して来る時、囚人は彼に何でも質問することを許されていたのである。

その日が来た時、私は言った。

「大連の肉親に手紙を書いてもいいでしょうか」

所長は、私の顔をじっと見て、首を横に振った。

「駄目だよ」

そしてつけ加えた。

「お前は知らないのだろうが、満洲から日本人はみな引き揚げた。大連にも、誰もいない」

私は愕然とした。私の故郷とは、満洲のことだった。そこに生まれ、そこで育った私は満洲以外の土地を知らなかった。父母も内地へ行ってしまったというのか――取り残された思いが、またしても胸一杯に拡がった。それから何日も何日も、私には淋しい日が続いた。

そんな私の様子を、じっと見ていた優しい黒目がちの目があった。ウクライナ娘のハヌーシャだった。小包みが届くと、彼女はそっと私のところに、二、三枚のビスケットを持って来てくれた。そして、それが癖の、ちょっと小首をかしげる仕草で微笑みながら、元気を出すように、と囁くのだった。

ハヌーシャは美しい娘だった。ラーゲルに入った時は二十歳。ウクライナ民族主義者の一人として、彼女はソ連パルチザンと勇敢に戦ったのである。

戦いの様子を話す時、彼女の優しい目は怒りに燃えていた。何度もあたりを見廻し、声を低めながら、彼女は次第に熱して来て、私の手をぎゅっと握り、圧政者への怒りと憎しみをこめて語り続けるのだった。汗ばんだ彼女の柔らかい手を通して、彼女の祖国愛はひしひしと私の胸に伝わった。ラーゲルにいる三、四十人のウクライナ娘たちは、みなそのように、祖国のために戦った戦士だった。

私は、エレーナ・ミッチェスラヴナについてロシア語を習う一方、ハヌーシャに英語を教えた。彼女は刺繍の腕も見事だったが、英語もよく勉強した。ハヌーシャと親しくなって間もない頃、彼女は私にこんなことを言った。

「アカハネ、わたしが好き？　嫌い？　なら死んでしまうわ」

そして私をぎゅっと抱きしめたので、私は「痛い！」と叫んで彼女の腕から逃げ出した。それが面白いといって、それからも時々、ハヌーシャは、細い骨も折れるほど、私の身体を抱きしめるのであった。

ハヌーシャの刑期は十年であった。ラーゲルを出る時は三十歳になる。花の盛りの青春を、こんな僻地のラーゲルに埋もれさせねばならぬ彼女が痛ましかった。彼女が賢く、美しく、優しいだけに尚更だった。

三月の末の復活祭が来た時、私は卵を一つ手に入れて、可愛いハヌーシャに贈った。女囚たちは大抵どこからか卵を手に入れ、紫の鉛筆で絵を描いたり、マラリヤの薬、アクヒリンを使って、卵を黄色く染めていた。家から小包みの来るものは、送って貰った粟《あわ》の種を箱の中に蒔いて育てている。復活祭の頃にはちょうど、緑の芽が出そろう。その中に染めた卵を置き、粗末な紙の造花をあしらうと、一と足早く、春の訪れが感じられるのであった。差入れのある者は、小麦粉でお菓子を焼いて親しい友を呼ぶ。宗教とは縁遠いラーゲルにも、この日は何か改まった、楽しいながらも敬虔《けいけん》な雰囲気が感じられるのであった。

ラーゲルは、復活祭はもとよりクリスマスも黙殺していたが、十一月七日の革命記念日、五月一日のメーデーなど、国家的行事には、労働はお休みとなり、御馳走が出た。誰のスープにもじゃが芋がはいり、肉の小片さえ見える。その上、ピロシキがつく。私たちは、この味を忘れないように、長い時間をかけてゆっくりと食べた。

復活祭のころから溶けかかった雪は、陽ざしが強まるにつれて、次第に姿を消して行く。ところが、バラックの近くの一個所だけは雪が固く凍りついて解けない。その氷を壊す作業が始まる。私はうかつにも知らなかったが、それは、真暗闇の便所をおそれた人々が、バラックに近い戸外で用を足した集積なのであった。おっかなびっくり、まじめに夜の便所へ通っていた私は、こんなことなら、自分も近くでズルをきめこめばよかったと思ったことであった。

雪どけ水でぬかったラーゲルの構内は、泥水の海のようだった。私は何故木や草を植えないのだろうと思ったが、脱走した囚人が隠れる場所をなくすため、ラーゲルの地面はわざと丸はだかにしてあるのだった。

ラーゲルの中で私は比較的友達に恵まれていた方である。色々な女たちが、インヴァリッドの中にもいた。六十歳くらいで、立ったまま上手に用を足すドイツ人の小母さんがいた。スカートを右手でちょっとつまんで立ち止ると、もう終っている。そんなお婆さんは、ほかにも何人かいた。

ヘーデーという、ドイツの婦人とも、私は仲良くしていた。彼女は元数学の先生だった。裁縫工場で働いていたが、そこから出る緑色の裁ち屑を、いつも持って帰っていた。

やがてヘーデーは、その裁ち屑を丹念にほぐし、とれた短い糸をつないでは芯に巻きつけ、丸い球をだんだん大きくして行った。糸は木綿の太いものだったが、呆れるほど細かい、気の長い作業だった。

一体、あれで何をするのかと思っていると、彼女は型紙を作り、それに合わせてセーターを編み始めた。長い長い月日を費やして出来上ったセーターは、なかなか旨く編んであった。

彼女はそれを売りたいというので、私は大枚五十ルーブルを払って買った。

「看守に見られても大丈夫かしら？」

「大丈夫よ。おちびちゃん《マーレンカ》。でも、注意した方がいいわね」

ヘーデーはいつも、私のことをおちびちゃん《マーレンカ》、と呼んでいた。このセーターを見るたび、私はヘーデーの合理的で緻密《ちみつ》な、何かしら数学的な精神を感じるのだった。

私は仲良しの友達との交際にも気を使っていた。エレーナ　ミッチェスラヴナやハヌーシャ、ヘーデーたちの中で、だれともトラブルを起したくはなかった。女の世界は狭く、人の噂はうるさく、些細なことから人間間《にんげんかん》のバランスが崩れて行く。女囚たちは一般に神経質で怒りっぽかった。そんなに苛々《いらいら》しなくても、と言うと、きまって次の答えが返って来た。

「刑を受けてここまで来た私だ。神経が苛立つのは当り前だよ！」

大勢の女囚たちの中で、私はネリーという女が苦手だった。ユダヤ人で、パリのソルボンヌ大学を出たと言っていたが、誰も信じなかった。しかし、ネリーのフランス語は上手で、英語も出来、色々なことをよく知っていた。

ネリーは美人で、動作にも洗練されたものがあった。学問好きのくせに、金棒引き[*4]のようなところがあり、しょっちゅうあっちこっちのバラックに顔を出しては、みなに厭がられていた。

ネリーは、ラーゲル側のスパイだという噂もあった。その噂はともかく、彼女は人に迷惑をかけても一向に平気な女性だった。

ネリーへの不満が爆発したのは、私の「日本の菊」が原因だった。私は注文を受けてそれを刺しており、依頼者が持って来た布は、官給品の紺の綿じゅうの布団皮《ふとんかわ》を切りとったものだった。

ほとんど完成に近づいた時、備品調べがだしぬけに行われ、私は慌てて「日本の菊」を懐に隠した。終ったあとで手を入れると、「日本の菊」がない！　どこかに落してしまったので

ある。

さあ困った、依頼主に何と謝ろうと思っていると、二、三日してそれをネリーが持っている、という噂が立った。誰かが拾い、ネリーがそれを買いとったのである。

バラックの女たちは怒り出した。ネリーは私のバラックに何度も来て、その「日本の菊」が私のものであることを知っている。注文主のあることも。それをぬけぬけと買い取ったのは、許せない、と言うのだ。前からネリーを快く思っていなかった女たちの間で、騒ぎはどんどん大きくなり、私の問題か彼女たちの問題か判らなくなって来た。私が外に出た留守に、やって来たネリーは、女たちに捕まり、散々つるし上げを食ったらしかった。

そのあと、ネリーの恋人が私を訪ねてきた。彼は彼女の為に謝って、「日本の菊」は無事、私の手許に戻った。

ネリーの彼は、ユダヤ人で、ラーゲル内の衣類の出納主任であった。ネリーは嫌われても、彼を悪く言う者はいなかった。私に返しに来たところを見ても、彼はことのわかった、誠実な男のようだった。

二人の会う所は、カビンキ（小屋）と言われていた。そこはラーゲル内の特別室で、重労働をする者、看護婦などのような専門職が四、五名ずつ暮す住居だった。みんな昼間は仕事に出かけてしまうので、その留守を借用するのである。

バラックの女たちからは、蠅のように嫌われていたネリーだが――彼女はほんとに蠅のように、厭がられても厭がられてもみんなのそばに寄って来た――彼のような恋人のあることは幸せだった。彼が来る時のネリーは、白いきれいな肌に品よく化粧して、際立って美しく見えるのだった。

男女のラーゲルは隣り合っており、出入許可のある男囚は、自由に女ラーゲルに行き来出来た上、畑仕事などは男女一緒だったので、恋の噂はあちこちに立ち、面倒な問題や、悲劇が起ることもあった。

男と女が結ばれれば、ある女はいつか妊娠する。そんな例がいかに多いかは、母親用《マムカ》のバラックが、新しく一棟建てられたことでも判った。

生まれた子供は、ラーゲルの外にある託児所に入れられる。両親は囚人でも、生まれた子供は自由の身なのである。母親は夜でも昼でも、看守づきで我が子に乳を飲ませに行った。

母親バラックにいる女たちは、窃盗犯が多く、政治犯は少なかった。彼女たちはある意味では一番恵まれていた。恩赦で出て行けたからである。

子供は三歳になると幼稚園に移された。そして出所の時、初めて母親の手に返されるのであった。

母性というものは、何時の世も、何処の国でも優遇されていることを、私は母親バラックを見て知った。これと反対なのが、重刑囚《カトルジュニカ》たちだった。

この人たちが、百名以上も、アクモリンスク・ラーゲルに入って来たのは、一九四九年の秋だった。バラックも一般囚人と区別され、私たちとは食堂で一緒になるだけだった。

そのうちの九割以上の女たちが、二十五年の刑を宣告されていた。理由は、ドイツ人のレニングラード包囲の時、ドイツ側に協力したからという。あのような戦時下では、いずれも止むを得ぬ事情があったのであろう。

女たちの労働着の背中には、自分の囚人番号が大きく白く書いてあった。彼女たちは時々私のバラックにも来たし、食堂でも話せたが、みな看守に咎められまいかとびくびくしていた。時々、規則が厳しくなって、重刑囚《カトルジュニカ》と接触するべからず、というおふれが出ると、彼女たちの姿は、工場からも消えた。

二十五年と言えば、四半世紀である。そのような長い年月をラーゲルで過さねばならないとは！　私はマラリヤで死んだ可憐なウクライナ娘、マルーシャと同名のもう一人のマルーシャと親しくしていた。彼女も二十五年組であった。私は彼女に日本語を教えた。このラーゲルに来る途中、マルーシャは何処かで日本人の捕虜と知りあって、日本のことを大層慕っていたのだ。

日本語を習っている時、マルーシャは時々悲しい目をした。よし日本語を覚えても、ラーゲルを出る時は五十歳を過ぎている自分の姿が頭をよぎったのであろうか。私にもその思いはあったが、口には出さなかった。マルーシャの心には、慕わしい日本人捕虜の面影があったのかも知れない。彼の口から語られた美しい山河、サクラの国ニッポンがあったのかも知れない。

重刑囚《カトルジュニカ》の女たちの、悲しい表情は、マルーシャのそれと同じであった。

6

私に問題が起ったのは、ラーゲル生活も最後の年に入った一九五〇年のことであった。囚人の大調査が行われることになったのである。

私たちはみんなバラックに閉じこめられた。昼夜ぶっ通しで一人ずつ呼び出され、係官の調査を受ける。三度の食事も、運搬係が運んで来て、バラックで食べた。

空気はものものしく、みんな緊張しきっていたが、調査そのものは簡単で、生年月日、刑の種類が聞かれて、指紋を押すだけという。

次から次へと調査は順調に進んでいる様子だったが、尼《モナシカ》たちの所へ来た時、頓挫《とんざ》をきたした。ラーゲルの規則を一切無視している彼女たちは、順番が来ても自分の寝床から動かなかったのだ。

遂に大男が尼の一人を抱いて係官のところへ連れて行った。そこでも彼女は質問に一切答えず、端然と沈黙したままだった。

係官は彼女の手を摑んで、無理矢理指紋だけを取った。大男がまた彼女を寝床に連れて帰った。

尼《モナシカ》たちの全員がそうだったという。私は彼女たちの強さに驚いた。これが、信仰というものであろうか。

さて、私の番が来た。係官を前に、型通りの質問に、おうむ返しに答えて行く。

「貴女の刑期は？」

「五年です」

係官は書類を見、へんな顔をした。

「いや、十五年だよ」

「？」

「これには十五年となっている」

示されたのは、ラーゲル側の書類であった。確かにそこには十五年とあった。私は頭がぐらぐらとなり、「違います！　間違いです！」と必死で叫んだ。

「今までずっと五年だったのです！」

わけのわからないことを、私は口走っていた。十五年などという筈はない。チタの監獄で署名する時、この目ではっきり五という数字を見た。それに、チタから中継所を経てこのラーゲルに来るまで、何回、係官の前で繰返して来たことか。

「一九〇九年生まれ。第五十八条、第六項、刑期五年」

ただの一度も、「違う！」とどなられたことはなかったのだ。私は悲壮な確信をもって言い切った。

「間違いです。調べて下さい！」

係官は、うなずいて「次の者！」と言った。

私は自分の寝床へ戻ったが、ショックで胸はまだ破裂しそうに鳴っていた。ああ主張はしたものの、悲しい不安で、足は宙を踏んでいるようだった。女たちの顔もろくに見えない。友達が口々にどうしたのと訊ねてくれる。書類が十五年となっていたことを言うと彼女たちも眉をひそめた。

「十五年ですって⁈」

釈放を目の前にして、私の心は真っ暗になった。間違いだ！　間違いだ、と思っても、不安は黒雲のように拡がった。此処は日本ではない。理屈も何も通らぬソ連のラーゲルであった。裁判一つせず、無実の者を監獄に閉じこめる国である。途中で刑期が変更されることもあり得るのかも知れない。私は心配で気が変になりそうだった。楽天的な私も、この時はすっかり心の平衡を失った。十五年とすれば、私は此処を出る時、五十を過ぎたお婆さんになってしまう。

老先短い両親は、兄弟たちは……私は刺繍も手につかず、食事の味もよくわからなかった。

囚人にとって、刑期は重大問題である。私のニュースは、他人事とは思えないらしく、またたく間にほかのバラックにまで拡がり、ちょっとしたセンセーションをまき起した。ああでもない、こうでもないと、詮議に花が咲く中で、こんなことを喋っている女のいることも、私の耳にはいって来た。

「どうなんだろうね、アカハネは第五十八条の六項、スパイ罪だよ。それがたった五年というのはおかしいわ。十五年が正しいんだよ。そう、十五年の間違いさ！」

言われてみれば尤もであった。スパイの罪で五年という例はほとんどない。私は不安で気が狂いそうになった。係官は調べておく、と言ったが、万事が悠長なこの国では、何時になるかあてにならない。

げっそりやつれた私を見て、友達は口々にすすめてくれた。

「アカハネ、所長に嘆願書を書いたら？　貴女は日本人だもの。五年の刑が正しいのよ」

私は藁にもすがる思いで、嘆願書を書いた。

返事の来る迄の、何と長かったことだろう。この種の返事も、一体何時になるか判らぬ代物だった。が、私への返答は、一週間目に来た。異例の早さだった。

「赤羽文子の刑期は五年である」

私の顔はパッと輝いた。周囲の黒雲はたちまち晴れた。心を押しひしいでいた重石は外れ、太陽のさんさんと輝く草原に、さっぱりとした身体で飛び出したような気分であった。

それにしても私を、こんなに苦しめた一片の書類が憎かった。単なる書記のミスでも、私の心は生死の断崖をさまよったのである。無味乾燥な、回答の書類を見ていると、私は自分を閉じこめている巨大な力の前に、言い知れぬ無力感を感じた。私の命など、彼らにとっては取るに足らぬものかも知れない。惨めさが心を浸して、私は寝床の上で泣いた。さっきまでの晴れ晴れとした心は何処へやら、それは口惜し涙だった。

私が嬉し泣きしていると思ったのか、女たちはそばに来なかった。十五年に違いないと、私の悪口を言った女は、バツが悪そうにヒソヒソと話をしていた。彼女のことなど、私にはどうでもよかった。塵のように扱われている自分が、私は情なかったのだ。

それは一九五〇年の夏に近い頃だった。ちょうどこの頃、私たちに新しいワンピースが支給された。約四年間のラーゲル生活中、衣類が支給されたのはこれが初めてだった。

一般の女囚たちには、ランニングのような粗末なシャツが支給されることがあったが、インヴァリッドにはその恩典はなかったのである。まだ新しい、赤、青、緑など、色とりどりのランニングを着た女囚たちは、夏空の下で、白い肌をさらし、軽やかに美しく見えた。インヴァリッドたちは、それを羨ましく眺めていたのだが、やっと順番が廻って来たのである。

私の貰ったワンピースは、焦茶色だった。私は早速、身体に合うように縫い直し、胸にはお得意の「日本の菊」を刺繍した。女たちはそれを見て口々に、アカハネは日本《ヤポンスキー》の着物《ハラート》を着ている、と言った。

戦争が終って既に五年、私の釈放はこの秋であった。が、私は前途に厳しいものを感じていた。この国では個人の運命など、象の足の前の一匹の蟻に等しい。下手に抗《あらが》って、か細い手足をふり上げるより、象の鼻息の中で、成行きにまかせていたほうが、結局は安全であり生命を全う出来ることを、知りかけていたからである。

この先何が起っても、とにかく生きのびて、最後は日本へ帰りつこう。私はそう決心していた。ソ連人の中に暮していても、この世界に埋没してしまう気はなかった。

ラーゲルの日常は、四年前も今も、食事も仕事も、紙のないことも、何一つ変りはなかったが、ふと、何かのゆるみが感じられることもあった。

この年の復活祭の時である。私は寝床で眠ったが、尼《モナシカ》たちは夜通し祈りの言葉を称えていた。いつになくさっぱりとした白い頭巾を被り、十字を切っては頭を下げ、また歌い続ける。その後には大勢の女たちがいた。

「エカテリーナ……」という言葉だけが私に聞きとれた。神秘的な旋律は、もうろうとした私の頭に快く響いた。一同の前には、純白の布のかけられたテーブルがあり、その上には聖像があった。私はキリスト者ではなかったが、静かなバラックに流れる女たちの敬虔《けいけん》な祈りには、何かしら心が洗われて行くような思いがした。

その夜は明けた。復活祭の朝である。点呼を待つ女たちの前に、ラーゲル副所長がはいって来た。女たちは思わず言った。

「キリストは蘇り給えり《クリストス・ヴォスクレス》」

復活祭の挨拶の言葉であった。副所長はすぐに答えた。

「真に蘇り給えり《イースティン・ジオスクレス》」

彼が去ったあと、バラックの中にはざわめきが巻きおこった。当局の役人が、女囚とともに復活祭を祝ったのである。女たちは興奮していた。ラーゲル内で、このようなことが起ったのは、今度が初めてだという。きっと宗教政策がゆるめられたのに違いない。女たちは嬉しげに、いつまでも話し続けていた。

夏が来る前に、バラックでは壁の塗りかえがあった。女囚の中で壁塗りのベテランが二、三人、高い台の上に乗り、石灰を水に溶いたもので一気に壁も天井も塗る。私のように貧弱な身体の主は、役に立たぬと見えて、初めからお呼びでない。精力的な彼女たちの動きを感心して眺めていればよかった。

水も雑巾も乏しい中で、女たちは結構バラックをさっぱりと保っていた。床の水洗いは週に二回行われたが、通路は水洗いの上手な女がたったバケツ一杯の水できれいに洗った。めいめいの寝床のまわりは、バケツ代りの丼に水を汲んで来て、ハンカチのような小さい布を雑巾代りにして汚れを洗い取った。掃除の終ったあとの床は、埃臭さがとれてよい気分だった。そんな時、外から帰って来たものは、せっかくきれいになった床を汚さぬよう、靴をぬぎ、そうっと床を踏んで自分の寝床に戻るのだった。

女たちは働き者だった。この女囚バラックも、十年前、ここへ送られて来た女囚たちが建てたものだという。男は技術者だけがいて、女たちが重い丸太運び、組み立てなどをみなやったのである。

ラーゲルには夏が来て、青色のランニングを着たハヌーシャは、白い肌がくっきりと白く、殊に美しく見えた。

彼女は近づいた私の釈放のことばかりを話題にした。私のことを忘れないで、手紙を頂戴、と何度も言った。彼女にはあと五年、ラーゲルの生活が残っている。その上、美しい彼女は恋に悩んでもいた。彼女が愛しているのではなく、スペイン人の医師に言い寄られていたのだ。

「アカハネ、私、困ったことがあるの、どうしよう」その言葉を何度私は聞いたことか――

そのドクトルも囚人であったが、男囚の診療所に働き、囚人の中では特権階級といってよかった。苛酷な労働に追い出されるか、居心地のよい病室のベッドで休めるかは、ひとえに彼の胸三寸にかかっているのである。

仲人役の男が、時々ハヌーシャのところへ来ていた。彼女は迷っていた。ドクトルを好きなわけではない。彼と結ばれて、幸せになれるかどうか。よし、幸せになれたとしても、彼女は妊娠するだろう。子供は保育所で育てられる。そうしたことばかりが懸念されて、彼女は承諾の返事が来ないのだ。

色恋沙汰についぞ縁のない私は、ラーゲル内の幾組かの恋人を見た時、羨ましい気がしないでもなかったが、ハヌーシャの悩みを聞くと、若く美しいこともまた、時によっては悩みをもたらすものだと思った。

私とハヌーシャは、よく連れ立って散歩をした。カザフスタンの夏空はあくまで青く、風は快くさわやかだった。夕方になると空は薄紫に変り、いつ見ても同じ形の白い雲がその上を彩る。空はたった一つ、囚人に残された自由の世界だった。空を眺めることに束縛はない。広野の果ての自由社会に出るには鉄条網があるが、空には何一つない。この空は何処までもつながっている。ハヌーシャの祖国、ウクライナにも……私のふる里、日本にも。そしてその下には肉親がいる…………

私たちは、空を話題にして倦きなかった。私たちの足許には、女囚が育てた三色すみれ、けしなどが美しく咲いていた。みんな故郷から送られて来た種子だった。私はその花を写生して、刺繡の下絵にした。

ラーゲルに樹木は少なかった。申しわけに四、五本、かたまって生えていた。が、その下には小さな心地よい緑の木かげが出来た。

涼しい木かげに腰をおろし、友だちが読んでくれる本を聞きながら、刺繡をすることは自由な時にも得られなかった、清らかな至福のひとときだった。

私の釈放は、目の前に来ていた。

流刑地へ

一九五〇年七月〜一九五〇年十二月

1

一九五〇年七月、私は突然アクモリンスク・ラーゲルを出ることを宣告された。

私の釈放される日は十月十六日となっていた。何回もお経のように繰返して憶えていたので決して間違いはない。それが思いがけなく早い釈放に、私の胸は高鳴った。私だけでなく、周囲の女たちも、皆、私が自由の身になるのだと思った。

ラーゲルを出る準備は、私にはとうに出来ていた。小包みに使われた麻袋を買って、紐をつけたリュックサックもあった。

五年前、大連の家から外人クラブに留置される時、持って出た薄茶の毛布は、器用な友人に頼んでオーバーに仕立てて貰った。

五年間も敷布団代りに、カバーもかけず使っていたので、毛はすっかりすり切れていたが、今までの中国の労働服に比べれば、格段に立派に見えた。

「外に出れば、少しは恰好というものがあるから」

女たちもそのように言っていたのだ。

釈放の知らせは、紙片も何もなく、バラックの管理人《スタロスタ》の口から伝えられた。「明日、貴女はラーゲルを出されるから、官物を早朝返却するように」

思いがけない知らせに私は狂喜した。足が地につかぬ思いとはこのことであったろう。ラーゲルを出て何処へ行くのか、そんなことは考えもつかなかった。ここを出られる！　自由になれる！　それだけで頭が一杯で、血がフツフツと湧き立つようだった。

私は気もそぞろに出発の準備をした。官給品の紺色木綿の敷布団《マトラス》ともうお別れだった。「日本の菊」を刺繍したワンピースも返すのであろうか。支給品の中にはパンツもあった。

五年間に少しずつ集めた私の財産、丼や茶碗、木箱、椅子などは、それぞれ別れのかたみにエレーナ・ミッチェスラヴナや、ハヌーシャに贈った。彼女たちは私の出発に驚きながら、よかった、よかった、としきりに喜んでくれた。

私は洗濯だらいも置いて行こうとしたが、ハヌーシャたちは、便利なものだから絶対に持って行くべきだ、と言ってきかなかった。

「でもリュックサックにはいらないもの」

「軽いのだから持って行くのよ。これから先、どんな生活が待っているのか判らないのだから。その時になって欲しいと思っても、手に入らなければ困るでしょう」

私は遂に、たらいをさげて出発することになった。

私の生計の糧を得る大切な刺繍枠は、幾重にも包んで大切にリュックの中にしまった。どんなところへ行っても、これさえあれば、私は刺繍をして生きて行ける自信があった。事実、刺繍で得たお金は、百五十ルーブルほども貯っていた。私はそれを木箱の奥の方にしまっていたのだが、よく物が盗まれる中で、この金にだけは被害がなかった。虎の子のその金を、私は綿入れ労働服の衿に縫いこんだ。

私がラーゲルを出ることは、たちまちのうちに女囚たちの間に拡がっていた。顔みしりの女は次々とお祝いを言い、中の一人はこう、親切に教えてくれた。

「母親《マムカ》のダーシャが貴女と一緒に出るわ。会っておいたら……」

私は彼女を探して母親《マムカ》バラックに行った。二度行ったが、二度ともダーシャはいなかった。隣りの女は、私の名前も、釈放されることも知っていて、羨ましそうに言った。

「アカハネ、あんたも出るんだってね。いいなあ……ダーシャはしっかり者だよ。あんたの為に決して悪くはならないよ」

私はホッとした。母親《マムカ》の女たちは、ラーゲルではあまり良い目で見られていなかったからである。マムカの大半は窃盗犯や強盗犯の女であった。政治犯は教養もあり、慎み深く、男囚たちと所かまわずくっつきあうようなことはなかったのである。ダーシャが元泥棒でもあったらと、ひそかに心配していた私は、隣りの女の言葉にひとまず安堵した。

ダーシャには会えぬまま、私は出発の朝を迎えた。マトラスは中の藁を抜いて管理人に返した。ワンピースやパンツは、返すに及ばずと、そのまま私のものとなった。食器も始末し、私の手許にあるのは、旅行中の飲み水を考えて、半リットル入りの瓶と、アルミニウムのコップだけである。出発の時間が来ると、親しい友だちは、みな出口のところまで送ってくれた。

この出口は、私たちが仕事や風呂に行く時、警戒兵のお経とともに出発した。あの出口とは違っていた。銃を持った兵隊もいたかもしれないが、私には記憶がない。鉄柵の切れ目に簡単な扉があるだけだった。それはいかにも、自由の身の門出にはふさわしかった。

私は一人一人と堅く握手をし、彼女たちの将来の健康と幸福を祈った。ハヌーシャは、たまりかねたように私を抱きしめ、唇に熱い接吻をした。彼女は今まで、そんなことをしたことは一度もなかったのに。私に接吻の習慣がないことを知って、彼女は遠慮していたのだ。うるんだ目。泣き出しそうな顔。私も夢中で彼女を抱きしめた。さようなら、美しい、可愛いハヌーシャ！

エレーナ・ミッチェスラヴナも、目に涙を溜めていた。ドイツ人、ユダヤ人、ロシア人みんながハンカチを振っている。遅れて来たダーシャと一緒に、私はトラックに乗りこんだ。鉄柵にしがみついた友の顔が、次第に遠ざかる。もう会うことはないだろう。私の良き友人たち——

「さようなら！　さようなら！」

私は涙声で彼女らの名を一人ずつ呼んだ。

私はトラックの中で、ダーシャと簡単に挨拶した。ダーシャもさばさばと言った。

「あんたのことは、前から知ってたわ」

ダーシャが遅れたのは、私物の新しい敷布を官物として取り上げられそうになり、すったもんだの末、結局渡してはくれなかったからだった。ダーシャは口惜しそうにブツブツ怒っていた。

トラックは鉄柵を半周して、託児所の前で止った。ここでダーシャは赤ん坊を受取るのであった。

何の手違いか、赤ん坊はなかなか出て来なかった。見ると、遠くのラーゲルの鉄柵に、一旦門から去った女達が、また追って来てこちらを眺めている。手を振っているのはハヌーシャだろうか。残された人の姿は、妙にわびしく見えてならなかった。

うんざりするほど待たされて、やっと赤ん坊が保母の手に抱かれて出て来た。子供を小さく包んだ毛布は、丁度さつまいもの形をしていた。

「女の子よ。名前はシューラ」

包みをのぞきこむと、子供は小さな青い目をパッチリとあけた。生後六ヵ月くらいでもあろうか。トラックは大きくゆれながら動き出した。私はラーゲルの友に、最後の別れの手を振った。

シューラはまもなくおとなしく眠ってしまった。ダーシャは毛布を顎で指して、

「これ、ラーゲルから貰ったの。この服もよ」

と、保母が置いていった包みを指した。

その中には新しい水色の服が何枚かはいっていた。親たちが囚人でも、子供は大切にされているらしい。私はラーゲルに来る時いっしょだった子連れのルキヤのことを思い出した。あの赤ん坊ももう五歳、随分大きくなっていることだろう……

トラックはスピードを出し始めた。ラーゲルはもう見えず、あたりは一面のひまわり畠だった。

「まあ、きれい！」

夏の光の下に咲く、大輪の黄色い花は壮観だった。これほど沢山のひまわりを見るのは私は

生まれて初めてだった。地平線まで続くかと見えるひまわりの列。ダーシャはちょっと、呆れたように私を見た。

「知らなかったの？　みんなここで働いているんだよ」

「私は畑仕事をしたことがないのよ」

秋になると、バラックの床は、ひまわりの種子だらけになった。畑に出た囚人たちが、種子をポケットにひそませて持ち帰り、パチッパチッと歯で割って、中身を食べていたからであった。

これほどひまわりがあるのなら、囚人に盗みをさせるようなことはせず、少しくらいは食べさせてくれてもいいのでは、と私は思った。それほど、気が遠くなりそうな、ひまわりの大群だった。

揺れながら走るトラックにつれて、ひまわり畠はあとへあとへと飛んで行った。鮮やかな黄の色。晴れやかな空。頬にふれる夏の風は快かった。私は鉄柵の外に出た実感を、胸いっぱいに噛みしめた。ほんの一と時前、ラーゲルの友人たちと、手を振って別れたことが、嘘のようだった。あの時の悲しみまでが、夢のように思えた。

《ああ、これが自由の空気だ。わたしはそれを呼吸している！》

ダーシャは、ウクライナ女で、私と同じ年だった。ハヌーシャと違って、品のいいところはなく、何となく世間ずれした感じであった。

ダーシャと私は呼ばれて事務所へ来た。ラーゲルと同じ、石灰を塗った丸木小屋だった。此処で流刑を言い渡されたのであった。

アクモリンスク・ラーゲルで、刺繍工として働いた賃金が、私に渡された。百ルーブルと少少。ダーシャは沢山貰っていた。

体重を計り、写真を取られた。三十七キロ。私としては上等の方である。タイプした紙が渡された。それには、流刑地、クラスノヤルスク地区とあった。

署名しながら、私は、いよいよ来るべきものが来たと思った。それだけで、我ながら不思議なほど私は冷静だった。怒りも、悲しみも湧かなかった。

ダーシャの行く先も、クラスノヤルスク地区とあった。私はいくらか気強く思った。

とにかく此処で、私の刑期は終ったのである。しかし、釈放は流刑とすり代っていた。自由とはほど遠い身の上だった。

夕方、トラックは、小さな宿泊所に着いた。そこはいわゆるラーゲル中継所だった。

二、三十人の男の囚人たちの姿が見えた。ダーシャは荷物をおろすまもなく、シューラを私に預け、子供の食事の手配に出て行った。ここには母親《マムカ》バラックはなかったからである。

ダーシャが係に哀願したり、怒って金切声をあげているのが、此処まで聞えてきた。乳児食のようなものはないらしい。ダーシャは母子手帳をふりかざして、何か言っていた。聞いている私まで、切なくなってくるようだった。

長い間かかって、やっと彼女は乳児食を手に入れて帰って来た。勝気な彼女の目にも涙が浮かんでいた。

子持ちの女は大変だと思わずにはいられなかった。ダーシャは荷物の中から、大事にしまっておいた便器《ガルショク》を出して、シューラにおしっこをさせ始めた。

まだ六ヵ月の子に、これはちょっと無理だった。しかし、数少ないおむつを濡らさぬためには、これしか仕方がないのである。

日本では「シーシー」と言うが、ロシア語では「アーアー」と言うことを、私は初めて知った。

「ラーゲルにいた時は、これでアイランを買っていたんだよ」

と、ダーシャはシューラの便器《ガルショク》を見て苦笑した。それは確かに高さ三十センチくらいのとっ手のついた素焼のつぼで、便器よりアイラン入れにふさわしいものだった。

壺と一緒に、ダーシャの荷物の中には、山のような刺繡糸があった。

「いつかあんたに縫って貰うわ」

私も少し持って出ていた。それをすすめてくれたのは女囚たちだった。

「外では刺繡糸など、とても手に入らないらしいよ。持てるだけ、布団の中にでも縫いこんで出たらいい」

私は戦争中、日に日に物が不足して行った大連時代を思い出した。戦争が終って、もう五年も経つというのに、ソ連はまだ物資が不足しているのだろうか。ラーゲルの粗末な衣食は囚人ゆえのせいかと思っていたが、ちらちらと耳にはいるニュースは、娑婆もやっぱり同じような様子であることを告げていた。

私たちは此処で何日か止められた。男囚たちは毎日、畑仕事に出ていた。

「明日はお前さん達も仕事に出てもらうよ」

囚人の監視人が言った時、私はどきりとした。それでは私は釈放されたのではなく、まだ囚人の身の上だったのか。確かに、釈放の日は十月、今は七月で、私はまだ刑期の途中であった。ラーゲルの管理人は言った。「お前はラーゲルを出される」と。しかし、「釈放する」とは言わなかった。私は単にラーゲルを移らされたに過ぎないのだ。

仕事、と聞いて私は不安になった。畑仕事は重労働の部類なので、私には自信がなかった。此処には刺繡工場なんぞはもちろんない。

ダーシャは、どんな仕事か聞いてくると言って出て行ったが、しばらくして戻って来た。

「明日は壁塗りに行くよ。あんたはシューラのお守りをしてればいいさ」

さっさと分担をきめて来たらしい。

翌朝早く、ダーシャは焦茶のワンピースを裏返しに着、頭を布できゅっと包んで出て行った。彼女はウクライナ女なので、壁塗りはお手のものだった。ウクライナでは、室内の壁塗りは、主婦の仕事なのである。

帰って来た時、ダーシャの顔や手は、石灰で白く汚れていた。男囚バラックの壁を塗ったという。

私がずっとシューラのお守りをしていたので、彼女は満足そうだった。ダーシャは男囚ラーゲルの様子をあれこれ話して聞かせたが、話題が途切れると、ふっと、こんなことを言い出した。

「アカハネ、これから娑婆に出るとね、人の言うことを聞き逃しては駄目だよ。耳はいつも大きく開けておくのよ」

これは、彼女が私に与えてくれた、最初の忠告だった。それを聞いて、私は何となく空恐《そらおそ》ろしくなってきた。私はソ連の自由社会を全く知らない。そこでは、ラーゲルとはまた違った緊張が必要なのだろうか。ダーシャの言葉は、色々に解釈出来たが、私は次の意味に取った。

――人の言うことに気をつけて、よほど注意して暮さねば……

しかし、皮肉なことに、私は大きく開けておくべき耳の、片方の聴力を失っていた。このことは、やはり大きなハンデだった。私は直接自分に話される言葉は、みな判ったが、友だち同志の会話は、聞きとれぬことがよくあった。左耳の聴力を失ってからは、尚更だった。

しかし私は、判らぬ言葉が出て来ても、聞き返すことはしなかった。うるさく聞き返して、また怪しまれる原因となるのを恐れたのである。

数日後、私たちはまたトラックで出発した。同じような規模の囚人宿泊所を二、三個所廻り、見知らぬ駅へ送られた。プラットフォームを遠く外れた地面に並ぶ私たちの前へ、はいって来たのはあの囚人列車《ストルイピン》だった。私は背筋がゾッとした。

《またこれか！》

囚人列車の惨状は、四年前と少しも変っていなかった。八月の暑さは地獄のようで、人いきれと酸素の不足から、小さいシューラの顔からは、段々生気が失われていった。ダーシャは赤ん坊のために、頑張って入口の近くに席をとり、ぐったりとなって泣く気力もない子に、心配そうな目を注いでいた。ダーシャもシューラも、水をかぶったように汗で濡れ、私も汗を拭う気力もなく、死んだ鰯のように床に這いつくばったままだった。自由の入口まで来ながら、また地獄の檻に閉じこめられたのだ。

家畜以下の旅が、何日か続いて、送られたところはやはりラーゲルであった。

鉄条網も見張り台も、アクモリンスク・ラーゲルと変りはなかったが、一歩食堂へはいった時、私はその明るさと豊かな感じに、目を見張った。

《これが、ラーゲルの食堂?!》

テーブルの上のあちこちに、まだ大きな食べ残しのパンが、ごろごろしていた。そのテーブルにはちゃんと真白なテーブルクロスがかかっている。天井から下った電灯の笠には美しいレースのカバー。何処からかレコード音楽さえ聞えて来る。

私は、町のレストランに来たような錯覚さえ覚えた。囚人列車《ストルイピン》で疲れ果て、暗く押しひしがれていた心が、俄かに明かるく晴れ晴れとして来た。

私は、食堂というので、ラーゲルで使いふるした匙と丼を抱えて行ったが、此処ではそんなものは必要なかった。入口の箱の中に清潔なスプーンが一杯はいっているので、それを一本取って行けばよかった。更に驚いたのは、男囚も女囚も一緒に食事することだった。

ラーゲルの食事はずっと食券と引きかえだった。此処では何もくれない。どうしたものかと

ダーシャ　ラーゲリの外にある託児所で
赤子を受取る
さつま芋の
やうに
包まれた
シューラ

思いながら、私はテーブルについた。

真白なエプロン姿の女給仕が、すぐにお盆に食事をのせて運んで来た。これにも私はたまげた。ますます浮世のレストランなみであった。

スープを食べ終ると、また次の皿が運ばれて来た。味も量も質も、アクモリンスク・ラーゲルとは比べものにならない。私は夢心地で食べた。シューラを抱いてテーブルに向っているダーシャも満足そうであった。

ふと、まわりを見ると、私は何となく恥ずかしくなった。誰も私たちのように、せわしなく食べている者はいない。皆、ゆったりと落ちつき、いかにも食事を楽しんでいる、という感じだった。

アクモリンスク・ラーゲルの食堂には、こんな空気はなかった。皆、せわしなく、スープを流しこみ、空腹と栄養不足の為にいつもとげとげしい空気が流れていた。

《囚人にもこんな贅沢な雰囲気が許されるとは！》

心なしか周囲の囚人たちも、落ちついた、教養ありげな人に見えた。

胃袋も心も、久しぶりに豊かに満たされて、私はバラックに帰った。ここは、女囚の為に四つのバラックがあった。ダーシャは母親バラックに、私は第一バラックに廻された。

此処の設備も、アクモリンスク・ラーゲルとは比べものにならなかった。寝床の敷布団《マトラス》は藁が沢山はいってうず高くふくれている。新しい真白なシーツも二枚支給された。大きな枕もある。羽毛がはいっているのか、ふっくらと気持よい。女囚たちはそれを、レースのふち飾りのついたカバーで、きれいに飾っていた。シーツにまでレースをつけ、ベッドカバーのようにしている人がいる。

夜、電灯がついているのも驚きだった。いつまでも本が読めるし、レース編みも出来る。ラーゲルとは思えなかった。何処かの婦人寮に来ているようだった。

医師の診断を受けた私は、インヴァリッド扱いとなって、仕事を免除された。頸部の淋巴腺は、膿こそ止まっていたが、まだすっかり治ったわけではなかった。少し冷やすと腫れあがるのである。

小柄で痩せこけた私は、体格のいいソ連の女たちに混ると、大人と子供のように見えた。女たちは、風にも吹き飛ばされそうな私を見兼ねてか、とても親切にしてくれた。色々と奔走し、私を第四バラックに移してくれたのも彼女たちである。私は第一でも充分だったが、第四は、設備は同じでも、教養ある婦人ばかりだった。

ここでは洗濯することもなかった。洗濯係が廻って来て、みなの汚れものを持って行き、きれいにして返してくれた。風呂はラーゲルの外にあり、看守もつかず、自由に行けるのだった。風呂には囚人だけでなく、近くの自由人たちも入りに来ていた。

風呂の隣りには理髪店もあった。私は久しぶりに髪の手入れをした。といっても、さっぱりと刈り揃えただけであったが。

すべてが自由であり、警戒らしいものはほとんどなかった。僅かに囚人であることを思わせるのは、朝夕二回の点呼だけだった。

男と女のバラックが、構内に少し離れてはいたが、鉄柵で隔てられていないのも、人間的な気がした。食事の時は、よく男囚と一緒のテーブルになった。ある日、私がここの食事をほめると、隣りの男は相槌をうった。

「そうですよ、ここの食事は全く大したものです」

彼は病人食を貰っていた。四方山《よもやま》話のうちに彼は、ここの警戒が緩《ゆる》やかなことについて、

「みんなもうすぐ刑期が終る人ばかりだから、脱走してまた刑を重くするようなことはしないのですよ」

と説明してくれた。

「私も十月に釈放なのです」

「それはよかった。向うへ行ったら、きっと此処の食事を懐しく思い出しますよ」

彼の言う、〝向う〟の意味が、私にはよく判らなかった。しかし、私はいつもの癖で、聞き返すことはしなかった。

私は此処の居心地にすっかり満足していた。働きに出る必要もない。みなが出ていったあとの昼間のバラックは、ひっそりと静かだった。

此処での掃除が、私には面白かった。アクモリンスクのように、僅かの水で水洗いはしない。バラックの床は土間であった。まず、ごみを掃き集め、きれいにした床に、水で溶いた泥を、壁塗りのように薄く塗って行く。

塗る片端から泥は乾いて、埃っぽかった室内の空気が澄んで行く。すっかり乾くと、水で溶いた石灰で化粧線を引く。壁はもちろん真白だった。貧しいながら、なかなか清潔で感じのよい室内が出来上る。

女たちの大部分は、ラーゲルの外にある農事試験場で働いていた。そこには自由人も働いていたが、女囚たちの身なりがよいので、区別がつかなかった。

親しくなった女たちは、私を農事試験場に連れて行ってくれた。事務所の大きな机の前に坐って仕事をする女たちの姿は、理知的で、職員らしかった。ある女は、穀物の成長の統計をとっていた。細かな表を見せられて、私はひたすら感心した。

なにか新しいことにぶつかるたび、私は感心ばかりしていた。アクモリンスクと此処とが、同じ「ラーゲル」とは到底思えない、と言うと、女たちの一人が言った。

「そうなの。此処は模範コルホーズといっていいわ。でも私、もっと模範的なラーゲルにいたことがあるのよ」

私は目を丸くした。

映画が、毎週食堂で上映された。無料である。アクモリンスクでも、映画は時たまあったが、自分でお金を払わねばならなかった。四年間に私は一度だけ行った。ここで見たものの一つに「白毛女」があった。吹替えのロシア語はよくわかったが、何となく物足りなかった。

ここには、売店もあった。ノート、鉛筆、飴が買える。女囚たちの懐は豊かに見えた。ここは、独立採算制となっていて、働きのよい者は、食費その他を差引いても、月に二百ルーブルくらいの月給が貰えるのだった。

アクモリンスクを出る時、私は刺繡工場で働いた報酬を貰えるものと期待していたが、支給はされなかった。ラーゲルの囚人は、どんなにノルマを上げても、賃金を支給されるのは釈放の時だけなのである。それに比べれば、毎月の月給が貰えるということは、何とすばらしいことだろう。

私は、昼間は刺繡をし、夜は読書をしてのんびりと暮した。本はラーゲルの外の図書室から借りて来ることが出来た。刺繡の方もしゅすの小布れを手に入れて、四種類の念入りな見本を作って、注文に備えた。

外では、じゃがいもの収穫が始まっている様子だった。畑仕事の女たちは人手の足りないことをこぼしていた。私は手伝いに行くことにした。強制されたわけではなかったが、病人でもないのにぶらぶらしているのは気がひけたし、まわりの女たちもこんな時は行った方がよいとすすめてくれたからだった。

一面のじゃが芋畑に、茎と葉はもうほとんど取り去られていた。ちょっと見ると土だけのようだが、そばまで来ると、じゃが芋が畑の上にばらばらと転がっている。二人ずつ一つの籠を持ち、それを拾いながら畑を進んで行った。

後からはトラクターが来て、まだ地面に埋れている芋を放り出す。休憩時間になると、穫《と》ったばかりの芋を焼いて食べた。ほくほくしてなかなか美味しい。

食後には、メロンが出た。女たちが何処からか盗んでくるのである。ラーゲルの上等な食事にも、果物はつかなかったので、この時とばかりみなむさぼり食べる。胃袋の小さい私も、咽喉までメロンをつめこんだ。

女たちの何人かは、何処からか枕のカバーを出し、残ったメロンをつめこんでいる。ラーゲルに持ち帰って売るのだという。どうやってラーゲルの門を通過するのか、私は不思議だった。

「私たちの盗みなんてたかが知れたものよ」

メロンを背中にかついだ女は言った。

「あれは番小屋。あそこで本当の泥棒を見張ってるのだから」

畑に人気《ひとけ》がなくなると、泥棒が押し寄せてくるのだという。トラックで乗りつけ、ごっそり芋やメロンを持って行ってしまうのだ。その為に畑のあちこちには番小屋があって、昼夜、見張人が立っている。

「その泥棒は、自由人なの？」

「もちろんよ。自由人が囚人のものを盗るのよ」

囚人の中には、元泥棒もいるであろう。囚人が自由人の見張りをするのは、ちょっと滑稽に思われた。

バラックへ帰ると、私は刺繡に精を出した。ここでも私の刺繡は好評で、次から次へと注文があった。みな私の腕を賞めそやし、日本では刺繡の専門家だったのだろうと言った。

「いいえ、日本へ帰ったら、私は刺繡なんかしませんよ。これは本当の刺繡じゃなく、もっともっと素晴らしい刺繡が、沢山日本にはあるのよ」

私は豪華絢爛《けんらん》たる振袖や、職人が精魂こめた帯の刺繡を思い出していた。あれを、この人たちに見せたら、どんなに驚くことだろう。

「日本の衣裳はとてもすてきよ。私は昔、モスクワでカブキを見たの。すばらしいお芝居だったわ」

そばの一人が目を輝やかせた。「カブキ、カブキ」と、相槌を打つものが何人かいた。

思いがけなく歌舞伎という言葉を聞いて、私は胸が熱くなった。彼女たちは口々に、役者の演技を絶賛した。それは、お世辞とは思えなかった。

歌舞伎を見たという女たちは、皆中年以上で、十年の刑の終りだった。言葉のはしばしから、昔は相当の暮しをしていたことが察しられた。どういう事情で、ラーゲルに送られたのか判らないが、目を輝やかせた彼女たちが、歌舞伎のことを語る時、彼女たちの胸には、過ぎ去った自由と平和の時代への、切なく熱い思いがよみがえっているに違いなかった。

インテリの女囚たちの間には、三浦環の「蝶々夫人」を見た者もあった。それはもう、十何年も前のことであったが、その時の感激を彼女たちは昨日のことのように私に語って聞かせた。そして、蝶々夫人にも歌舞伎にもあまり縁のない私であったが、すぐれた芸術を生んだ国の国民として、親しみと、なみなみならぬ好意を示してくれた。

すぐれた芸術の持つ、国境を越えた偉大な力に、私は深い感銘をおぼえた。今まではついぞ、そのようなことに考え及ばなかった私だが、国際間の文化交流の大切なことを、沁みじみと感じたのであった。

九月になっても、私はまだこの模範ラーゲルにいた。ひまわりの種子の収穫が始まり、じゃが芋の時と同じように、私も手伝いに出ることになった。

晴れ晴れとした、よい天気が続いていた。そういえばソ連へ来てから、大降りとか長降りということに、一度も出くわしたことがなかった。日本内地には梅雨があり、雨が一ト月も降り続くといえば、ここの人たちはびっくりするだろう。私は囚人の中で、傘を持っている人間を見たことがなかった。なくても綿入れ労働服があれば、頭から被って何とか過せるのだ。

ひまわり畠へ行くために、私たちは荷馬車に乗った。田舎道をのんびりと、馬車にゆられて行く気分は格別であった。途中に一個所だけびっしりと立木の植わった道があった。屏風のように視野が遮《さえぎ》られて、その向うに何があるのか全く判らない。きっと囚人に見せてはいけないものがあるのだ、と思ったが、私は強いて聞かなかった。

アクモリンスクと同じように、見渡す限り一面のひまわり畠に着いた。ひまわりは既に熟し、頭は首でちょん切られて茎のところにひっかけてある。ここのひまわりは何故かみんな背が低く、おちびちゃん《マーレンカヤ》の私なみで、背高のっぽのひまわりしか知らない私には物珍しく感じられた。私たちは、種子のついた頭を集め、ござの上に拡げた。坐って木の棒で、力いっぱい叩くと、種子が気持よく転がり落ちる。ござ一杯にたまると、袋につめた。荷馬車が来て袋を積み、ぱかぱかとひずめの音を立てて遠のいて行く。

晴れわたった空に、あちこちからぽんぽんというのどかな音がこだまする。陽を浴び、きれいな空気を胸一杯吸って、種子叩きをやっていると、平和な農家のおかみさんになったような気分がする。こんなのんびりした生活が、この先ずうっと続いて行くような……釈放の日の近い思いが、私の心を一層軽やかにしていた。

「さあ、もうお昼よ」

誰かの言葉に、私たちは立ち上る。女囚たちは種子をすくっては、身体のあちこちに隠した。私もすすめられるまま、ポケットの中に種子をすくって入れた。

整列もせず、私たちはぞろぞろと帰った。ラーゲルの門のところでは、男の看守が待っている。簡単な身体検査があるのだ。

女たちは次々とパスして行く。私の番になると、看守はポケットの種子に目をつけ、こわい顔をした。

「これはどうしたんだ！　あそこの腰掛の上にあけて来い！」

私は顔を赤らめ、言われる通りベンチの上へあけて来た。そしてふと見ると、外から帰って来た検査を受けないでよい女たちが、私のあけた種子をせっせとポケットに入れている。看守は検査を続けていて気がつかない。

《何だ、馬鹿なことをした》

と、私は思った。

バラックへ帰って、そのことを話すと、みなは笑った。

「アカハネ、貴女はどうかしてるわね。ポケットなんかに入れとけば、誰だって見つかるわ。ブラジャーの中とか、下着の下とか、もっと奥の方にしまいこむのよ」

私は、それほどまでにして、種子を食べたいとは思わなかったのであった。みなは上手に口の中で種子を割り、中の白い実だけを食べていたが、私は下手で、皮も実も嚙んでしまい、殻を取り出すのに一苦労していたのだ。

ソ連の人々は、本当にひまわりの種子が好きだった。アクモリンスクでもそうだったが、ここでも、ひまわりの収穫期になると、ラーゲル中は殻だらけであった。看守がこれを知らない筈はない。私は種子を持ちこむのは半ば公認なのだと思っていた。しかし、私のようにポケットで大っぴらに持ちこまれては、看守の顔が立たなかったのであろう。

殻だらけのラーゲルの庭を、いつも黙々と掃いている一人の男囚がいた。もうかなりの年で、背が高く、実に穏やかで上品な風貌をしていた。

みな、仕事に出たあとの構内は、ひっそりと静かであった。彼の大きく動かす箒の音だけがゆっくりと休みなく聞えてくる。

私は彼の過去を思った。学者か、将軍か、富裕な地主か。ソ連のことは何も知らなかった私だったが、五年間のラーゲル生活で、到底信じられぬような階層の人まで、ラーゲルに入れられていることを知っていたのである。

2

アクモリンスク・ラーゲルを出たのは、ひまわりの花が真盛りの頃で、それが今は収穫の時期となっている。このままここで釈放されるのか、釈放されたとしても、それから先がどうなるのか、私は少しも判っていなかった。日本へ帰れるかどうかも、曖昧模糊《あいまいもこ》としたままであった。

ある日、ラーゲルの外の図書室で、私は、ソ連人記者の書いた「日本におけるアメリカ人」という本を見つけた。

この本で、私は日本に天皇制が存続しており、天皇が御健在なのを知った。著者の記者は、当時の吉田首相が、アメリカ人の前でぺこぺこ頭を下げてお辞儀をすると、侮蔑《ぶべつ》的な筆で書いてあった。私は、その書き方にひとり腹を立てた。

女囚たちは私をつかまえて、しきりに日本の売春婦のことを聞き、私は答えに困った。当時、日本では、赤線地帯の問題が解決されず、話題になっており、それがソ連の新聞にまで報道されていたのである。

このラーゲルに、私は一ヵ月以上もいた。ノートも鉛筆も、売店で求めることが出来たので、日記でもつけておこうと思ったが、結局止めた。ソ連の色んなことを記録して、またスパイと疑われては困るからであった。

九月も終わりに近づいていた。この頃、私は自分の運命に衝撃的なニュースを聞いた。ソ連では、第五十八条組の政治犯は、刑期が終っても、更にシベリアへ流刑されるのが普通であるという。私の回りの女たちも、ほとんどが、流刑を待つ身であった。

「では、またラーゲルに入るの」

不安を押えて訊ねる私に、女囚の一人は言った。

「いいえ、ラーゲルはないわ。みんな自由人と同じ暮しよ。ただ、住む範囲が限られているの。そこから外へ行けないだけ」

この時、私の心には、ショックというよりやはりそうだったのか、という思いの方が強かった。アクモリンスク・ラーゲルでも、流刑のことは耳にしていた。チタで五年の刑期を宣告された時に比べれば、私の心はずっと平静だった。敗戦以来五年、思わぬ運命の波にもてあそばれた私は、色々思い煩っても、結局はなるようにしかならぬこと、泣いたり嘆いたりすることは自分自身を惨めにしてしまうから――という、諦めにも近いような考え方が、身についてしまったのだ。とにかく、また、私は、この新しい運命のままに、何処かへ運ばれて行くのだ。

それから間もなく、私とダーシャは、このラーゲルを出発した。再び、あのいやらしい囚人

列車に詰めこまれ、中継所から中継所へと送られて行った。

ダーシャも私も、大きな荷物の持ち運びに苦しんだ。親切な男囚は、進んで持ってくれたが、パンを上げるからと頼んでも、素気なく断られることがあった。ダーシャは、いとも無造作に、近くの男の囚人に「さあ、あんたはこれを持って」と、自分の荷物を押しつける。そして、ほとんど失敗しなかった。

私はといえば、自分の知っている限りのロシア語の中で、一番丁寧な言い方をする。それでもにべもなく断られてしまう。丁寧な言い方は、かえって反撥されるのだろうか。それとも私が、若くも美しくもないからだろうか……私も、ダーシャ式に行こうかと、何度思ったか知れないが、やはり出来なかった。誰も持ってくれない時、私は荷物を引きずって歩いた。

十月になって、カラバスに来た。五年前、ラーゲルに送られる時もここを通った。あの時の中継所には、田中さんがおり、ニーナ・ミハイロヴナという親切な小母さんがいた。

田中さんは、もういない。ひまわりの花咲く広野に眠っている。ニーナ・ミハイロヴナも、何処にどうしていることだろう。私があげたエナメルの草履も、彼女とともにあるのだろうか……

カラバス中継所は、私が五年前通った時とは、随分変っていた。それでも私は懐しい思いがした。

ここの附属病院で、私は二人の日本人将校を看とったという看護婦に会った。彼女の看護の甲斐もなく、若い二人は帰国の日を待たず、淋しく死んでいったという。亡くなった時の様子をこまかく私に語る彼女の頰には、涙が止めどなく流れていた。

その清らかな涙に誘われ、私も泣いた。そして、異境で病んだ日本人を、最後まで親切に看とってくれた看護婦に、心から、何度もお礼を言った。彼女の教えてくれた二人の名は、小さな紙に書いて懐にしまった。

女の田中さんだけでなく、たくさんの日本人捕虜の人々が、シベリアの曠野で死んで行ったのであろう。異境で、淋しく死んだ人たちのことを思うと、私の胸はしめつけられるような思いがした。しかし、ソ連人のなかにも、あのように優しい女性がいたことを思うと、亡くなった人にも、身内の人にも、いくらか救われるような思いがするのであった。

カラバスを出、まだ旅が続いた。シベリアで迎える六度目の冬が近づいて来る。私はあいかわらず中国人の綿入れ労働服を着ていた。毛布で仕立てた自慢のオーバーは、防寒服としてはものの役には立たなかった。

ラーゲルにいた頃、裁縫工場で出る綿を、こっそり頂戴してはつめこんだので、この労働服は暖かかった。しかし、五年間の酷使の結果、黒い色は灰色に変色し、乞食のように見すぼらしかった。

その上、私の靴は破れかけていた。奉天で買った軍靴はまだ頑丈だったが、あまりに重いので、一女囚の編み上げ靴と交換したのである。見かけはよかったが、この靴は意外に弱かった。積った雪を見るにつけ、私は爪先のほころびが心配でならなかった。

その時、私とダーシャは、第二の模範ラーゲルにいた。一行は私たち二人のほかに、二人の男がいた。一人はアレキサンドル・パブロヴィッチという、外人には珍しい金歯の男である。彼は優秀な仕立屋《バルトノイ》で、ハンサムでもあり、立派なシューバを着て、ラーゲル内を颯爽と歩く姿は、囚人とは思えなかった。

彼と一緒になった頃、私はいささか気が滅入っていた。靴のほころびが心配なのと、一人の日本人にも会わぬことであった。女の人に会わないのは判るとしても、あれほど沢山いた日本人の捕虜は、何処へ行ってしまったのだろうか。

ひょっとすると、私一人、取り残されているのでは——と思うと、目の前が真暗になったような気がしてくるのであった。

アレキサンドル・パブロヴィッチは、こんな私の様子を見て、ヴァレンキを貸してくれた。

これはソ連の冬の必需品、全体がフェルトでできている長靴である。どんな貧乏人でも、雪の季節にヴァレンキのない者はいない。さもなければ凍傷にかかってしまうのである。

第二の模範ラーゲルの滞在は短く、私たちは眼も開けていられぬような吹雪の中を、橇《そり》で出発した。二、三時間も雪の中を走ったが、アレキサンドル・パブロヴィッチの好意は嬉しかった。もしあのヴァレンキがなかったら、私はとっくに凍傷にかかって足の指をなくしていただろう。

次に立寄った中継所で、アレキサンドル・パブロヴィッチは、色白の大人しそうな女囚を私たちに紹介した。ナージャというその女性は、此処で仕立屋の仕事をしており、パブロヴィッチの愛人だったのである。

ナージャは気の毒に耳が遠かった。彼女は愛人と同行する私たち女二人の、憐れな冬仕度を、心配そうに見ていた。

と、彼女は、奥へはいると、ヴァレンキを一足と、テログレイカ（綿入れ労働服）を持って来て、ヴァレンキはダーシャに、テログレイカは私に上げると言った。

これは全く思いがけない好意で、私は感謝で胸が一杯になった。私はテログレイカを欲しいと言ったことはない。ナージャとはこの時が初対面だった。

優しいナージャは、私たちが心細い冬仕度で流刑地に向うのを、黙って見過すことが出来なかったのだろう。私はこのテログレイカを押し戴いた。ミンクのシューバを貰ったよりも、嬉しく感じられたのであった。

ナージャの心尽しのテログレイカを着て、雪の中を出発する時、彼女はパブロヴィッチを見送りに外へ出ていた。ナージャの刑期はあと一年という。しかしそれを終えても、彼のあとを追えるかどうか……ナージャの耳許に口を当てて、パブロヴィッチは、何かしきりに大声で言っていた。この次、何時会えるとも知れぬ愛人たちの別れは、はた目にも哀切であった。

もう十二月となっていた。

私とダーシャは、中継所から中継所へと引っぱり廻され、目的の流刑地へ着くのは何時やら、さっぱり見当がつかなかった。

アクモリンスク・ラーゲルを出たのは七月だったから、既に半年近く経っていることになる。ラーゲルの友達は、きっと私のことを冷いと恨んでいるだろう。

「アカハネもやっぱりほかの人と同じだった。娑婆へ出たらもう私たちのことは忘れてしまう。手紙ひとつよこさない……」

懐しい人々の、恨めしげな、淋しげな顔が目に浮かぶ。しかし、私は疲れ果てて、手紙を書くゆとりもないのだった。

ダーシャも苛立っていた。カン高い声で喋り、荒っぽい性格が時々むき出しに出た。赤ん坊のシューラだけが大人しく、毛布と綿入れ布団でしっかりくるまれ、少しも泣かずに細い目を開けていた。

どこの中継所に着いても、有難くない熱気消毒があった。あれから五年経っても、当局の弾圧にも拘らず、虱社会も繁殖のノルマ向上に励んでいるのであろう。

私は囚人列車で虱を頂戴し、退治出来ずに困っていた。虱のいる時には、熱気消毒は有難い。が、ある中継所では、何故か虱は少しも死んではくれなかった。

多分、熱気が不完全だったのだろう。翌日再び、虱のいる者は消毒へ、の命令が出た。私は喜んで、大荷物を引きずって、風呂場へかけつけた。

ところが、この時もまた、不完全だったのである。私はほとほと憂鬱になった。裁縫工場で仕事をしていても、身体中がかゆくて仕方がない。手袋を縫う手首のところまで虱は出没し、手首がまっ赤になっている。

私は、ふと思いついて、隣りでアイロンかけをしていた二人の中年男女の囚人に、虱退治にアイロンを貸してくれるよう頼んだ。

ソ連では、アイロンを虱退治によく使う。二人は快く貸してくれた。こうしてアイロンで虱を潰している時、はいって来たのは六十くらいの風呂番の男であった。彼は私のことをよく憶えていた。

「どうだい、虱はもういないかね。二度もやったんだからさっぱりしただろう」

日本人の女はほかにいないので、どうしても目立ってしまう。彼は親切そうな目をしていた。

「それが、まだいるのよ。困っているの」

「そうか。そりゃ気の毒だ、よし、退治してやるからおいで」

私は彼について行った。浴場へ来ると、彼は風呂番の女囚を呼んで行ってしまう。風呂番女はいやにつんつんしていた。

「お前さんは昨日も来たじゃないか。二度も来て、うるさいね！」

「でも、まだ沢山いるのよ」

「そんな虱つきはお前さんだけだよ！　汚いね、看守長に言いつけてやるから」

まるきり消毒させてくれる気配はない。私も必死だった。めったに喧嘩はしない私だったが、こうなっては負けてはいられない。

「熱気消毒は一度で済む筈じゃないの。私は二度来てまだなのよ。あんたのやり方が悪いんだわ」

「お前さんの虱が多いんだよ！」

「多かろうと少なかろうと同じよ。第一、あんたの上役が、こうやって私を連れて来たんじゃないの」

「ふん」

「やらないっていうのね。よし、そんなら私も決心した。今から看守長《ナチヤリニク》に申告書を書くわ。あんたはノルマをやってないとね」

　風呂番女の態度が変った。今までの勢いは何処へやら、急に下手に出て衣服を脱げという。三回目の消毒で、やっと虱は絶滅した。

　あとになって私は、風呂番女を相手に、あんな口を利いた自分に我ながら驚いた。誰からも大人しいと思われ、気も長い私であったが、ラーゲルの生活は、私にソ連式に生きるための知恵と図太さを、いつのまにか与えてくれたのである。

そこを出て、また列車へ。名も知らぬ中継所をいくつも過ぎた。一面の銀世界では、どの町も同じようにしか見えない。

私はせめて娑婆の様子――どんな家があり、どんな人々がどんな暮しをしているかを、ちらとでも見たいと思ったが、囚人列車《ストルイピン》が普通の客車とすれ違うことすら全くなかった。一般人の目に触れぬよう、特別な運行をしているのであろう。列車が止る所も、プラットフォームでなく、駅からずっと離れた場所が多かった。
一、二度、私たちの列車のそばに、変った列車が止った。入口からこぼれ落ちんばかりに人が乗っており、それが自由人でないことは、ソ連の社会にうとい私にもすぐピンと来た。
列車に鉄柵こそなかったが、大急ぎでつめこんだらしい鍋やフライパンの柄がはみ出した大袋。小さな子供の手をひき、赤ん坊を抱えた母親の不安そうな顔。家族ぐるみ追い立てられて、何処かへ移動させられて行く不幸な人々であった。集団追放だよ、と女囚たちは囁きあった。

列車の乗り換えも、駅のない曠野で行われ、私たちは雪の中を、荷物をひきずってとぼとぼと歩いた。犬を連れた護送兵が、ともすれば遅れがちになる足弱の女や年寄りをせき立てる。こんな時、私は、「復活」のカチューシャを思い出した。雪の中を歩む私たちの情景は、「復活」のさし絵そのものであろう。

カチューシャを思い浮かべても、私の心には、なんの感傷も湧かなかった。ネフリュードフは私にはいなかった。一度、護送兵が私の大荷物を見て、そばの手ぶらの男囚に「これを担いでやれ」と命令したことがあった。私はその時ドキンとした。彼には既に頼み、駄目だと首を振られた直後だったからである。彼は無表情に担ぎ上げた。護送兵の命令は絶対であったが、私は彼の不満いっぱいの心中を思うと落ち着かず、びくびくしながら歩き続けた……

もうここが最後と思われる、大きな中継所に来た。ダーシャは母親《マムカ》バラックの方へ行った。一人になった私は、荷物を両脇に抱えて坐りこみ、思わずホッと溜息をついた。

ダーシャも私も、いつ終るとも知れぬ長旅に疲れ果てていた。ダーシャは悪い女ではなかったが、朝から晩まで狭い所につめこまれていると、彼女の粗暴ともいえる性質が、次第にあらわになり、私を困らせることが多かった。乳のみ子を抱えたダーシャが辛いのは当然で、荒れる気持はわかったが、かといって私にも、人を慰め励ますような余裕はとうに失われていた。

旅の間で聞いたダーシャの身の上は気の毒なものであった。彼女にはウクライナに夫と息子がいたが、夫は彼女が十年の刑を受けたことを聞くと、別な女と再婚したという。

そしてダーシャは、ラーゲルでシューラを生んだ。シューラの父親は、頼りになる男だと言っていたが、ダーシャが将来その男と一緒に暮すつもりかどうかは疑わしかった。彼との未来のことは一言も話さず、その男が別れにくれるといっていたトランクを遂によこさなかったことばかり恨みがましく言っていたからだ。

ダーシャと別れて、私は一と息ついた。隣りには親切そうな女囚がいた。彼女と世間話をし、手洗いや食事に行く時、交替で荷物を見張ることにした。

夕方になると、ダーシャからの使いの女が私を呼びに来た。ソ連人は平気で人を呼びつける。

私は反撥を感じながらも行ってみると、ダーシャは寝床の上で長い髪を梳いていた。きっと虱とりなのだろう。

母親《マムカ》バラックは小さかった。ふと見ると、ダーシャの向うにいる女が、うさん臭そうにじっと私を見ていた。陰気臭い一癖も二癖もありそうな、感じの悪い女である。

「アカハネ、こっちで泊りなさいよ。頼んでみてあげるわ。食べものも沢山くれるよ。私の分をあんたに上げるから、ね。ここは静かでいいわよ」

ダーシャは、女の方に気を配りながら、私に囁いた。

あんな女がいるから、ダーシャは心細くなり、私を呼んだのに違いなかった。

ちょっとダーシャが気の毒になったが、私は自分まで巻き添えになっては大変と、マムカに移ることは御免を蒙ることにした。第一、そういうことは規則で出来なかったのである。

私は自分のバラックに戻り、点呼を済ませ、あの親切そうな女と並んで寝た。

そして、この中継所を出て間もなく、私は労働服《テログレイカ》の衿元に縫いこんでおいた金が、盗まれていることに気づいたのである。

あの女がぬきとったに違いなかった！　私はうかつにも、寝物語に、お金はここに縫いこんであるから大丈夫と、衿元を叩いたのであった。それは、心細げな彼女に、安全な隠し場所を教えるためであった。それが、まんまとしてやられたのである。私は自分のおめでたさを、思い知らされた。

こんなことになるのだったら、ラーゲルを出る時、思い切りよくパーッと使って来てしまえばよかったと思った。親しい仲間を招いて御馳走の大盤ぶるまいをしたら、みんな喜んでくれたのに！　お金さえあれば美味しいものは自由人や差入れ小包みの来る囚人から買えた。私は、人を見たら泥棒と思え、という諺を、この時ほど実感したことはなかった。

しかしまだ、カラバスで貰った賃金百ルーブルあまりがあった。私はそれを財布に入れ紐で首からつるし、文字通り肌身離さなかったが、それでも安心出来ず、何度も何度も胸元に手をやっては、財布の形があるのを確かめて安心するのであった。

3

クラスノヤルスク市に着いた。

囚人の一行は、ぞろぞろと街の大通りを歩いて行く。都会だけあって、大きな建物が両側に並んでいた。白い、特に大きな新しいビルが見えて来た時、みなは口々に「保安省だ」と言った。

ここが私たちの当分のホテル即ち監獄であった。まず風呂にはいって虱取り。それから監房入りとなる。廊下は静まりかえって、両側にずらりと、重たくぶ厚い扉が並んでいる。その扉が開くところは、銀行の大金庫の扉が開くような感じであった。

監房の中には、先に来た女囚が、ぎっしりと詰まっていた。用便桶《パラーシャ》の臭《にお》い。またしてもチタの監獄へ逆戻りしたような錯覚がおきる。新入りの私たちを見る囚人の目には、なんの感興もなかった。

疲れ切った私たちも無言である。用便桶すれすれに身を縮めて坐り、荷物にもたれかかる。ざっと四十名ほどの女囚が、私のはいった部屋にいた。

その中の一人の、若いエストニヤの女が、私の注意を引いた。年の頃は二十八、九。整った品の良い顔立ちで、身なりも周囲の女たちと、何処となく違っていた。

彼女は床に腰をおろし、膝を軽く立て、足を斜め前に伸ばしていたが、だらしない女たちの中で、その姿がいかにも優美だった。その上、膝頭をきちんと揃え、前が乱れぬようスカートのすそで足をきちっと巻いてある。そのスカートの布地も上等であった。

私は彼女の方を、あかず眺めていた。彼女はその姿勢で一心に本を読みふけっている。時々、隣りの女と二言三言話すほかは、一言も喋らない。どういう身分の女なのであろう。何の罪を得たのだろう。彼女の心にくいまでの落ち着きは、私には驚きであった。

監房の中には、ざわめきが満ちていた。みな、これから行く流刑地のことを、不安と憶測《おくそく》まじりに、べちゃべちゃと喋りあっている。ソ連人であるから、ある程度の知識はあっても、まだ流刑の体験者はいないらしく、誰もが、情報の交換に夢中だった。

そんな中で、あのエストニヤ女性の周囲だけは、静寂が立ちこめているように見えた。ここは、人いきれと悪臭の立ちこめた監房ではなく、静かな森の中の、泉のほとりでもあるかのように、彼女は本を読んでいる。私には彼女が、謎の女のように見えた。

夕方になって、監房の扉があいた。一日二回の用便タイムである。われがちに駆け出して行

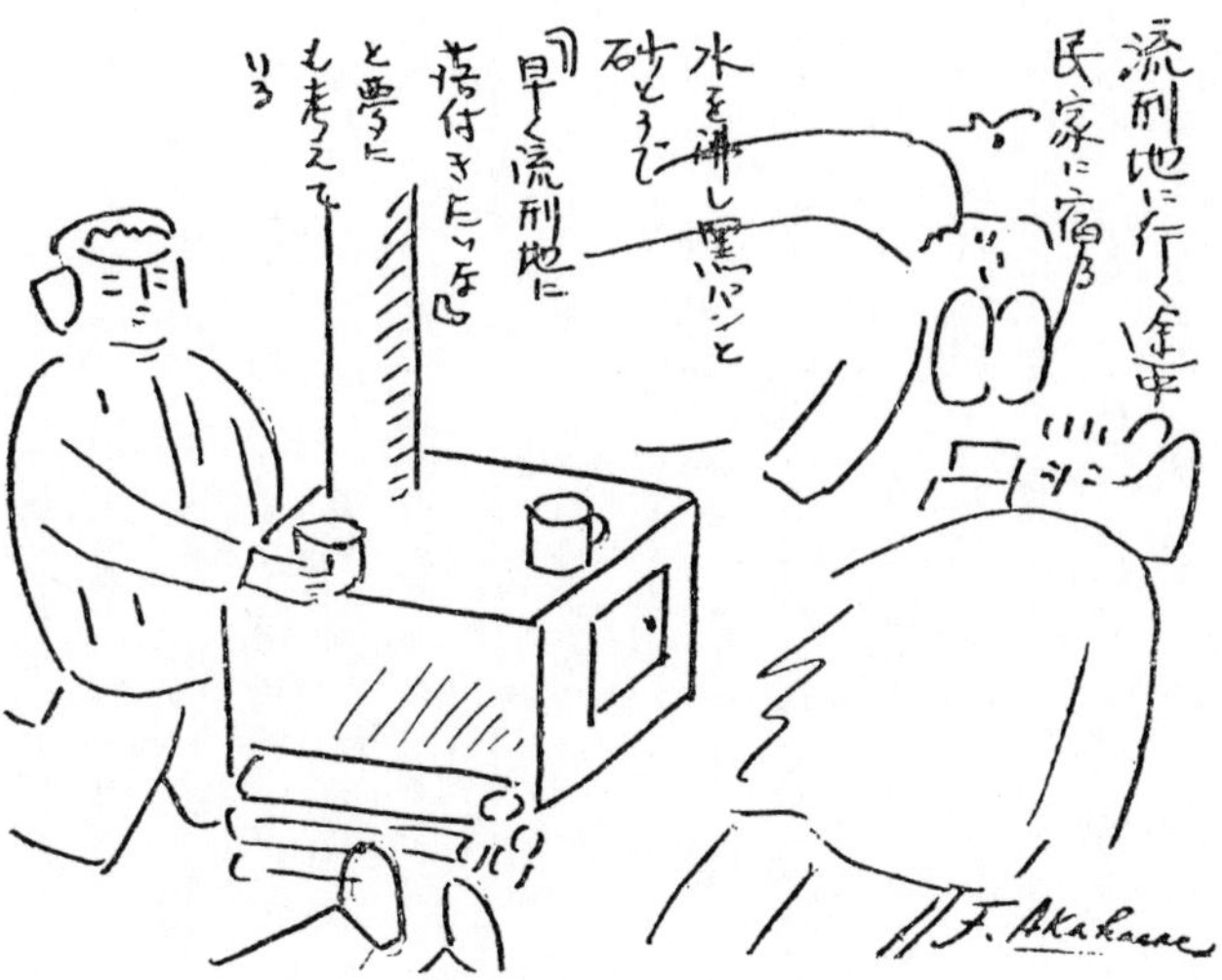

くところは、チタの監獄の再現だった。

此処のトイレも妙な形で、部屋には大きな柱が五、六本、その周囲に、柱にお尻を向けてしゃがみ、用を足すのであった。

私は例によって一番乗りとはほど遠く、順番を待ってた。一人の肥った老婆は、いきなり中腰のままで用を足した。それが下痢だったのである。私は思わず、あッと言った。

老婆の突き出したお尻の先には、あのエストニヤの女がしゃがんでいた。彼女のスカートは汚物まみれになった。老婆はそれを知っても、謝りも言わない。自分の知ったことではないと言わんばかりに、さっさと出て行く。私のほうが、腹が立って来た。

エストニヤの女の態度は立派だった。彼女は静かに立ち上ると、看守のところへ行ってわけを話し、何処かへ洗いに出て行った。

私には到底出来ることではなかった。その

後、私は、エストニヤ人は教養高く、ソ連人に比べて文化的な民族であるということを時々耳にしたが、そのたびにあの毅然とした女性のことを思い出し、なるほどとうなずくのであった。

翌日、私には、流刑の書類が渡された。

「赤羽文子を流刑に処する。ドルゴモスト地区で服務せよ。

その地区から脱走を企てた場合は、法によって処刑する」

流刑のことは、既に覚悟が出来ていたので淡々と受けとめられたが、脱走云々のくだりは厭な気持になった。読み返せば読み返すたび、わが身が囚人に逆戻りするような気がした。私の刑期は終ったのではなかったか。――その上、流刑の期間が明記されてないのも不安だった。

その後で、流刑者証明書を貰った。身分証明書《パスポート》に当るものである。それから私たちは、カンスク行きの汽車に乗せられた。

これはもう囚人列車《ストルイピン》ではなかった。粗末な客車だったが、鉄柵も、檻もなかった。男たちとの境は取り払われ、何処へ坐ってもよい。便所へも自由に行け、水も飲めた。私は、天にも昇る心地がした。

《自由だ！　自由になったんだ！》

椅子に坐る。景色の見える広い窓。あちこちの顔みしりに話しかける。立って行くもの、来るもの。誰からも何とも言われない。ああ、このすばらしい自由！

私は周囲の誰かれなく話しかけ、手をとりあって喜びあい、祝福したい気持でいっぱいであった。みな同じ思いなのであろう。やせた顔にも生気がみなぎり、嬉しさで目が輝やいている。

そっと車室のあちこちに触れてみるもの、休みなく周囲を見廻すもの、意味もなく歩き廻るもの、どの顔にも、隠し切れない喜びが溢れていた。

すっかり葉を落した裸の樹木と、重く垂れた雪雲が次々とうしろに飛び去って行く。景色さえも私たちを歓迎しているように思えるのだった。

まる一日、汽車に乗り、カンスクで降りた。ここでトラックに乗り換える。空は青く晴れているが、気温は零下三十五度。見渡す限りの雪の中で、吹き曝《さら》しのトラックにつめこまれた私たちはそのまま冷凍人間となってしまいそうだ。貸してくれた労働服《テログレイカ》を、めいめい頭からすっぽりと被った。

トラックは出発した。十二月二十五日であった。この年の雪は深いとかで、道は埋まり、トラックは時々立往生した。が、長い旅も終りに近づいた今、誰の心にも以前にはなかった安堵が生まれていた。

男も女も、もう一緒だった。そして当分、別れることはないだろう。今までの旅では、会うは別れの始めだった。しかし、今、同じトラックに揺られる仲間は、これから数年——いや十数年か、同じ土地に住むのである。

流刑地がどんな所か、想像のついているソ連人の間では、この頃から妻選びが始まっていた。流刑地の生活は孤独である。伴侶があるに越したことはない。誰もが、孤独から逃れる方法は、結婚であると考えている。それが「妻選び」から感じとれるのであった。

「妻選び」といっても、改まった深刻なものではない。ある時は冗談のように、またある時は真剣に、男はこれときめた女を「妻《ジェナー》」と呼び、女もそれに答える。二人は助け合いながら、面白おかしく旅をするのである。

彼らの妻選びを見ていると、大人のままごとじみた夢が感じられた。ラーゲルで抑圧されていた人間性が、此処へ来て一気に花ひらいた感じであった。誰もが、同国人を妻に選ぼうとしている。中には真剣に、もう、一人の女を思いつめている男もいる。そんな男の様子は、はためにもすぐそれと判るのであった。

私とダーシャは、金歯の仕立屋、アレキサンドル・パブロヴィッチと、ずっと一緒だった。私は彼をサーシャと愛称で呼んでいた。サーシャは気持の良い男で、力のない私に色々と手を貸してくれ、困ったことがあったらいつでも助けてあげますよ、と言ってくれるのだった。

誰にも貸さない、彼の商売道具の大きな上等の鋏も、私は彼から借りることが出来た。彼は笑いながら言った。

「貸しますとも。私のジェナーですからね」

こんな冗談を言えるのも、私たちの心に、ゆとりが生まれていた証拠であった。

一行の中には、すばらしく美しいユダヤ人の女がいた。惜しむらくは少し小柄だったが、トラックの中で既に三人の中年の男が、彼女に心を寄せていた。彼らは皆、ソ連人で相当の教養を持ち、品のいい冗談を言いあって、ユダヤ人の娘を囲むトラックの中は笑い声が絶えなかった。三人がそれぞれに娘の心を摑もうとしていることは、私にもよくわかり、他人事ながら先行きが案じられるのであった。

どんな不幸な境遇にあっても、人間の心にはユーモアも湧けば人情も薄れぬことを、私はこの旅を通じて知った。私たちの一行にはラトビヤ女性の三人連れがあり、七十を越した老婆と二人の若い娘を、私は親子とばかり思っていた。それほど若い娘たちは老婆をいたわり、助け合って仲よく旅を続けていたのである。

しかし、彼女たちはお互いに赤の他人同志であった。どこかの中継地で落ち合って、以来、身を寄せあい、協力しあって来たのである。老婆には前科はなく、ラーゲルにいたこともなかった。強制移住というケースで、一人ぼっちで流刑地へ送られていたのである。

やがて、一人の若いロシアの男が、この三人の前へ現われ、いろいろと手を貸すようになった。彼の騎士道精神は、はた目にも快かったが、彼の心がどちらかの娘にあることも、また確かであった。

流刑地ドルゴモスト地区に着く前に、アバンというちょっと大きな村を通った。私たちは命ぜられた一軒の民家に入り、大きな鋳物のストーブを囲んで休憩した。椅子などはないから、靴の雪を箒で払って、床に坐りこむ。ストーブでは薪が勢よく燃えていた。

みんなはめいめい荷物の中からコップを出し、お湯を沸すと、黒パンと砂糖で食事をした。すばやい人は、もう外に出てそのへんの民家から牛乳や、粥《カーシャ》を分けて貰って、美味しそうに食べている。私も買いに行こうとしたら、もうお終いで行っても無駄よ、と言われた。ラーゲルに五年いても、こんな点、私はやっぱりのろまなのであった。

質素な食事でもお腹がくちくなると、逆にどっと疲れが押しよせてきた。この家の主婦は、さっきから私の顔をじろじろ見ていたが、思い切ったように近づいて来て、言った。

「あんたは日本人でしょう」

「そうですよ」

「この村に、靴屋の奥さんで、日本人の女の人がいるわ。会って行ったらどう」

私はびっくりした。

「お婆さんだけどね」

場所を聞くと、かなり離れたところだった。私は好奇心にかられたが、すっかりくたびれていたので、暖かいこの部屋から出たくなかった。飛んで行くほどの気持にもなれず、荷物にもたれて、あれこれと考えていた。会いたいような気もしたが、いや、私は虚弱な身体なのだから、余計なことにエネルギーを使わない方がよい、先行きどんなことが待っているのかも知れないのだから、という警告の声も聞えるのであった。

その日も暮れる頃になって突然、

「日本人のお婆さんが来たよ！」

という声がした。私はあわてて起き上った。

はいって来たのは、六十五、六歳の、でっぷり肥った大柄なお婆さんだった。

彼女は日本語をほとんど忘れていた。ロシア語で話したほうが早かった。ソ連に暮している
ことを、悪いことをしているみたいに思っているのか、彼女は卑屈にボソボソと喋った。そん

なお婆さんに、私は前身をどうしても聞けなかった。

もしかすると彼女も、私と同じ流刑人だったのかも知れない。または、シベリア出兵時代、ソ連にはいったのかも……お婆さんは私に小さな黒パンと、お粥を少し、手みやげに持って来てくれた。

私は、流刑人の私に、わざわざ会いに来てくれたお婆さんの気持を嬉しく思った。日本の身内のことは何も聞かず、お互いの健康を祈りあって私たちは別れた。

それから私たちは、ドルゴモスト町に来た。漸く、旅の最終目的地に着いたのである。

その日は、いつものように床の上にごろ寝した。次の日、写真を撮られ、身体検査を受けた。そして、体力に応じた仕事が定められたのである。その作業によって、定住する村が決まるのだ。

私は林業部《レスプロムホーズ》の事務所にはいって行った。部屋には数人の上級将校と、所長《ディレクトル》が机を前にして坐っている。

労働希望を聞かれたので、私は刺繡の見本を出した。所長は感心したように、ためつすがめつ眺めていた。

「これは自分で縫ったのかね」

「はい」

「うまいものだ。この町に残してあげよう。村へ行っても、お前に出来るような仕事はないよ」

彼は紙に、作業場《プロム・コンビナート》宛の紹介状のようなものを書いてくれた。

私はホッとした。既に流刑囚の間では、この町に住むことが一番名誉であるような空気が流れていたからである。この先の「村」はシベリアの原生林地帯で、陸の孤島といった奥地である。仕事も材木の伐採や、運搬のような重労働しかない。そのような文化に見捨てられたところより、町を望むのは、人間の自然の心であった。私にしても、そんな所へは行きたくない。私は作業場へ急いだ。女たちは羨ましそうに私を見送っていた。こうして一人で町を歩くのは、全く久しぶりだった。嬉しくてたまらぬ筈だが、仕事のことで頭がいっぱいの私は、作業場を探しあてるために、気もそぞろだった。

町とは言いながら、民家はまばらであった。二、三日前の大雪で道は埋まり、その上ソ連の町は標識も看板もないから方角がさっぱり判らない。会う人ごとに訊ねて、やっと作業場にたどり着いた。

が、出て来た男はそっけなかった。

「ここには刺繍の仕事はないよ」

私はがっくりとなった。作業場にないとすると、個人で注文を取らねばならない。

とぼとぼと歩きながら私は考えた。こんな田舎の町で、刺繍の注文があるだろうか……？

ソ連の女性は刺繍好きだから、きっとあるだろう。ラーゲルの中、中継所でさえ、あんなに刺繍に熱中していたではないか。それに彼女たちの技術は稚拙なものだし……

が、注文があるとして、果して刺繍だけで食べて行けるだろうか。今までは三食寝床つきだったが、自由人となった今は、自分の腕で働いて糊口の資を得なければならない。身体虚弱者《インヴァリッド》だからと言って、遊んでいるわけにはいかないのだ……

それに、この町に住むとしたら、まず住まいを見つけなければいけない……流刑人の私に家までは見つけてくれないだろう……何処かに間借りしなければいけないが、うまく見つかるだろうか……

頭の中が渦を巻いていた。私は焦っていた。ほかの人たちはもう出発したかも知れない。あそこに見える民家に行って、間借りをあたってみようか。ところがその民家に入口はなかった。雪で埋もれて、何処が入口か判らないのだ。

道は森閑として、人ッ子一人通らない。はあはあ息を切らせて歩いていた私は、足先の冷い感触にハッとした。編上げ靴の爪先が一きわ大きく口を開いていた。

いけない、こんなことをしていては、凍傷に罹《かか》ってしまう！　私は真っ青になった。以前サーシャから借りたヴァレンキは、実は彼の友人のもので、途中の中継所で返してしまっていた。この靴では、どうしようもない！　私は貸間探しを諦めて、一行のいるところへとって返した。

仲間たちはまだいた。私が刺繍の仕事がないことを言うと、みんなは、それでもこの町に残った方が得だと、口々にすすめた。

「あんたのような身体で、村へ行って何が出来るというの？」

「そりゃあやっぱり、町に住むのが一番よ」

私は自分の足を情なく眺めた。この靴でどうやって仕事と家探しに歩き廻れようか。

ふと気がつくと、外から帰って来た人が、みな新しいヴァレンキを手にぶら下げている。

「それはどうしたの。何処で貰ったの」

「向うへ行けばくれるわ。でも、貴女は駄目よ。村へ行く者にだけ当るの」

それを聞いた私の決心は決まった。村へ行こう！　私は何が何でも凍傷寸前の足を守りたかった。そこへ、同じようにヴァレンキを貰ったダーシャがはいって来た。

「アカハネ。私はペイ村にしたよ。新しい村で、森に包まれて、広い河がそばを流れているんだって」

「私もそこにするわ！」

私は大急ぎでヴァレンキを貰いに行った。大勢の人が並んでいた。今度もまた殿《しんが》りの私に当ったのは、誰の足にも大きすぎて残された、馬車屋がはくような超特大のヴァレンキだった。それでも、やれ嬉しやとはくと、小さい私は膝まではいってしまい、すねも曲らず、歩けない。

仕方なく上を折り曲げにかかった。新品とはいえ、中のフェルトはブリキのように固い。顔をまっ赤にして力んでも、この長靴は、鉄の煙突をへし曲げるようにビクともしない。早く折り曲げねば、出発の時間が来る。皆それぞれ、自分の支度に忙しく、手伝ってくれる人は誰もいなかった。あの金歯のサーシャも、この町に仕立屋の仕事がきまったとかで、姿を消している。気の長い私も、さすがに苛々し、カッとして長靴をぶっつけたくなった。

やっと曲った！　身体中汗びっしょりになっていた。急いで足をぼろ布で包み、はいてみる。

「まあ嬉しい！有難う、お借りします」
シベリヤでは
このバレンキ（フエルトの
長靴）がなければ
冬の生活は出来ない。
足が二つ位入りる男の
バーレンキを
借りてはいた私
F. Akahane

自分の足のようではないが、がっしりした安定感がある。ともかくこれで、足の凍傷からは逃れられた。

事務所へ行ったのは、朝だったが、既に正午を過ぎていた。コップの雪をストーブで溶かして、慌《あわただ》しい食事をする。ひと息ついた時、鐘が激しく鳴り出した。出発の合図であった。

前借金一人三十ルーブルが渡された。二キロの黒パンと砂糖少しの道中の食糧。みなは、あるだけの衣類をしっかり着こんで身ごしらえをする。外に出ると橇があった。大きな荷物をそれに積み、老人と乳飲み子を抱いたダーシャ達がその間に坐った。私たちは小さな荷物を持ち、橇をはさんで並んだ。

もう護送兵の姿はない。囚人《ザカルチヨンニー》の名は取れたのだろうか。私たちはドルゴモストの町を後にした。

「ペイ村まで八十五キロあるそうだ」

「楽ではないね」

男たちの話す声がする。

ヴァレンキのお蔭で私の足は暖かかった。しかし一歩歩くごとに、膝が固いふちに当って痛かった。歩いても、歩いても痛みはとれるどころかひどくなるばかりだ。列から遅れそうになっては、必死でみなの後について歩く。ダーシャの橇も私を待ってくれない……

こんな時、サーシャがいてくれたら……と私は思った。困ったことがあったら、いつでもと言ってくれた、親切な男だった。ヴァレンキも、きっと何とかしてくれただろうし、足弱な私が、雪の中を歩くのを助けてくれもしたであろう。ドルゴモストに残る彼とは、慌しさの中で、別れの言葉を交すことも出来ず別れてしまったのが残念だった。本当に良い人だった。彼も、彼の愛人ナージャも……

感傷に浸っていると、私の足はまた遅れる。速度をゆるめた橇の上から、ダーシャが呼んだ。

「アカハネ、乗りなさいよ！」

私は懸命に橇を追った。やっと近づいたが、足が上らない。何度も何度も失敗した。最後に、身体ごと転がりこむようにして、ようやく乗れた。

膝の靴ずれからは、血が滲んでいた。

その日の夕方、私たちは小さな村に着き、此処で一泊することになった。

村の配給係だというユダヤ人の男が、何かと一行の世話をやいてくれた。宿泊所が一杯なら、自分の家へ来てもよい、と彼はしきりにみなに言った。

何事も人よりは遅い私が宿泊所へ行った時、もう、二個所とも満員だった。私は配給係の言葉を思い出し、仕方なく彼の丸木小屋を訪ねて行った。

ほかの人は、誰も来ていなかった。彼はストーブに薪をくべ、私の様子をじろじろ眺めながら、こんな所へ来て、どうやって食って行くつもりか、と訊いた。

「刺繍をしますよ。ほら」

と、私が荷物から見本を出しかけたとたん、彼はいきなり私の肩をつかむと、無理矢理部屋の隅へ引っぱって行った。

彼のいやらしい顔は、目の前にあった。五年前の大連の監獄の、検事ウーソフと同じ目だった。私は死にもの狂いで暴れた。私はもう、鷹に見込まれた小雀ではない。声を限りに叫んだ。

「助けてーッ」

その時、入口の開く音がした。流刑者の男と女が、宿を求めてはいって来たのだ。

配給係は何か汚い言葉で罵りながら、やっと私の身体を放した。私は荷物を摑むと、あとも見ずに外へ飛び出した。そして皆のいる宿泊所へ走り、無理矢理ダーシャの横へ割りこんだ。

あの男女が来なかったら、と思うと、私の心は恐ろしさで震えた。早くこの村を発ってしまいたい。身体は疲れ切っているのに、私はいつまで経っても眠れなかった。

流刑地にて

一九五〇年十二月〜一九五三年夏

1

目的地、ペイ村に着いたのは三日後であった。

出発した時の四十名は、途中の村で次々に別れ、今は十五名に減っていた。

途中まで迎えに来てくれた五台の馬橇《ばそり》で、私たちは村に向う。橇の御者は一人の娘と十二、三歳の男の子たちである。彼らは皆、煙草を吸っている。雪あかりでほの白いシベリアの密林《タイガ》の中を、彼らは立木を目じるしに、巧みに橇を御して行く。

橇が急に低地に降りて行くと、「ここは河の上よ」とダーシャが言った。なるほど、木が一本もない。しかし、何と大きな河だろうか。私にはただの平地にしか見えない。

行く手に灯が見えて来た。橙色に赤く、四つ五つ。橇が近づいても、その数は増えない。家はこれきりなのだろうか。心細かった。

橇は漸く止まった。

《これがペイ村——》

淋しい、貧しげな村であった。それでも、旅の終りのホッとした思いが私の胸を満たした。

みんなはそれぞれの小屋に案内されて行き、ダーシャと私だけが後に残された。

小一時間ほども経ち、一体どうなることかと私たちが不安になり始めた時、ほかの橇が迎えに来た。連れて行かれたのは、村はずれの丸木小屋だった。

部屋は冷え冷えとしていたが、隅のプリター（台所用ストーブ）の中で、薪がパチパチと気持よく燃えていた。透明な焔の色が目にしみる。二人きりになった私たちは、石油ランプの灯で、室内を急いで見廻した。

石灰で塗ったばかりの真っ白な壁。新造の二つの寝台《タプチャン》は、新鮮な木の香りを放っていた。敷布団《マトラス》も枕も新しく、気持よさそうに藁《わら》でふくらんでいる。真白なシーツと、粗末だが新品に違いない黒の毛布一枚。

住む所だけは気持よく迎えてくれた、村人の心が嬉しかった。

ダーシャと私は荷物をほどき、鍋とコップを出した。部屋の隅にはバケツに飲み水も汲んであった。黒パンの屑を焦がし、プリターで沸かした熱いお湯を注いで「お茶」を作る。砂糖を入れてぐっと飲むと、漸く人心地がついた。黒パンを齧り、夕食は終った。

私たちは早や早やと床に入った。寒いので寝床をぴったり並べ、掛布団の端をしっかり重ね合せた。ペイ村の最初の夜、疲れていた私たちは夢も見なかった。

朝が来た。

ダーシャは隣りの家へ様子を見に行ってくると言って出て行った。長旅の疲れで頬は削《そ》げ目つきまで険しくなっていた彼女の顔は、今朝はいくらか穏やかに見えた。

明るくなってから判ったところでは、この部屋は大きな丸木小屋を四つ五つに仕切ったもので、村の棟割長屋といった感じであった。隣りにどんな人が住んでいるかは全然判らない。

長い間経って、やっと帰って来たダーシャは、バケツ一杯のじゃが芋を提げていた。

「お隣りは七十過ぎのドイツ人のお婆さんよ」

「へえ……」

「元産婆だって。今は恩給でのんびり暮してるらしい」

「恩給で？　だってその人、流刑人なんでしょう」

「そうよ」

これは不思議な気がした。流刑人に恩給がつくとは。ダーシャの時間がかかったのは、早速お婆さんから地下室のじゃが芋の選別を頼まれたからであった。そのお礼が、バケツ一杯の芋である。

そんな話を聞くと、この土地でも、どうやら暮して行けるような気がして来た。ダーシャは二、三日中に壁ぬりをする約束も取りつけて来たという。

「アカハネ、あんたは家でシューラと一緒にいるといいよ。そのうちあたしが刺繍の注文を取ってくるからさ」

その時、扉が開いて、ウクライナ人の女がはいって来た。部屋の掃除をするという。河からの水運びや石油ランプの手入れまでやってくれた。こんな貧しい村で、掃除婦つきの生活が出来るのかと、私は腑に落ちぬ思いがした。彼女に聞いてみると、掃除婦の仕事は村で一番軽い労働で、二個所受持って月給は百四十ルーブルになるという。

「でも、アカハネには無理よ」と、ダーシャは言った。

彼女に言われるまでもなく、掃除婦の仕事を見ていると、私に出来ないことはよくわかった。ラーゲルで、猫の額ほどの、自分の寝床の下の水洗いでさえやっとだった私である。この半年間の旅の間に、精力を使い果した私は、三十七キロあった体重が、五、六キロは減っていただろう。掃除婦の仕事でも出来たら、食べて行くのは困らないだろうに……私はウクライナ女のたくましい腕が羨ましかった。

その日の夕方、私は初めて買物に行く隣りの老婆を見かけた。恰幅のよい彼女は、身なりもよく、いかにも金持の老夫人という感じで、首からは長いネックレスが垂れていた。

私たちはペイ村に、十二月二十九日に着いたのだった。今日が何日であるかなど、私はドルゴモストを発ってから忘れていた。それを思い出させてくれたのは、ダーシャだった。

三日目の朝、

「今日はお正月だね」

と彼女は言った。

彼女の声音《こわね》には、晴れ着もなく、寒々とした自分たちへの自嘲がこめられていた。暖炉に薪は燃えていたが、壁の所々に凍りついた霜。正月の御馳走もない。朝食はじゃが芋のスープに黒パンとお茶。スープの調味料は少々の塩と三、四滴のひまわり油だけである。昼も夜も、この献立は変らない。それだけの食べ物しかないからだった。

「さあ、行こうか」

ダーシャは立ち上った。

私たちは村の店から、穴蔵のじゃが芋の選別を頼まれていたのである。シューラは近所のお婆さんに預けて、私たちは出かけた。

穴蔵は寒く、暗い。泥まみれのじゃが芋はほとんど凍っているが、その中から腐った芋を選り分けて行く。選っても選っても、芋の山はなかなか小さくならず、石油ランプの乏しい灯で目がちかちかして来る。ダルマストーブの暖気でとけた芋の土が、べとべとと手につく。穴蔵の中でなら、芋は食べ放題という条件だったので、昼はストーブで芋を焼いて食べた。一度凍った芋は、皮が赤味を帯び、さつま芋のように甘くて、私は好きだった。

夕方になると、ダーシャはよさそうな芋を身体の方々に隠した。長靴の中にまで入れた。私は盗みは嫌いだったが、ダーシャの機嫌を損ねることも煩わしかったので、何個かを服の中に入れた。芋の泥が身体について、いやな気持だった。

一九五一年の正月三ガ日は、こうして芋の選別に明け暮れた。私の頭には、仕事のことが絶えず重くのしかかっていた。手持ちの百ルーブルほどのお金では居食いしようにも先が見えている。組みの刺繍も、みなが最低生活をしているこのような村では、どうも期待薄のように思われた。ダーシャも同じ思いだったらしい。

「こんな所じゃ、乞食も出来ないし……」

と、よく言った。

一週間ほど経つと、掃除婦は来なくなった。彼女は有料で、掃除代はそこに住む人の月給から差引かれるのである。ダーシャと私は収入がないので、掃除婦もお役御免というわけであった。

淋しく見えるこの村にも、人々はおよそ四百人ほども住んでいた。うち流刑人は百人ほどで、その他は、この地に生まれて育った土着の自由人たちである。

村を東から西に横切って流れる大河は、エニセイ川の支流であった。村人たちはただ単に「レカー（河）」と呼んでいた。川岸には貯木場がある。革命記念日の頃から凍ったこの川の水が溶けるのはメーデーの頃だという。森と河。それがペイ村のすべてであった。

私たちは、このドルゴモスト地区から外に出ることは出来ない身であった。出るためには許可証がいる。月に一度、巡査がやって来て、私たちは村の事務所で署名をした。その時に来る村人の顔ぶれで、ああ、あの人も流刑人だったのかと気づく。

仕事がない日、私はシューラのお守りをしながら、気をまぎらすために刺繍をした。ダーシャはこまめに手伝いの仕事を見つけてきては、お礼にじゃが芋や牛乳を貰って来た。私の刺繍を見た女たちは、目を輝かせて縫ってほしいと言った。刺繍糸はムリネといって、ラーゲルでも使っていたフランス刺繍の糸が村の販売所（ＯＰＣ《オルソ》＝労働者購買部）で手に入った。そこにはパン、ウオトカ、ひまわり油、飴くらいしかないので刺繍糸があるということは不思議なほどだった。

家の外にあまり出ない私も、住むほどにペイ村の様子は段々判って来た。村の男たちはほとんど森林の伐採に従事していた。女でも、森で作業をする者にはよい給料が出る。こうした女たちが三、四人いっしょに住めば、毎日掃除婦つきで暮せるのであった。

販売所のほかに、村役場兼伐採作業部の本部となる事務所、小学校、クラブ、託児所、診療所、共同風呂、食堂が、村の主だった建物であった。その間に、村人の住いが散らばっている。ひときわ大きいのは、流刑人の男たちの合宿所である。私の住んでいるのも、女たちの合宿所の一つであった。

これらはすべて国営である。が、流刑人の中には、合宿所を出、自分で建てた家に住んでいるものもいた。

事務所のおえら方は、所長以下、会計主任、書記、ノルマ係、配給係、倉庫係、職長《マステル》がいて、みな流刑人であった。何故、この土地に生まれた自由人で、こうした指導者的な地位についているものはいないのだろうか。

土地の人は「チャルドン」（シベリア育ち）と呼ばれている。流刑人たちは彼らのことを蔭で野蛮人《ディキー》と呼んでいた。事実、シベリアの奥地から一歩も外に出たことのない土地の人々は、無教養な人が多かった。しかし、私は彼らが流刑人のことを嘲《あざけ》るのを一度も聞いたことがなかった。

会計主任のイワン・ペトローヴィッチは、戦争中、ドイツ軍の捕虜になったかどで流刑を受けていた。彼は自由人の美しいタマーラと同棲し、二歳の可愛い娘まである。タマーラは、村一番の共産党の有力者、アレクサンドル・アレクサンドロヴィッチの娘で、戦争未亡人であった。

イワンの流刑の終りは近づいていたが、彼は悩ましい目をしていた。故郷には妻子が待っているが、淋しいペイ村で苦楽を共にしたタマーラと娘を、どうしておいて行かれよう。タマーラの方も、心配そうであった。が、こうした例は、イワンとタマーラだけに限らなかった。ペイ村に来てから私は、昔、日本にもあった「島流し」とは、こういう生活をいうのだろう

と思った。都《みやこ》に住んで文化の匂いを身につけた人々には、このような「島」の生活は耐え難いものであろう。しかし、此処には仲間がいる。その人々の間で、愛を求め、たよりあい助け合って人間らしく生きることは、流刑の人々にとって最後に許された幸せであった。

ペイ村には、さまざまな流刑の人がいた。ロシア人のほかに、ウクライナ人、ポーランド人、ラトビヤ人、グルジヤ人、ドイツ人。中国人、朝鮮人、フィンランド人も一人ずついた。

ラーゲル生活を知らず、住み馴れた我が家から、突然こんな所に強制移住させられた人々もいた。私たちが流刑囚なら、この人々は流刑人と呼ぶべきであろう。隣りのお婆さんがそうだったし、署名の時に知りあったドイツ人の婦人もそうだった。

「私たちは三百年も前の先祖から、レニングラードに住んでいたの。それを、私たちの代になって、こんな所に強制移住させるなんてあんまりよ」

　彼女の小さな息子たちは、戦争ごっこをする時「ママ、ドイツとソ連のどっちに味方したらいいの？」と訊ねる。

「子供たちが可哀想で……」

　と、呟く彼女の目には、涙が溜っていた。


　二月にはいった時、私に、雪かきに出るよう配給係から命令が出た。乾草場までの、馬橇の通る道を作るのである。

　私は困った。雪かきの出来る身体ではなかった。スコップ一杯の雪さえ持ち上げるのがやっとである。十五の時に胸を患い、肋骨を二本とり、体育の時間さえずっと見学で通した私だった。床の水洗いさえやっとの私が、そんな重労働などしたら、身体中がバラバラになって、たちまち病気になってしまうだろう。ラーゲルでさえ、労働は免除された私なのに。

　しかし、配給係の命令は絶対であった。

　その朝、私は万一の期待をつないで、医師を訪ねたが、彼は私の貧弱な身体を気の毒そうに見ながらも、

「熱がなければ、どうもね……」

　と言っただけだった。

私はとぼとぼとみなの後について行った。河に沿うた一本道を、三キロほども歩くと森に入る。ここに道をつけるのである。

配給係はそれでも私に一番近くの場所を割当ててくれた。ノルマは距離五十メートル。五十センチほど積もった雪の中に、幅一メートル、高さ五十センチの道を作るのだ。

「ほかの人の半分のノルマだ」と、彼は言う。

その年は珍しい大雪の年であった。シベリアは、半年も雪に埋もれているが、降る雪はさほど多くない。五十センチは多い方である。しかし、私の来た年は、いつになく雪が降り続け、道路が方々で寸断されていたのである。

私は木のスコップを雪につきさした。三、四回ふり上げると、もう目はかすみ、腰はがくがくになった。投げたつもりの雪はあらぬ方に飛んで、道らしいものは一メートルも出来ない。息だけが弾み、あまりの不甲斐なさに私は茫然とした。

これではいけないと、またスコップを握る。まるで私がスコップにふりまわされているようだ。汗がぽたぽたと雪に落ち、目にしみた。

「これはなんだ！　お前は何をしてるんだ！

森の奥から、配給係が帰って来た。私の哀れな仕事ぶりに彼も呆れ果てた様子だった。叱りつけたものの、彼は、

「これにはコツがあるんだ」

と言って、手本を示してくれた。

教えられた通りにすると、前よりはうまく出来た。配給係の去ったあと、私は黙々と手を動かし続けた。

何の物音も聞えぬ森……人影一つ見えない。陽ざしから、もうお昼ごろだと判る。私は雪に腰をおろし、持って来た少々の黒パンと砂糖を食べた。雪をすくって、咽喉をしめす。これで食事は終りであった。

なんとか道らしいものが、出来つつあるのは嬉しかった。力仕事などからきし無理と思っていた私が、スコップをふるって、道を造っているのだ。腰のふらつきも減って来た。コツというものは大したものだ。一休みすると、私はまたスコップを握った。

夕方になると、森の奥から、ぞろぞろと女たちが帰ってきた。

「アカハネ、もう終りよ」

私はまだノルマを果していなかった。もう少しである。それを仕上げてから、私はみなのあとを追った。まわりは既にたそがれ、女たちが私を呼ぶ「アカハーネー」という大声がする。私は急いで歩いた。私の身体では、全速力で走るということは無理だった。五メートル走っても目がくらむ。声は段々遠のいて行った。少しくらい待ってくれればいいのに——私は恨めしい思いであとを追いかけた。

森を出外れぬうちに、いつかあたりはとっぷりと暮れていた。歩いても歩いても、森は何処までも続いている。私は慄然とした。

《道に迷ったのだ！》

頼りになるのは足あとだけ。暗闇の中ではそれもおぼろであった。

《どうしよう！　森を出られなかったら！》

ぞっとするような静寂であった。かさ、こそ、と鳥の動く音がする以外は。いや、あれは狼かも知れない。木の下枝のこすれる音だ。私は夢中で走った。といっても、雪に足を取られ、身体は遅々として前へ進まなかった。恐怖と焦りから、心臓は破裂しそうに鳴っている。夜の密林《タイガ》の無気味さを、私は初めて知った。森を出られなければ、凍死してしまうだろう。私が見えなくなったからといって、捜索隊がすぐ出てくれるだろうか。帰らなければ！　どうしてもここからぬけ出さねば！　足跡らしい窪みを頼りに、私は喘いだ。

樹木が途切れた。目の前に白い平地が見えた。河だ！　私は狂喜した。これに沿って左に行けば、村に帰れる。一本の雪道を頼りに、私はがむしゃらに歩いた。

一時間ほども歩き、やっと村の灯を見つけた。緊張が一時にゆるんで、私はへたへたと雪の上に膝をついた。両足は自分のもののようでなかった。

家に帰りついた時は、八時を過ぎていた。

「アカハネ、どうしたの！　心配してたのよ！」

嚙みつくように言ったダーシャの言葉が嬉しかった。

この時の恐怖は、それからも長く私の心に残った。森を甘く見てはいけない。私はこのことを肝に銘じた。あの大自然を相手に、ちっぽけな人間の私が勝てる筈はないのだ。私はこんなところで死にたくなかった。どうしても日本へ帰りたかった。

雪かきがどうやらこうやら出来たことは、弱虫の私には意外なことであり、予想外の嬉しいことだった。次の日、配給係に会った時、私は思わず、

「私もどうやら雪かきが出来るようです！」

と、言ってしまったくらいである。これで賃金も得ることが出来た。ダーシャもパン焼所や食堂の手伝いをして、せっせと働いた。

雪かきの後、身体の故障がなかったことにも、私はホッとした。その仕事が一回で終ると、貯木場の材木の雪落しの仕事が来た。

これは道路作りよりも、厄介な仕事だった。河岸に何百本と積まれた材木には、一端に大きさや等級が刻まれている。それがよく見えるように、材木の上に上り、端一メートルほど、雪を掻き落して行くのであった。

筋肉を鍛えてない私は、果してそんな仕事が出来るかと心配になった。それに丸太の上から転がり落ちて、胸を打ちでもしたら、一巻の終りである。しかし、一日十ルーブルという賃金は魅力があった。私は力がないので、どんなに頑張っても人の三分の二しか力仕事は出来ない。だから出来高払いでない、このような日給は有難いのだ。

作業の日、私はしっかり身支度をして出かけた。材木は固く凍った雪をかぶり、数百本が一つの列となって、何列も並んでいた。

一人が一列ずつ割り当てられ、私は丸太の上に上った。ヴァレンキ（フェルトの長靴）をはいている御蔭で足は滑らない。それでも滑らぬよう、注意しながらスコップで端の雪をかき落す。

出来た！　雪かきの経験が役に立った。私は次々とスコップを動かした。早い人はもうずっと先へ進んでいる。私は焦らなかった。ただ黙々と雪を落し続けた。

ふと気がつくと、私のまわりには、誰もいなくなっていた。みな、自分の家まで昼食を食べに帰っていたのである。向うの方で、のんびりと煙草をふかしている者もいた。彼らが休んでいるお蔭で、私の仕事は、ほぼ、彼らと同じ位に追いついていた。

私はしばらく、胸が一杯になって、かき取られた雪の下から現われた煉瓦色の木の肌を、半ば恍惚と見つめていた。こんな重労働ができたことが、私には夢のようだった。体操の時間さえ休まねばならなかった私が、零下三十五度のシベリアで、男のように頑丈なソ連の女に混って働いている！　働けるのだ！　立派に！

私は雪の上に滑りおりた。丸太に背を倚《よ》せると、熱いものが目にこみあげてくるのを感じた。嬉しさとともに、私の心は感謝でいっぱいになった。私に、こんな力を授けてくれた目に見えぬ大きな力に。

私は地べたにひざまずき、指を組んだ。私にはなんの信仰もなかったが、この時ほど神というものを身近に感じたことはなかった。

《有難うございます。神様。私にも出来ました！　力を与えて下さった貴方に感謝致します！》

その神が何であるかは、私にも判らなかったが、この時ほど私の心が、祈りと感謝でみたされたことはなかった。私はしばらく、雪の上にひざまずいたままだった。

大連時代、母がやかましく私に信仰をすすめていたことが思い出された。私の弱い身体を、信仰によって少しでも良くしたいという母の願いであった。私はそれが煩わしく、よく母と衝突し、結局は母の意志に従わなかった。奇しくも、母から遠く離れてしまった今、私は祈りの心を天から教えられたのであった。

私は立ち上り、雪を払った丸太に腰かけて、昼食の黒パンを取り出した。雪をつまんで口に入れた時、瞼にたまった涙が、手にしたパンの上に落ちた――

このようにして、私は五時まで働き続けた。帰路の身体はぐったりと疲れていた。が、心は何時になく爽やかだった。この時、私は日本のことも、自分が流刑囚であることも忘れていた。

雪落しのあと、私は思いがけなく事務所の所長に呼ばれた。

「アカハネ、あんたは掲示板が書けるかね？」

村や森には、いろいろな注意事項や伝達事項が貼ってある。見本を見た私は、これなら私にも出来るだろうと思った。

「よし、それならあんたに画家《フードジニック》をやって貰おう」

私は看板書きとなったのであった。

引き受けたものの、ペンキも筆も事務所にはなかった。所長は早速、生産性向上のスローガンを持って来た。私はペンキ作りに頭を悩ました。みなに聞いてみるとかまどのすすを牛乳で溶くといいという。いわれたとおり牛乳を使い、手製のすりこぎでパン焼所から貰って来たすすを丹念にゴリゴリやっていると、ドロッとした墨汁のようなものがやっと出来た。

筆は馬の尻尾の毛を切ってもらい、小枝の先にくくりつけた。これで原稿を、削った板に肉太の文字で書いて行く。所長の書くスローガンには、時々判らぬ字や、文法上の不明瞭なところがあった。そんな時は事務所の、教養ある人に訊いた。

森で、私の書く看板を見た木樵たちは言った。

「アカハネは上手だね。よその村へ行くと、間違いだらけのスローガンがぶら下ってるよ」

ソ連人が書いたものだという。私は嬉しかった。

この仕事は報酬もよく、毎日あれば月千ルーブルにもなると私は胸算用をした。しかし、月二回の支払日に、月給が全部支払われたためしはなかった。せいぜい三〇パーセントか五〇パーセントくらいで、残りは年一回の精算日までお預けであった。その為、借金してパンを買っている者があちこちにいた。

看板書きの仕事はそう多くはなく、私が得た収入は、月二百ルーブルほどだった。これでやっと私はドルゴモストを発つ時支給されたヴァレンキ代百六十五ルーブルと、前借金三十ルーブルを返すことが出来た。私が働き始めると、毎月パン代として五ルーブル支給されたが、これは全部あとで、月給の中から差引いてあった。

村の男たちは、夕食が終ればたいてい事務所に足を向け、入口にたむろして男性版井戸端会議をやっていた。彼らには遊びに行く所がないのである。クラブはあったが、其処で歌ったり踊ったりしているのは、若い人たちが主だった。クラブの娯楽施設としては、本棚と、玉突き台、チェスが一つずつあるきりである。

世帯持ちの男が事務所にひんぱんに行くのは、遅配の給料を催促する意味もあった。漸く給料が出るという日、村はちょっとしたお祭り騒ぎである。本部から金を受取って来る会計係の姿をいち早く見つけた子供が、村中に知らせて廻る。金を受け取ると、村人たちはわれがちに店にかけつけ、競って買いものをした。早く行かねば、売り切れてしまう。村に、商品の広告は一つもなかった。店は国営の上、品物は仕入れる片端から売り切れてしまうので、広告の必要はないのである。それに、店に変った物が入ると、村人はすぐかぎつけて飛んで行く。

従って、店は販売所と言うよりも、配給所と言った方がよかった。砂糖、小麦粉、穀物プリャンニキ（固い甘パン）、バターなどはその配給も稀だから、はいったという知らせを聞けば、何をおいてもかけつけねばならない。店では包み紙を一切くれないので、身一つで飛んでいった者は、帽子やポケットにプリャンニキや砂糖を入れて帰った。

私は、ソ連が共産主義の国であり、村のすべての機構は国家によって動かされていることを知っていたが、ペイ村では私有財産も、宗教の自由も認められているのを知って、意外な気がした。稼ぎさえあれば、流刑囚でも合宿所を出て、自分で丸木小屋を建て、その周りを畠にして、家畜も飼い、小綺麗に暮すことが出来るのだった。勿論、土地は国のものであるが。

こうした流刑囚や流刑人たちは、一見平和に見える。いずれは刑も終り、故郷に帰れる夢もある。私にしても、監獄やラーゲルより、この村の生活の方が、ずっと自由で、平和であった。村の自由人たちと、肩を並べ、全く同じように生活が出来た。そして、いつかは、日本へ帰れる夢もあった。

革命記念日
ローズング[*5]を
書く私
馬の尻尾で
作った筆の
書きにくいこと
天下一品

しかし、貧しく平和なたたずまいを見せるこの土地——いや、この国には、日本では想像も出来なかったこと、自由社会の日本とは、大きく異ったものが、一つあった。

それは脅威の存在である。如何に平穏で単調な毎日でも、私たちは常に何かに怯えていなければならなかった。私たちの後には、何百、何千の監獄があり、ラーゲルがあった。そこにひしめく何十万何百万とも知れぬ囚人たち。常に何処かで目を光らせている警察と党員たち。いつまた、あのラーゲルへ逆戻りさせられるか知れない不安。言葉のはしばしにまで絶えず気を配っていなければならぬ緊張。こんな社会に、真の安住があるわけがなかった。

ペイ村の私たちの上にあるものは、一見自由に見えるまやかしの自由であった。スターリンの恐ろしい蜘蛛の糸は、ソビエト全土に張りめぐらされ、その網にかかったが最後、蜘蛛の餌食となる運命しかなかったのである。

再び蜘蛛の網にかからぬよう、私は一日も早くこの国を飛び立ちたかった。が、目に見えぬ鉄の爪は、がっちりと私を押えつけていたのである。

私は、看板書きの仕事を得てからも、貯木場の雪落しをしていた。三月ともなると、厳しいシベリアの冬は漸く後退し始める。雪が僅かずつ溶け始め、陽の光が暖かくなる。私は作業の時、あの大ヴァレンキを脱いで、革の編み上げ靴をはいた。本当は皮の長靴が欲しかったが、そんな贅沢品は村にはなく、あったとしても私には買えなかった。

雪落しが終ると、村の小学校に立寄って、七、八名の女の子に刺繍の手ほどきをした。これは、先生から頼まれたのである。生徒は全部で三十人くらいしかいなかった。先生は一人、午前組と午後組にわけて教えていた。

ある日の雪落しの時、雪どけがひどく、私は靴の中まで濡らしてしまった。すぐ乾かせばよかったものを、学校へ寄り、小一時間もそのままで刺繍を教えたのが悪かった。濡れた足から、リウマチを引き起してしまったのである。

最初は足首が痛んだ。それから痛みが足をのぼり、全身に拡がって来た。痛みは何故か夕方から起り、翌日の昼過ぎには軽くなる。私は朝起きて、食事をする元気もなかった。寝床にへばりついている私を、ダーシャは、食べなければ身体は益〻弱ってしまう、と言って怒った。そう言われても、身体を動かすと激痛が走るため、身を縮めてじっとしているのがやっとだった。私は、この痛みはリウマチに違いないと思った。

それでも、作業はあった。ソ連では、熱のない病人は、病人ではないのである。私は、看板書きだけは、昼すぎ、痛みのとれる頃を見計らってやった。暖かくなったら軽快するだろうと思っていたが、雪が溶けて黒い土があらわれ柔かく盛り上って来ても、痛みは治らなかった。

やがて五月一日のメーデーが近づき、私はスローガン書きの仕事が増えた。足は相変らず痛んでいたが、この仕事ならなんとかこなすことが出来た。

スローガンはソ連式に、真赤な布に白い字で書いて行く。白いペンキなど勿論ないので、歯みがき粉を牛乳で溶かして作った。文句は、政府機関紙イズベスチャや、党のプラウダ紙に発表される百ほどの中からこれを書いてくれと頼まれるのである。

歯磨粉で書かれたスローガンは、メーデーの前日、クラブの壇上高く掲げられた。例年、このように、メーデーと革命記念日には、式典のような集会が行われるのであった。クラブの入口には、スターリンの写真が掲げられ、赤旗と、緑の小枝で飾られている。

当日になると、壇上のテーブルには、共産党の幹部と、ノルマの高い選ばれた労働者がずらりと並んだ。彼らは一人一人、将来もよりよい労働成績を上げることを約束し、拍手のうちに話を結んだ。集まった一般労働者の中からも、手を挙げて発言を求め、同じような言葉を繰返す。どうも毎年、きまった順序でおきまりの内容が叫ばれているような感じだった。

集会はこれで終り、宴会も何もなかった。しかし、家々ではご馳走を作り、客を招いて賑やかに歌ったり踊ったりした。村の事務所や幼稚園にも、私の書いたスローガンは貼ってある。何の装飾もない村の中で、その赤い色が、僅かに祝日の気分をかき立てるのであった。私はスローガンを書くことに祝日の気分を味わっただけで、その日は、ただ淋しく、バラックで過し、落着いた住家にいる自分をせめてもの慰めとしていた。ダーシャも誰からも招かれるということもなく、汚れた服のままで、一日子供の面倒を見ていた。

春とともに、大切な仕事も迫っていた。じゃが芋の植付けであった。シベリアでは、じゃが芋が重要な栄養源であり、じゃが芋と薪さえたっぷりあれば、極寒の冬も安心して過せるのだった。

暮しの裕福なものは、地下の穴蔵一杯に芋を貯え、私のような一人ぼっちの女でも、独身の男でも、じゃが芋だけは麻袋一袋ぐらい持って冬を越す。じゃが芋がなければ、冬中の食事は黒パンと砂糖だけ。そんな惨めさにはとても耐えられない。

じゃが芋の畑割当てに、人々は興奮していた。コンミッシャ（共産党員がリーダーになっている臨時委員会）が組織されて、ぞろぞろと芋畑の候補地を見て歩く。今迄の畑を削られることもあるので、委員でないものまでついて歩き、畑獲得に努力する。

それと同時に、国債の募集があった。所長はクラブの集会で、国債を出来るだけ多く買うよう演説した。ほとんどの人が、芋畑を沢山割当てて貰いたい一心で、月給の百パーセントを申し込んだ。

国債には百ルーブルのくじがついていて時々当選者が出た。すると、親戚、知人を招いてご馳走をし、飲めや歌えのどんちゃん騒ぎになるのが普通だった。

私たちにも畑の割当がきまったが、私は足が痛く、家の中をいざりまわっていたので、芋の植付けはとても無理だった。種いもは、私の刺繍やダーシャの壁塗りでお礼に貰ったもので何とか都合がつき、ダーシャは仕事の合間にせっせと植え始めた。私は済まないと思いながら、家でシューラのお守りをしていた。

シューラはもう満一歳になっていた。誰も家にいない時は託児所に預けられていたが、よく高い熱を出して家に戻された。そんな時ダーシャは、シューラを抱いて、近所のお婆さんの家へ御祈禱を頼みに行った。何処の国にもあるこんな迷信が、私は面白かった。

2

私のリウマチは一向によくならなかった。

身体が動けばこそ、働いても行けたが、こんな手足ではどうにもならなかった。診療所の医師は頼りにならないし、もし寝込むようになったら、治療費のことはどうなるのだろうか。ラーゲルのように、ただで入院させてくれ、病人食をもらうことができるだろうか。

私は痛む足をひきずり、外へ出る時は杖にすがって、スローガンの仕事だけは逃すまいとした。

ダーシャは芋の植付けに忙しかった。ある夕方、泥だらけになって帰って来た彼女は、へんな噂を耳にしたと言った。

「アカハネ、あんたが連れて行かれるってよ。よその土地に」

「?!」

「どうしたんだろうね。こんなことって、滅多にないのに」

私は平静でいようとつとめたが、顔は硬張っていた。流刑者が、他の土地に移されたという話は、聞いたことがなかった。とっさに、何かこれはただごとではない、という予感がした。

ダーシャも心配そうに、食事の匙を取ろうともせず私の顔をのぞきこんでいた。

「おかしいよね……もう、迎えの者が来てるっていうのよ。銃を持った兵隊よ」

「そんな筈はないわ！」

私はほとんど叫ぶように言った。

「だって、今日、巡査《カメンダント》のところで署名した時、そんなことは何も言われなかった。移されるのなら、その時、巡査が言った筈でしょう！」

「そうよねえ……」

今日は、毎月一回の、流刑人の署名日だったのである。雨が降っていたので、私は防寒帽を被り、労働服を傘代りに着て、杖にすがって歩いて行った。

労働と、栄養不足とリウマチで、私の姿は青黒く萎びてしまい、まるで老婆のようだった。巡査は杖に目をとめて、どうしたのか、と訊ねた。私は病気の旨を説明し、それでも力仕事の割当が来るので困ると訴えた。巡査は係の者を呼んで、注意してくれた。

署名が始まって、私の番が来ると、巡査は何故か机の引出しから紙を出して、私の肉親の名、年齢、住所を訊ねた。そして言った。

「クラスノヤルスクの保安省に、嘆願書を出したのはお前かね」

「はい」
二、三ヵ月前、確かに私はそれを出した。クラスノヤルスクで渡された書類に、私の国籍が空白になっていたからだった。私はずっとそのことが心配で、ペイ村に来てから、小学校の先生に相談すると、彼が進んで、達筆の嘆願書を書いてくれたのだった。
巡査の質問はそれで終った。梨のつぶてだった嘆願書は、これで一応保安省に届いていることは判った。私はまた、足をひきずって家へ帰り、そのことは忘れていたのである。

もし、私に移動があるなら、あの時巡査が何か言った筈だと、私は何度も自分に言い聞かせ、不安を打ち消そうとした。

しかし反対に、私の頭には、事務所で見かけた不審な男の顔が、ありありと浮かび上ってきた。私服であったが村では見なれぬ顔で、耳から黒い布の鼻かくしをかけた、薄気味悪い男だった。

あれが、私を連れに来た兵隊だろうか……いや、そんな筈はない。事務所から帰る時、配給係は、またスローガンを頼むよ、と言った。いなくなる私に、あんなことを言う筈はない、噂は間違いだ……私の心は振子のように、明から暗、暗から明へと揺れ動き、機械的に口へ運ぶ黒パンも、まるで木屑でも噛んでいるようだった。

夕方になると、私は不安と戦いながら、何が起っても準備だけはしておかねば、と考えた。不意に、親しくしているソーニャに貸した五十ルーブルが気になった。何処かに行くのなら、あれを返して貰っておかなければ――私の手許には、お金はいくらもなかった。

私はまた杖をついて、村外れのソーニャの家へ行った。パンを買うお金にも事欠くソーニャだけに、返してくれるかどうか心配だった。

私を迎えたソーニャは、既に私の噂を知っていた。あの鼻のない男が兵隊だと、彼女は言った。お金は明日発つ時までに、きっと返す、と、彼女は約束した。もう私の出発がきまったような彼女の言葉に私はいっそう打ちのめされて、とぼとぼと家に帰った。

落ちつかぬ一夜が明けた。私は釜の中でじりじりと焙《あぶ》られているような思いだった。何の知らせもないため、余計気がもめる。村人たちの、見なれた動きまで、私を指して何か噂しているように思えた。

遂に、事務所から、使いの老人が来て、私に官給品をみな返すようにと告げた。はッと胸を衝かれながらも、この時の私は意外に平静だった。敷布団《マトラス》、毛布、敷布をみな倉庫係に返すと、急いで自分の荷造りをした。足は痛かったが、頭が鉛のようで、あまり痛みは感じられなかった。

知らせを聞きつけた女たちが次々と集まって来た。みんな口々に名残を惜しみながら、私を抱いて接吻した。私は遠くにいる人に会えないで別れるのが辛かった。みんなよい人たちだった……泣けて来そうになるのを、私は必死で耐えていた。

ダーシャは茫然と立っていた。何を言ってよいのか、どうしていいのか判らない様子だった。その虚脱した様子を見ると、私の胸はまた痛んだ。何か言おうと思ったが、もうその時、私を迎えに来た舟が上って来たとの知らせがあった。

私は河へ降りて行った。一艘《そう》の小舟の中には、やはり銃を持った二人の男がいた。一人はまさしく私が昨日見た、あの鼻かくしの男だった。

乗り移ろうとした時、何か叫びながら、転がるように走って来る女の姿が目にはいった。ソーニャであった。五十ルーブルをしっかり握りしめ、彼女は私への約束を守ったのであった。別れの言葉を交す暇もなく、舟は岸を離れた。舟足は早かった。岸で手を振る人々の姿は、見るまに遠ざかった。ペイ村も。

昨日までの雨は晴れ、空は目に沁みるように青かった。河は静かで澄み通り、底まで見えるようだった。折れた小枝が草の葉をからませて水の上を流れて行く。

あれはまるで私のようだ――

そんな思いが、ぼんやりと私の頭をよぎった。

私は不思議に恐くはなかった。もう散々運命にもてあそばれ、旅と別れを繰返し、失うものはすべて失った。この上私から何を奪えるというのだろう。まさか命ではあるまい。僅かに残されていた流刑地での自由だろうか……どうにでもなるがいい……私は妙に、開き直った気分だった。

鼻のない男も、もう一人の薄ぼけた感じの兵隊も、外見の割に私への態度は穏やかで、親切でさえあった。私は彼らの言葉の端々から、自分のこれからどうなるかを探ろうとしたが、彼らはただ、私をある地点まで送り届けるだけだ、と言い、それ以上のことは実際に知らない様子だった。

その日は舟を停めた岸辺の村で一泊した。男たちは何処からかじゃが芋を手に入れ、茹でたてを私にもくれた。

朝になると男たちは、荷馬車が調達できないので、歩いてくれ、と言った。前夜は床の上にごろ寝して足腰が痛く、その上に山歩きとは、と、私はぞっとした。昨日以来、緊張のせいか、リウマチの痛みは少し薄らいではいたが、歩ける自信は全然なかった。しかし、彼らにうながされ、私は仕方なく、とぼとぼとあとについて行った。

男たちはそれぞれ私の荷物をかついでくれ、何かと私の足を気づかってくれた。囚人を護送するにしては、妙に親切過ぎる、と私は思った。

何キロ歩いたのか、軽いパン袋を持っただけの私だが、さすがに疲れて先が危ぶまれてきた。すると、鼻の欠けた男は「もうすぐだ。ここはもうH村だから」と言った。

それでは此処がH村か。二人は村役場《セリ・ソビエット》に私を連れて行くと、何時の間にか姿を消してしまった。

私は奥まった部屋に通された。すぐに肩章や勲章を軍服の胸いっぱいにつけた将校が三人、はいって来た。私は今まで、こんなお偉方を見たことがなかったので、目を見張ったが、山道を歩き通して、綿のように疲れ果てていたため、畏怖の気持もおこらなかった。

テーブルの前の椅子をすすめられた時、私は欲も得もなく両腕を出してうつぶせになろうとした。と、将校の一人が、「駄目だ」というふうに首をふり、私をたしなめた。

私の背筋を、緊張が走った。容易ならぬことが、これから始まるような予感がした。

真ん中の将校は年の頃四十歳ぐらい。血色のよい、軍人らしいきびしい顔付の男だった。彼が私に質問した。肉親の名、住所。一呼吸おくと、彼は突然言った。

「ソ連のために、貴女は、スパイになりませんか」

私は頭上で、雷が炸裂したような気がした。

「?!」

聞き違えかと思った。私の表情に、彼は前よりゆっくりと、確実に同じことを繰返した。

「――――」

私は茫然と彼の顔を見つめるばかりだった。

「貴女は病気ですね」

彼の言葉は、不気味なほど、穏やかだった。

「私の言うことを聞けば、すぐ、立派な病院に入れてあげますよ。恢復後は、ある都会に貴女を移します。充分な月給も払います。そこで、日本人の間で見たり、聞いたりしたことを、少し私たちに伝えてくれればいいのです。それだけのことですよ」

「――――」

部屋中が大きく揺れているような気がした。私は目を伏せて、呼吸を整えた。考えるまでもなく、私の心はきまっていた。

「私には、とても、そんなことは出来ません」

沈黙が続いた。私の答えは、彼には意外なようであった。三人の顔は、かすかに硬張った。重苦しい時が流れた。

「それはどういうわけですか？」

「私は、そんな仕事に向いておりません」

「そんなことはありませんよ。貴女はロシア語も出来る。頭も良い。なみの女性ではない」

「いいえ、私はなみの女です。いや、それ以下でしょう。私は普通の身体ではないのです。今も、リウマチで、身体は弱り切っています。せめて、私を静かに暮させて下さい」

「――――」

「私の様子を御覧になれば判るでしょう。私はもう、長く生きられないような気がします。僅かな余生を、どうぞそっとしておいて下さい。お願いです」

私は必死であった。こう訴える時、私の瞼には、ペイ村の淋しい共同墓地の光景が浮かんでいた。村外れの森の入口に、粗末な木の十字架が幾つか並んだだけの侘びしい墓地。村に来て間もなく、葬列がひっそりと雪の中をそこへ向って行った。その時の人々の、黒い背を丸めた姿までが、何故かはっきりと思いだされた……

彼は、痩せこけて鉛色の顔をした私に、いたわるような、それでいて命令者の冷酷な目を注いでいた。

「何も、貴女に積極的な行動をお願いしているのではないのです。ただ、貴女の目に写ったことを、こちらに伝えてくれればいいのですよ」

ソ連のナチャリニク（おかしらさん）や役人達は人々
ノルマで
何かというとよく私のようなちっぽけを、出来そうも
ない労働に追いやろうとした、しかし普通のソ連人
ことに女達は、いつもかばって智恵を
つけてくれた。
F. Akahane

彼の言葉は相変らず丁寧だった。私は緊張に耐えかね、身体が倒れそうであったので、テーブルに両手を出して身体を支えていた。

「いいえ――それでも、私は出来ません」

「本当に簡単なことなんですよ」

「私の性格は、そんなことに向いてないのです。村で、ひっそり暮すのが一番なのです。出来るものなら引受けます。私には出来ないのです」

「そんなことはありませんよ。どうして断わられるのか不思議ですね。何かほかにわけがあるのでしょう、言って下さい」

理由などなかった。私には出来ない。ただそれだけだった。愛国心というよりも、これは私という人間の問題だった。私はそんなことの出来る人間ではない。私はそれを、夢中で繰返した。

私の声が高くなると、彼はさっと厳しい目

になり、私を制した。隣室に聞えることをはばかっているようであった。私はそんなことに留意する余裕もなく、乏しい言葉を必死で操《あやつ》る為、ついまた、声が高くなる。しっと言う制止。そんなことが何度も繰返された。

彼は、しつこいほど、私の拒否の理由を訊くのであった。私は言った。

「私には出来ません——貴方にお訊ねしますが、もし、ソ連の婦人が、今の私と同じ立場に立ったら、そして、スパイになることを承諾したら、貴方はどうお思いですか？　彼女を、立派な婦人だとはお思いにならないでしょう……？」

「………」

「ですから、どうか私に、そんなことを勧めないで下さい」

彼は黙った。また部屋に静寂が流れた。熱っぽい静かさだった。

「日本では、年老いた両親が、私を待っているのです……スパイになれば、私は日本へも帰れないでしょうし……」

私の呟きに、彼は急に元気づいたように言った。

「どうしてどうして！　きっと、間違いなく帰してあげますよ！」

その声が、あまりに確信に満ちていたため、私は一瞬ハッとした。自分は日本に帰れればスパイになってもよいというのか！　冗談にもそんなことを聞いてはならない。私はすぐにそんな自分を叱った。

「どうです、やってくれますか？」

「いいえ……出来ません。出来るような女なら、とっくにお引受けしています」

「いや、貴女はきっと出来ますよ」

それが出来るような強い、行動力のある、自らを責めずに済む女なら、私はもっと違った人生を歩いていた筈であった。四十歳で、五十歳の女のように萎び、骨だけの目立《めだ》つ、こんながさがさの手をしていることもなかったであろう……

彼の凝視にたえかねて、私は自分の指をじっと見つめていた。

既に、かなりの時が流れていた。彼の言葉には、かすかな苛立ちが感じられた。

「私は今すぐ貴女の返事が聞きたいのです。そのために、ここまで馬を飛ばして来たのですからね。あとから返事をしようと思っても駄目です。我々はクラスノヤルスクに行ってしまうのだから」

私の答えは同じであった。

三人は立ち上った。部屋の隅に行き、私に聞えぬように、何事かを話し合い始めた。断わったことで、私の運命はどうなるのか。

殺されるのかも知れない――そんな考えがさっと頭をよぎった。秘密を知られた相手を殺すのは、昔からよくある手ではないか。彼らは決して私をこのまま帰しはしないだろう……

しかし、私の心には、恐怖と怯えはなかった。その一瞬、心は水のように透明になり、生も死も、超越したような思いの中で、椅子に坐った小さな自分を、まるで傍観者のように眺めることが出来たのだった。ひとりの女がいる。彼女はともかく生きた。いま、死はすぐ彼女の隣りにある。それが何だろう……ただちょっと隣りへ行くだけではないか……そこにはもう苦しみも悲しみもない。痛みもない……

ぽっかりと頭が真空になったような思いは、やがて帰って来た将校の声で破られた。

「よろしい。この話はなかったことにしましょう。貴女は此処に残りなさい」

私の心はパッと晴れた。狂喜にも似た思いだった。しかしすぐ、此処に残ることが気になった。

「ペイ村に帰ってはいけないのですか。私、ここでは、どうして暮して行っていいか判りません」

知人の一人もいないH村で、生活するのは大変だった。彼はすぐ、私の願いを聞いてくれた。

「しかし、村へ帰って、このことを他言したら承知しませんよ。私と会ったことも。もし、そんな噂がちょっとでも立ったら、貴女はクラスノヤルスクの監獄行きですよ」

穏やかだった彼の顔は、急に厳しく、目は鋭く光った。

「絶対言いません。私はお喋りではありません」

「そうですね。教育のあるものは、余計なことは喋らない」

彼らは帰り支度をした。彼らの身分は見当がつかなかったが、きっと保安省の、それも上級将校なのであろう。恐ろしい相手だった。しかし、私を普通の人間として扱ってくれたことは、言葉使いから判った。

「わざわざ私の為に、遠い所を来て下さったのに、済みません」

私は言った。同等に扱ってくれたことへのせめてもの感謝だった。

「どう致しまして。人生とはそんなものですよ。思い通りに行くとは限らないのだから、構いませんよ」

意外な返事であった。保安省という機構に働く人の言葉とは思えなかった。不思議な思いで私は彼を見つめた。今まで、あれほどしつこく私に翻意をすすめた人とは信じられぬ。かすかな好感が私の心に湧いた。

「また、そのうち会いましょう」

別れる時のこの言葉は、澄んでいた私の心に、おりを残した。私は清潔な宿屋に案内され、次の便の馬車でペイ村に帰るように指示された。そこは、私がこれまで見たこともない清潔なベッドがあり、将校や作業部の幹部——もちろん自由人である——の宿泊所らしかった。私は自分のみすぼらしい身なりが、気がひけてならなかったが、それ以上に心に引っかかるのは、別れの際の彼の言葉だった。

「ではさようなら。もう会うこともないでしょう」と、言ってくれたほうが、どれだけ気が楽だろう。彼の姿は消えたが、彼らから伸びた紐は、まだしっかりと私にからみついているような気がした。それは、何ともいえぬ不愉快な、気味悪い感じだった。

3

私がペイ村に帰ると、ダーシャを始め村の人たちは、死んだ者が生きかえったようにびっくりして私を迎えた。

「アカハネ！　帰ってきたの！　一体どうしたの、何だったの?!」

官給品を返却し、私物も全部まとめて持って行った私が、帰って来るとはだれ一人思っていなかったのだ。

彼らは私を質問責めにした。私はそれに対する答えを、道中ずっと考えて用意していた。

「ずっと前、クラスノヤルスクに国籍のことで嘆願書を出したでしょう。そのことで、色々と詳しく質問されたのよ」

村人たちは納得したのか、それ以上何も聞かなかった。

私はホッと一息ついた。もし僅かでも不審を持たれ、スパイに関する噂がちょっとでも拡まったら、私は監獄行きとなる。それを思うと、安堵のあとにも緊張がみなぎって来た。

あの夜、H村の宿の、清潔なベッドの上で、「よかった、よかった」と思いながら、私は興奮から一睡も出来なかった。あの時の気持は、まだ続いているようだった。

《どうか、あの将校が再び私の前に現われませんように！　二度とこんなことが起こりませんように！》

私は祈らずにはいられなかった。入ソ以来最大の難関を突破したとはいえ、これで安全という保証は何処にもなかった。生きて帰れたのは奇蹟かも知れない。

しかし、私は、自分の良心を裏切らなかったことに、満足していた。少なくとも、そのことへの安らぎだけは得ることが出来た。スパイの仕事を引きうけていたら、一生、後悔と懊悩が、私につきまとっているに違いない。

ダーシャの家へ帰ると、私はつとめて屈託なく、以前と変らぬように振舞った。大まかなダーシャの性格も、こんな時には有難かった。

私は深淵のふちに立ち、そして引き戻されたのだった。ソ連について無知だった私は、かえって幸せだったのかも知れない。この当時、スパイになることを拒否して、迫害された人もあると私は後で聞いた。

平穏な日々が戻って来た私ではあったが、何かの拍子に、あの時の将校の言葉と、顔つきが頭に蘇ると、背筋がすうとうそ寒くなるような気がした。そんな時は、夕闇の中に、またあの銃を持った兵隊の姿が見えるような気がして、私は怯えて家へあたふたと戻るのであった。次の一日、何事もなく過ぎればほっとして、心は次第に落ち着きを取り戻す。

そしてまた何日かのち、怯えて、我身に何かがからみついたような不愉快さに苦しめられる

……こんなことがしばらく続いた。

短いシベリアの夏はかけ足でやって来た。この頃、私はダーシャのほかに、三人の女と一緒に暮すことになった。私たちの丸木小屋はだだっ広く、人数が増えてもどうということはなかった。小屋は国家のもので、住む人間は事務所がきめる。どんな人が廻されて来ても、文句を

言うことは出来なかった。三人の女のうち、二人は仲が良くて共同炊事をし、もう一人は名をトーニャといったが、乳のみ子を連れていた。サーシャという愛人の間に生まれた子である。サーシャには妻子があり、つい最近までトーニャは彼らと一緒に暮していたのであった。私の常識からすれば、はかり知れない彼らの感覚であった。

このころ、私の仕事はとぎれて、私は心細い収入に不安な日を送っていた。ある日、事務所長《ナチャリニク》に呼ばれ、さては掲示板書きかと喜んで、痛む足をひきずって駆けつけると、仕事は仕事でも、それは重労働の「丸太ころがし」だった。

私は啞然とした。貯木場に積まれた赤松を川に落し、川下に流すのは、夏だけの仕事である。雪かきは出来たが、この、丸太に押しつぶされそうな、小枝のような私にその仕事をやれとは！　足の痛みを言って懇願してみたが駄目だった。明日朝七時出発を申し渡されて、私はすごすごと家へ帰った。

「アカハネが丸太転しだって！　あんたが行ったって、何が出来るというの。いいよいいよ、行かなくても！」

ダーシャは言下に言った。しかし、所長の命令とあらば致し方がない。

朝七時の空気は、夏でもひんやりと冷たかった。集合場所の船つき場に来ると、腰にパンの袋をくくりつけ、蚊よけ頭巾《コマルニック》を持った男女が待っていた。

七、八人ずつボートに乗り、二人の男が漕ぐ。対岸まで約一キロ。水はどこまでも澄んで、これからの労働さえなければ、目に入る景色は平和境そのものであった。

向う岸に着くと、土手を登った。仕事場に集められた大勢の男女。どんどん人員の振り分けが行われていくが、私ははじき出されていつまでも組が決まらない。だれも、私のようなものは邪魔にこそなれ、能率向上には益しないことを知って、一緒になるのを厭がるのだ。

所長は懸命に皆を説得していたが、私は悲しさと不愉快さで一杯で、河さえなければくるりと背を向けて帰ってしまいたかった。

やっと、相手がきまった。見るからにのろまそうな男と、ずっと年若い女の夫婦ものである。女房はがみがみと小言の言い通しだった。そのお蔭で、私も多少コツを覚えた。丸太は直径二十センチくらいから八十センチまで、色々とある。太いのは三人で押して、川へ落す。それでも動かぬ時は棍棒をてこ代りに使った。動き始めるとサッと棒を横に飛ばして、手で押す。そのコツが難しかった。

乾燥した空気の中で、気持よいほど汗が流れる。しかし、蚊とブヨの大群には閉口した。むき出しの腕は刺されて真赤に腫れあがり、目もあけていられない。ふと見ると、蚊よけ頭巾のない女は、草で輪を編み、まわりに草を下げて頭に被っていた。私も早速真似をした。

虫は不思議に来なくなった。私は足首の痛みの為に何度か休んだが、思ったよりも丸太転しが楽に出来たのが嬉しかった。もちろん、腕は痛かったが、難行苦行のあとのあの痛みではない。汗が滝のように流れると、何度も河へ降りて行っては水を飲み、顔を洗った。河水はつめたく、天然の甘露であった。

ラーゲルで一緒だった人々が、今の私の姿を知ったらどう思うだろう……アカハネが丸太転がしを！　と、彼女たちは、砂漠でエスキモー人を発見したように吃驚するに違いない。体重三十キロそこそこの私が重労働など、彼女たちには到底信じて貰えないだろう……

明日こそあの人たちに手紙を書こう……可愛いハヌーシャやエレーナ・ミッチェスラヴナに。待ちくたびれているに違いない。別れてからそろそろ一年。私は、彼女たちのことを忘れたことはなかった。しかし、半年間の囚人列車の中では、そんな余裕はなかったし、流刑地へ来てからの半年は、私にとって生易しいものではなかった。その揚句、スパイへの誘い……書こうとしても、つい、それどころではなくなって、今日まで来てしまった……

手紙の文面をあれこれ考えながら、私は、果して今の状態をそのまま知らせることが、彼女たちにとって幸せかどうかと、ふと思った。釈放されたと思った私が流刑地におり、しかも丸太転がしなどしていることを知ったら、彼女たちは一様にショックを受けるのではないだろうか。私の現在は、そのまま彼女たちの未来でもある。力のない年とった女性なら、ラーゲルの先に流刑地の重労働が待ち、それをやらねば生きていけないことを知ったら、どんな気持がするだろうか――

ラーゲルの鉄柵にしがみついて、死んでも離れまいとしたという老婆の気持が、私には痛いほど判るのであった……

丸太転がしの仕事が続いていた一日、私はほかの数人の仲間と、牧草の島、と呼ばれている場所へ枯枝の片づけにいった。

島といっても、そこは村とは地続きで、三キロほど離れているだけだった。一行の中には、中国人のパーシャという男が混っていた。

彼はペイ村では、ただ一人の中国人だった。何故、王とか周とかいう名前でなかったのかは判らない。彼は森で木樵をしていたが、夏になると牛飼いの当番もした。ロシア語は下手で、そのせいか口数が至って少なく、物静かな男であった。

牧草の島に行った時、私はリウマチの足がひどく痛んで辛かった。こんなに痛む上に労働を続けて、もし、足腰でも立たなくなったらどうしようと、不安でならなかった。

パーシャは私の痛みを知って、何かと親切にしてくれた。彼の態度は控えめであったし、慰めの言葉をかけてくれたわけではなかったが、私には彼の好意がよく判った。

「足が動かなくなったら困るわ」と言うと、彼は心配そうに、私の顔をじっと見るのであった。

私たちは草の上で一緒に食事をした。ほかの仲間は少し離れた場所にいた。

黒パンの食事が終り、しばらく沈黙が続いたあとで、パーシャは静かに言った。

「アカハネ、ぼくと、結婚してくれませんか」

「――――」

私はさほど驚かなかった。うすうす、そんな予感はあった。

しかし、私には、パーシャだけでなく、誰とも結婚の意志はなかった。私は日本へ帰らねばならない。心を占めているのは、そのことだけだった。

私は何と言って断わったものかと迷った。パーシャの気持を害《そこな》いたくはなかった。彼は、ここでは木樵だったが前は何をしていたか知らない。無学であるが、誠実な男だった。私がリウマチで苦しんでいることを知って、求婚したことでも、それは判る。普通の男なら、病気の女は敬遠するものだ。パーシャは私の足が動かなくなることを知った上で、私に救いの手を差しのべてくれたのである。彼の気持は、涙が出るほど嬉しかった。しかし、結婚とそれとは、また別の問題であった。

私は、言葉を選びながら、彼を傷つけぬよう、結婚の意志のないことを伝えた。彼は怒りもせず、考え直すようにと説得もしなかった。彼はそんなロシア語を知らなかったのかも知れない。私たちは午後の仕事に戻った。パーシャは穏やかに、黙々と仕事をしていた。そんな彼を見ると、私の心は揺れた。痛い足をひきずりながら、私の胸は、理由のない淋しさで一杯になるのだった。それは、アクモリンスク・ラーゲルで、愛し愛されあう、ボリスとワーリャのような恋人同志を見たときの、あの寂しさに似ていた。

丸太転がしの仕事が、十日ほどで終ると、私は便所掃除婦になった。本当は、丸太転がしはまだ続いていたのだが、リュウマチの足首の痛みが、ますますひどくなった私は、全く能率が上らず、所長も遂に仕事を免除してくれたのであった。

村の家には、各戸ごとの便所というものはない。みな、共同便所を使うのである。

掃除婦の月給は二百四十ルーブルであった。これは室内掃除婦と同じ額である。ノルマ係は何故か私に好意的で、これでは気の毒だからと、二百七十ルーブルに増やしてくれた。

「前の便所掃除は、何をやっていたかわからん。何もしていない者に二百四十ルーブル払って

流刑地で丸木小屋を建て一緒に
暮そう。
豚も牛も
飼おうね
楽しい生活が
出来るよ。
僕は
うんと
ノルマを
かせいで
君に
楽をさせるよ
F. Akahane

いたんだから、あんたにこれ位払うのは当然だ」

　前の掃除人は男で、アブラーモフと言った。実際、いつ掃除をしたのか判らぬ位、便所はいつも汚れていた。それでも時々は、箒とスコップを持って歩く彼の姿を見かけたものであった。

　私は、この男が嫌いだった。ペイ村に来て間もなく、私は編上靴の修繕を頼みに、男たちの合宿所へ行ったことがある。

　みな森へ働きに出かけ、がらんとした部屋の中で、台所用ペチカのそばに、むっつりと坐りこんでいたのが彼だった。

　年は六十過ぎであろう、ぶくぶく肥り、黒ずんでたるんだ顔には生気がない。どろんとした目の光。私は一目で、いやなやつだ、と思った。

　二、三日して、靴を取りに行った時、彼は

またいた。そして、鈍い口調で、私を歓迎するように、自分の寝台へ案内し、並んでかけるようながしたのである。

合宿所には椅子を持っている者は少なく、自分の寝床一つが個室であり、客間ともなった。むげに断わってもあとがこわいような気がして、私はいやいやながら、出来るだけ離れて坐ったが、アブラーモフは、自分には故郷に娘がいること、彼女から小包みがしょっ中来ること、自分自身にももうすぐ恩給が定まるはずだなどと、年寄り臭い口調で、ねちねちと喋るのだった。私はいい加減に合槌を打っていたが、その次に出た彼の言葉に自分の耳を疑った。

「わしと結婚してくれんかね……?」

ぞっとした、というのが本音であった。よりによってこんないやなやつの口から結婚申込みなど! 馬鹿にするな、といいたかった。

私は即座に断わった。

「考えてくれんかねえ……」

彼は未練たらしく、ブツブツいっていたが私に再考の余地はなかった。この男が、私の前任者、アブラーモフだったのである。彼をどうしても好きになれなかった私は、その後も彼の姿を見かけると、遠廻りしてでも彼に会うのを避けていた。容貌や話し方のほかに、彼にはどうも虫の好かぬものがあったのである。自称アルメニヤ人であったが、ユダヤ人という噂もあったし、スパイらしいから用心した方がいい、という囁きも、何度も聞いた。事実、彼はペイ村から八十五キロ離れたドルゴモスト町へ、ちょくちょく出かけていたが、作業用具や、売店の商品を仕入れに行く以外、一般の流刑人が、そんな遠くへ出かけることは、まずなかったのである。一介のなまけ者の便所掃除人が、たびたび町へ行く理由は何なのか、誰しもうさん臭いものを感じていた。するうちに、彼の姿は、村から見えなくなって、私に便所掃除のお鉢が廻って来たのである。

娑婆にいた頃は、便所掃除婦など、考えられもしなかった私だが、此処では何の感慨もなく、平気で仕事に取り組んで行けた。生きて行かねば、収入を得なければ、という厳しさの前に、仕事の貴賤など問題ではなかったのである。

それに、便所掃除は、床掃除よりも簡単であった。便所はラーゲル式に、板に切った丸い穴が五つ六つ（時には一つだけ）並んだものである。私の仕事は、穴の周りの汚物をスコップで落しこみ、あとを箒で掃いておくだけでよかった。

とはいえ、村の人たちは、何故か穴の周囲でなく、板の上至る所に用を足す人が多く、始末に苦労させられた。その上、指についた汚物を便所の板囲いに、所かまわずなすりつけてあるのにも閉口した。いくら紙がなく、生活程度の低い森の木樵たちであるとはいえ、みんなの使う場所をどう思っているのだろうと、私は腹が立ってならなかった。

不思議なのは、こうして公共の便所は無茶苦茶に汚す村人たちも、自分の住いだけは、実に清潔にしていることであった。粗末な丸木小屋でも、壁は始終塗り替えて真っ白にしてあるし、床も週に一度は、裸足でも歩けるほどきれいに砂で磨き立てる。床洗いの時は忘れずに窓硝子も磨く。これは、土着の人たちでも同じで、都会育ちの私でさえ、人々の部屋の清潔さには驚くほどであった。それが一たび便所となると、面白がっているとしか思えぬほど汚し放題なのは、どういう心がけなのか。まさか便所掃除のノルマを向上させるためでもあるまいと、私は心の中でブツブツ言いながら、毎日スコップを動かすのであった。

不潔さもさることながら、私を悩ませたのは、村の子供たちであった。箒とスコップをかついで出かける私を見て、汚い言葉ではやしたてるのは毎度のことで、いたずらもひどかった。掃除の後にまく消毒薬を入れた小桶を、箒もろとも便所の穴に突っこんであったり、カンカンに怒った私がそれを河で洗っていると、遠まきにしてまたはやしたてるのであった。吹けば飛ぶような私が、箒をふりあげて怒ってみても、彼らには恐くもなんともないらしい。怒鳴っているつもりの私のロシア語も、彼らの耳にはいとも生ぬるく響いてそれもおかしいらしい。度重なると、私の方も馴れっこになって、子供たちのいたずらは気にならなくなった。

便所が段々一杯になってくると、私は汲み取りまでやらされるのでは、と心配だったが、それは杞憂だった。満杯になればそのままにして、板囲いだけ取外し、また別の場所に穴を掘って新しい便所を作る。土地はいくらでもあったし、便所の汚物は一両日も経てば、パサパサに乾いて土と変らなくなってしまうのだった。精白していない黒パンが主食のため、汚物もカスが多く、日本の白いお米や、白いパンを食べている者には、ちょっと考えられないことが多いのである。

便所掃除は汚い仕事で、粗末な衣服に箒をかついだ私の姿も哀れなものであった。しかし、私は嘆きはしなかった。ここは仮の生活だ。今いる自分は仮の姿だ。私には本来の、私の住むべきもっとよい世界がある。そこへいつかは帰って行ける。いや、きっと帰るのだ。誰にも言わなかったが、私はこんな思いを、絶えず心に呟き続けていた。

仕事と、リウマチの辛さを除けば、流刑地で初めて迎えた夏は、快いものだった。気温はシベリアでも三十度以上に昇るが、湿度が低いので日かげはひんやりとしてさわやかだった。夏になると、丸木小屋の中で火を焚くことは禁じられた。暑苦しくて、夜眠れなくなる上、火事の危険があるからだった。

この丸木小屋というのは——ペイ村の家はみなそうだったが、文字通り丸木を組立てて造った家であった。丸木の太さは直径二、三十センチ以上はあり、それを横に積み重ねて壁を作る。丸太の間には、近くの沼からとれる藻をつめこみ、更にその上から泥を塗った。特に家の内側は泥を厚く塗って、丸太のでこぼこが見えない迄にする。外側にも泥を塗って平《たいら》にしている家もあったが、たいていは丸太がむきだしになっていた。

こんな簡素な家でも、煉瓦を積んだペチカをたけば、冬は暖かく、夏は涼しかった。力さえあれば、小屋は素人でも作れたが、ペチカだけは専門の職人に頼んだ。へんなペチカでは部屋は暖まらず、その上、ガスが洩れて危険だからであった。

女たちは合宿所の外に鋳物のストーブを持ち出し、煮たきを戸外でするようになった。炊事道具は少なく、鍋があればいい方で、やかんを持っている者は一人もいなかった。アルミのコップや鍋でお湯を沸すのである。お茶は黒パンの屑を焦がしたもの。シベリア版麦茶でもあろうか。

ある日、森から帰って来た女の一人が、これを入れると美味しくなるわ、と言って、葉のついた木の枝を、私のコップのお湯に入れてくれた。スモロディナーという木で、七月の末には赤紫の実が生《な》るそうである。

一と口飲んで私はその美味しさに驚いた。咽喉にしみ入るとはこのことかと思った。

また少し経つと、私と一緒に暮していた二人の女たちが、両手に一杯の花を抱えて仕事から戻って来た。私は思わず、どこの温室から貰ってきたの？　と訊いた。花は大きく、色鮮やかで、到底野生のものとは思われなかったからである。

女たちは変な顔をして「あっちよ」といい、今通って来た道をあごで指した。私は初めて気づいた。流刑地に温室などというしゃれたものがある筈がない。これらは野の花なのであった。それにしても何という美しさであったろう。満洲の南端にいて、野山によく草花を摘みに出た私も、かつてこんなみごとな花は見たことがなかった。名前は判らなかったが、きっと高山植物の花々でもあったのだろう。

夏の夕暮れ、清潔な部屋には花が飾られ、戸外にはじゃがいもをいためる香ばしい匂いが漂う村の景色はのどかだった。ダーシャはブヨよけに、蓬《よもぎ》に似た草を取って来て、家の戸口で燃やした。立ちのぼる青い煙は、私に日本の蚊取線香を思い出させた。その草がなくなると、散文的なことに、ダーシャはウールの切れ屑を燃やすのだった。

4

八月になった時、私は便所掃除の傍ら、材木部の職長《マステル》、マキシム・ニコライヴィッチの家へ、子守りに通うことになった。

マキシム・ニコライヴィッチは、五十歳を過ぎた流刑人で、故郷には妻も子もいたが、この土地の女であるニューラと結婚し、二人の間には七ヵ月になる娘ネリーが生まれていた。

ニューラにも先夫がいた。彼は若い女と一緒になって彼女を棄てたのである。二人の間に生まれた娘マーニャは、ニューラが育てていた。先夫は同じ村のほど遠からぬ所に住み、月給の四分の一を、マーニャの養育費として差引かれているとのことだった。

マキシム・ニコライヴィッチ夫妻は、八月に草刈りに行かねばならなかったが、可愛いネリーを託児所へ預けるに忍びず、私に子守りを頼んだのだった。報酬は夕食を彼らと一緒に食べるだけだったが、私は喜んで承諾した。日頃から、看板書きの原稿のことなどで、彼の世話になっていたし、彼が私のリウマチを気づかって、少しでも私の暮しのたしにと考えてくれていることが、私には判ったからである。

私は朝七時ごろ、便所掃除を一通り済ませると、彼の家へ行った。ネリーはおとなしい子で、吊り床の中で、時々牛乳を飲んでいれば泣かなかった。ネリーのはいっている吊り床が、私には面白かった。ごく浅い箱の四隅に紐をつけて一つにまとめ、箱が床上一メートルくらいのところに来るように、天井から吊してあるのだ。

箱の底からは床に、輪になった紐が垂れている。ニューラは床の上に、粗末な布を敷いて、足を投げ出して坐り、片足を輪の中に入れて吊床を静かにゆすぶるのだった。

裁縫をする彼女の手もゆっくりと動く。口からはつぶやきのような歌がもれる。それは私が子供のころ、母が折々口ずさんでいた、ゆるいテンポの、ひなびた子守歌に似ていた。

歌声が、途絶えた、と思ってみると、ニューラは縫いものを持ったまま、居眠りをしていることがよくあった。私も子守りに来た時は、ニューラ奥様の真似をして、床に坐り、足でのんびりと吊り床をゆすぶるのであった。

ネリーが寝つくと、私は家の裏手へ出て、草の繁みの中で服をぬぎ、全身の日光浴を始めた。昼間は人気のない村だったから、こんなことも平気で出来るのであった。

シベリアの夏の光は快く、私の身体にしみ通って、リウマチを癒《いや》してくれるように思われた。事実、日光浴を始めてから、足の痛みは、ごく僅かずつではあるが、薄らいでいったのであった。

日光浴のほかに、親切な村人たちは、リウマチを治す方法を、いくつか教えてくれた。河辺の熱い砂の中に身体を埋めればよいとか、蟻からとれるアルコールが効くとかであった。私は瓶に砂糖を入れて森へ行き、座布団くらいの大きさの、お椀を伏せたような蟻塚に頑張って、蟻を捕えようとしたが、蟻はなぜか瓶のなかに落ちついてくれず、つかまえたのは五、六匹という有様で、ものにならなかった。

砂のほうも、いかにも効きそうな感じがしたので、河辺へ出かけてみたが、砂はあまり熱くなっておらず、これも旨く行かなかった。しかし、裸足で踏みしめた熱い砂の表面はとても快かったので、それから私は夏の間は裸足で過すことにした。村人たちは、とっくにそうしていたことではあったが。

河のほとりの砂地だけでなく、家のまわりの土も、日の照っているときは、相当熱せられていた。土の上を裸足で歩くことは、心地よいだけでなく、なんともいえぬ素朴な満足感にみたされることを、私は初めて知った。ただ、気をつけなければならないのは、硝子のかけらや、牛、豚などのふんで、眼鏡をなくしたままの私は、時々、硝子を踏んで怪我をしてしまうのであった。

ネリーのお守りは楽であったから、私は報酬が夕飯だけであっても別に不満はなかった。月給七百ルーブルの職長《マステル》の家でも、夕飯は私たちと同じ程度である。マキシム・ニコライヴィッチは酒好きで、酒がなくては一日も過せず、月給と時々貰う賞金《プレミア》では、とてもやっていけないと、ニューラはよくこぼした。

マキシム・ニコライヴィッチが、本当の酒好きだったかどうか、私にはわからない。いつ剃刀をあてたかわからない、ひげむしゃの丸顔に、ロシア人にしては小ぢんまりとした鼻の彼は、いつも眼鏡の底から、小さな黒い目をのぞかせていて、その表情はつかみどころがなかった。

相当の教養もあり、刑を受けるまでは、かなりの生活をしていたと思われる彼であった。ネリーという可愛い娘はあっても、この流刑地の生活に満足していたとは思えない。妻のニューラの無教養なことも、彼には淋しい様子であった。その憂さを酒にまぎらわしていたとしても不思議ではなかった。

彼の酒代のために、ニューラは、スープに入れる植物油さえ買えないとよく嘆いた。時にはパン代さえなくなって、飼っている牛の乳をしぼり、一リットルを四ルーブルで前の食堂に売ることもあった。

そのあとでお金を握ってパン屋へパンを買いに走って行くのは、ニューラの連れ子のマーニャであった。小学校へはいったばかりの彼女は、おっとりとして目のくりくりした可愛い子供であった。

マキシム・ニコライヴィッチとニューラの夫婦仲は、悪くはなかった。マーニャもおとなしい子で、どこか継父の彼に遠慮しているようなところがあった。

しかし、彼らもふつうの人間であり、時々感情のきしみも見られた。ニューラがマーニャの入学のとき、革の通学鞄を買うと、子供には贅沢《ぜいたく》すぎると彼が文句をいい、それがこじれて、とうとう二人の別居騒ぎにまで発展したこともあった。

マーニャは彼の継子であるだけに、ニューラは夫の冷たさをひとしお強く感じたのであった。私のなだめるのも聞かず、とうとうニューラは、マーニャとネリーを連れて、隣りの家へ移ってしまった。

私が、マキシム・ニコライヴィッチに、早く仲直りするようすすめると、彼は言った。

「そんなことしなくても、おれがネリーを引き取って育てるから、いいさ」

「そんなこと出来ませんよ。マキシム・ニコライヴィッチ。男手ひとつで子供を育てるなんて大変なことですよ」

「大丈夫さ。アカハネ。その時は、あんたに子守りに来て貰うよ」

「まあ、奥さんがいなければ、私は子守りになんか来ません！」

彼はじっと、私を見ていた。

この時は、共産党員の男が仲にはいって、二、三日のちに二人は和解した。私はまた、何事もなかったように彼らの家に出入りした。

マキシム・ニコライヴィッチは、別居も辞さないようなことを言ったが、こんな淋しい土地の、労働ばかり厳しい流刑地の明け暮れには、肌を寄せあって生きる家族だけが、喜びと生きる支えを、流刑人にもたらしてくれるのである。

ニューラがこの土地生まれの自由人の女であるだけに、彼ら一家には、家もあり、牛、豚、羊もいたが、決して裕福な生活ではなかった。合宿所の流刑人たちは仕事から帰れば、お湯を沸し、じゃが芋の皮を剝く。柔く煮て塩と牛乳を加えたスープにパン、一年三百六十五日、献立は同じだ。変ったものを食べようにも手に入らない。右の方のベッドを向いても左の方を向いても、同じ料理。明けても暮れても、じゃが芋のスープばかりのみじめさ、味気なさ。

マキシム・ニコライヴィッチは、いろいろ考えて、合宿所を出て、自由人のニューラと一緒になった。家族がいれば、私のような独身者が、ひとりわびしく合宿所でスープをするのに比べて、小さな子供の笑顔やはしゃいだ声が、食卓を賑やかにしてくれる。マキシム・ニコライヴィッチは、五十を過ぎてから生まれたネリーが、ひとしお可愛いらしく、暇さえあればネリーを抱き、大きな手の上にのせて、ぴょんぴょん踊らせて喜ぶのであった。

彼は、私の看板書きの仕事にも、なくてはならない人であった。原稿に不明なところがあると、私は一番に彼のところへ飛んでゆき、教えて貰った。森に立てる掲示板は、みな彼が原稿を作るので、彼はいつも親切に教えてくれた。酒びたりのような毎日であっても、仕事にかけては、彼は立派な人であった。彼の下で働く、ある男は私に言った。

「マキシム・ニコライヴィッチは、我々の職長《マステル》として、恥ずかしくない人ですよ。第一、彼の木の愛し方は、我々とは違う。彼は、森の中で木のそばに立つと、木が可愛くてたまらぬ、という様子で木を撫でているのです。職長《マステル》のような人こそ、木と話が出来る人ですね」

子守りと便所掃除に明け暮れる私の、心の支えとなっていたものは、折々事務所から出る看板書きの仕事であった。日本人である私が、ロシア人も感心するほど、綴りや文法の正確なスローガンを書けるということは、私のひそかな誇りでもあった。もちろんそれには、マキシム・ニコライヴィッチの親切や、事務所の教育のある人たちの助言があったればこそのことであったが、一度、私をひやりとさせた出来ごとがあった。

それは、夏の始め、労働祭《メーデー》の朝であった。村のノルマ係が、私の顔を見るなり言った。

「アカハネ、君の書くスローガンはなってないよ」

彼は祝い酒に酔って、とろんとした目をしていたので、私は一瞬、からかわれているのかと

思った。が、彼は続けた。

「でもいいよ。私が直しておいたから」

そのスローガンは、事務所の正面入口に貼り出す大きなもので紙にインクで書いたのだった。私はいそいで行ってみた。確かに一個所、インクで直したあとがあった。

私はハッとして自分の誤りに気づいた。ロシヤ語の小文字のm〔t〕と英語のmと同じ形であるところから起る錯覚が原因だった。なまじ両方を知っているばかりに、私はよく混同した。そのためにたった一字の間違いだが、言葉が全く反対の意味になっていた。ノルマ係はそれを正しく直しておいてくれたのであった。

私は厚く彼にお礼を言った。もし、彼が直しておいてくれなかったら、大変なことになるところだった。共産主義に悪意を持ったものの仕業として、監獄へぶちこまれたかもしれなかったのである。不注意や錯覚ですまされる問題ではなかったのだ。私は肝を冷やしながら、彼の好意を嬉しく思った。その後、私のしたような誤りで、実際に我が身を破滅に導いた二つの例を聞いたが、そのたび私は胸を撫でおろし、ノルマ係に感謝したものであった。

ノルマ係は、年の頃五十そこその流刑囚で、モスクワ大学出身と聞いた。私の便所掃除の月給を上げてくれたのも彼であった。彼の妻は、まだ若い、色白の垢抜けた女性で、三つか四つになる女の子が一人いた。ラーゲル暮しの長かった彼が、どこでこんな都会的な女性と結ばれ、子供まで生まれたのか、私は時々運命の不思議を考えるのであった。

一度、彼の奥さんから私に刺繍の下絵を描いてくれと頼まれたことがあった。私は花の絵を描いた。彼女はお礼だと言って、大きな肉の一切れと、トマトのはいった美味しいスープをご馳走してくれた。肉など食べられることは本当に稀だったので、私は長い間、そのスープの味が忘れられなかった。

子守りをしている間に、私は一度だけ、マキシム・ニコライヴィッチの家で、夜にも美味しい肉を食べた。それは、密猟の羚羊《かもしか》であった。

夏も過ぎ、ニューラの草刈りの仕事も終ると、私の子守りの必要もなくなった。私はまたダーシャとの生活に戻り、便所掃除と、ダーシャの子供、シューラの面倒見に明け暮れた。合宿所は人数が増えて七、八人の大世帯となっていた。

十月になると、冬はもう目前であった。ある一日、それは、秋とも思えぬほど、寒く、鉛色の空に風が吹き荒れて、河も恐ろしいほど波立っていた時であったが、便所掃除に出かける私の目に、河辺で村人たちがあわただしく騒ぐ姿が写った。

「マキシム・ニコライヴィッチが溺れている！」

私はびっくりして河へ飛んで行った。岸からはボートが出るところだったが、既に遅かった。二時間後、マキシム・ニコライヴィッチは、冷たくなって家に戻ってきた。

身近に暮した人たちだけに、私はニューラの悲嘆を見るに忍びなかった。可哀想なマキシム・ニコライヴィッチ！　故郷にも、妻と娘が待っているというのに。

ニューラが夫の葬式の準備をしている時であった。ドルゴモストの町から無線で指令があった。マキシム・ニコライヴィッチの遺体は、俄に黒い毛布で包まれて、馬橇《ばそり》に乗せられ、ドルゴモストの本部へ運ばれて行った。

彼は流刑囚なので、指紋の取調べがあるということだったが、遺体はそれきりペイ村には戻って来なかった。

村外れの河の土手には、共同墓地があった。森を背に、淋しく立っている二、三十ほどの十字架。流刑囚は、ここにすら眠ることはできないのかと、私は暗い思いになった。

夫の墓に詣でることも、花を飾ることもできぬニューラも哀れであった。

私とても、流刑囚の身であった。ラーゲルにいた時は、釈放の日が定まっていたが、ここではそれすらも判らない。必ず生きて、日本へ帰るつもりの私も、折々は心が滅入って、自分の永遠の安息の場所として、墓地を眺めることもあった。マキシム・ニコライヴィッチの死は、悲しみとともに私の気持を、何ともいえぬ暗い感慨に沈めた。流刑囚の死体は、いったい、何処に葬られるのであろう。犬の死骸のように無造作に、そのへんの穴に棄てられるのではないのか——そんな思いさえ胸の中をゆききするのであった。

マキシム・ニコライヴィッチの死後も、私は黙々と便所掃除を続けた。思えばこの仕事も、彼の斡旋《あっせん》によるものであった。これから冬になれば、便所掃除も容易でなくなるだろう。凍った汚物が、柱のようになって、穴から突き出てくる現象は、ラーゲルでも見ていた。あれを始末するとなると、いささかうんざりする。凍りついた汚物を、スコップで叩いてかき落すのも厄介であった。テログレイカにとび散った氷は、払うと、すぐ落ちるが、不潔であることは変りなかった。

マキシム・ニコライヴィッチが死んでしばらく経ったある日、私は便所掃除の帰り、一人の見たこともない色白のきれいな女に呼びとめられた。

彼女は、この村に住む、イワン・スモレギンの妻で、ナーデャと名乗り、私のことはよく知っているから、彼女の家へ来て一緒に住み、子守りをしてくれないか、というのであった。

「もちろん部屋代なんかいらないわ。じゃが芋もうちに沢山あるから食べていいのよ。子供たちといっても、もうあまり手はかからないの。私たち夫婦が、夜ちょっと遊びに行く時なんか面倒見てくれるだけでいいから」

と言った。

私はその場で即答も出来ず、合宿所に帰って女たちに相談すると、みな行ったほうがいい、と言った。ダーシャだけが反対だった。

しばらく考えた末、私はスモレギン家へ移る決心をした。ダーシャと私は、お互い頼りあって何とかここまでやってきたのだが、どちらかといえばダーシャの方が私の主人格で、シューラの世話に手こずる私に、合宿所の女たちも同情してくれていたのである。

それに、ダーシャとの共同生活は、あまりにも貧しかった。じゃが芋も、薪も足りない冬越しは、考えただけで恐ろしかった。体力のない私は、ほかの人のように、森や河から薪にする雑木を拾って来ることもできず、パン焼所や風呂場のそばで、馬糞まみれの薪屑や木っ端を、袋に拾ってくるのがやっとだった。

人目も構わず、乞食のような真似をしてもやっぱり台所用ペチカ《プリター》に燃やす薪は足らず、私は家の周りを夏の間からうずたかい薪でぎっしり囲んだ人が、羨ましくてならなかったのであった。

ナーデャといっしょに暮せば、少なくとも薪とじゃが芋の心配だけはないと判って、私はとうとう、約一年間のダーシャとの共同生活を打ち切ったのであった。

引越したナーデャの家は、一間きりの丸木小屋で、入口に近い窓ぎわが、私の寝床となった。部屋の隅にはルスカヤ・ペチカがあり、それを囲むように三人の子供たちのベッドと、ナーデャ夫婦のベッドがあった。子供たちと夫婦のベッドの間は、プリントのカーテンで遮《さえぎ》られていたが、私のベッドとの間には何もなかった。

ルスカヤ・ペチカとは、シベリアの生活には馴染《なじみ》深いものであった。ペチカの上が、畳一枚ほどの大きさの棚になっており、そこはほっかりと暖かいので、年寄りや子供はよくここで横になる。大事なヴァレンキを乾かす場所でもあった。部屋にはもう一つ台所用ストーブがあり、これだけでも十分部屋は暖かかった。

イワンとナーデャの夫婦は自由人で、家も自分のものであったが、生活程度は流刑人とそう変らない。ベッドの外の家具といっては、食卓と、トムボチカという小さなサイドテーブルが一つあるだけで、ベッドの下の茶箱大の木の箱が、たんす兼衣裳入れであった。

台所の棚には鍋が二つ、鋳鉄製の大きな丸い釜が一つ、フライパンが一つあるだけ。バケツ四杯の水が入る水桶に、バケツが二個、コップ数個が台所用品のすべてであった。

こうした簡素な生活は、大掃除や壁塗りの時に楽で、家のなかは常に清潔だった。裏に出ると納屋があって、乳牛が一頭、豚が一匹、羊が四匹、鶏が四羽いた。森からは冬になると狼や熊がでてくるので、その用意に犬を一匹。猫もいた。

イワンは森で、丸太を馬車で運んでいる、おとなしい無口な男であった。ナーデャは昔小学校の先生をしていたという。

長男のパロウディヤは六つで、斜視だった。長女のリーダは四つで、私のように痩せていた。飢饉《ききん》の年に生まれたので、どうしても太れないそうだ。それに比べて、末っ子の二歳の男の子、コーリャはまるまると太り、頭でっかちで動作も鈍かった。しかし、いつもにこにこしている可愛い子であった。

イワン一家の一日は、朝、暗いうちから始まる。夫の食事を作って森へ送り出したあと、ナーデャは再びベッドで一寝入りして、八時頃になって起き出す。自分と子供たちの食事、家畜の世話と、彼女はなかなか忙しい。

ナーデャのじゃが芋むきの手つきはみごとだった。シベリアのじゃが芋はでこぼこが少なくむきやすいせいもあるが、山とある芋をまたたくまにむいて行くその早さ。むいた皮は、水と混ぜて牛の飼料にするので無駄にはならない。小さなじゃが芋も茹でて潰し、豚の餌にする。

牛も豚も、自分たちの食事の時間はよく知っていて、そのころになると納屋から出てくる。豚が待ちかねて木口の木戸に鼻をこすりつけ、ガタガタ鳴らしているのに比べ、牛はいつも悠然としていた。

羊には、乾草を主に、じゃが芋の皮やパン屑をまぜて与えた。鶏には燕麦《えんばく》と黒パン。私は夜の子守りだけという約束でこの家に来ているので、こうした仕事は手伝わなくてもよかった。私は私で昨日のじゃが芋スープの残りを暖め、黒パンとお茶の朝食を済ます。昔よりいくらか変ったことといえば、売店で、固形のお茶が手に入るようになったため、黒パンのふちを焦がす必要がなくなったことである。お茶のカップは、ジャムの空き瓶。それを両手でかかえるようにして飲むと、腕から身体へと快い暖かさが伝わってくる。そのぬくもりに元気づいて、私は便所掃除に出発するのであった。

十一月ともなれば、もはやシベリアは冬であり、流刑地へ来て初めての革命記念日が近づいていた。河の水は凍って、その上を馬橇が走り始める。ナーデャは納屋の鶏を台所のテーブルの下に移した。私は、鶏と同居かとびっくりしたが、ナーデャはまめにふんを片付け、少しも臭気を立てないのには感心した。

ナーデャに限らず、ソ連の女たちの清潔、不潔の感覚は、私たち日本人とはちょっと違う。彼女たちは、夜寝る前になると、きちんと髪を結い、昼間も蓬《よもぎ》の乱れ髪でいる女は、ついぞ見かけたことがなかった。ろくに商品はない売店だが、オーデコロンの瓶だけは、棚に沢山並んでいる。入浴のあとなど、ナーデャはそれをつけ、子供たちにもふりかけてやって幸福そうであった。

ナーデャは週に一回、金曜日、どんな酷寒の日でも、半キロ離れた村の共同風呂に、白樺で作った箒を持って出かけた。男たちのほうは、土曜日である。私も行ったが、午後五時の開場とともに、どっと押しかける人々で、浴場はたいへんな賑わいであった。

日本のように浴槽はなく、蛇口から出るお湯を浴びるだけだが、奥には蒸風呂《むしぶろ》があって、十分暖まることができた。

老人たちは、特にこの蒸風呂を好んだ。

焼けるほど熱く、熱した鉄板の上に水をかけ、まわりの人の顔も見えぬほど、もうもうと立ちこめる熱い湯気の中で、前方の五、六段ある雛壇《ひなだん》に腰かけて、全身から汗を流す。持ってきた白樺の箒は、葉の部分をお湯に浸して柔くし、身体をぴしゃぴしゃと叩く。こうすれば、少しくらいの風邪は治ってしまうといわれていた。

ナーデャは風呂へ行けば必ず、髪も洗って帰ってきた。私は、寒い日などはつい面倒になってしまうが、虱がたかっては大変なので、洗わずにはおれない。戦争が終って既に五年経つというのに、石鹸はまだここには一種類しかない。ラーゲル時代と同じ、焦茶色のもので、顔や髪も洗えば洗濯もする。髪油ひとつないので、私の髪はひどいぱさぱさになってしまった。

しかし、ナーデャは美しかった。土地の人間である彼女は、都会から来た流刑人のようにお化粧はしない。それでも北の国の女らしく色は雪のように白く、顔立ちがいい上にじゃが芋しか食べていないのに、輝くような肌をして、健康そのものであった。

そんな彼女も、歯だけは磨こうとしない。ラーゲルにいる間、歯ブラシなしで過し、虫歯一本ない良い歯も、あちこちに故障ができてしまった私は、ここへ来てやっと歯ブラシを手に入れ、歯を磨きだした。ところが、ナーデャ一家は、口をゆすげばよい方で、小学校教師をしたこともあるナーデャ奥様ですら、たまに前かけのはしで、ちょっと歯をこする程度であった。

私が以前いたニューラの家でも同じで、私が上の娘のマーニャに、学校へ行くようになったら、歯ブラシで歯を磨けばいい、といったところ、母親のニューラに「どうしてなの、この子は何もしなくたっていい歯だよ」と抗議めいて言われ、二の句がつげなかったことがあった。

それに、栄養不足のためか、大人も子供も前歯がみな鋸のようにぎざぎざの、ひどい歯をしていた。

ナーデャの奇妙な清潔さは、子供の育て方にも現われていて、末っ子のコーリャはパンツをはいていない。汚されると洗濯がたいへんだからだ。お尻まるだしのコーリャは、家中どこでも便所と心得て、立ちはだかってうんちをした。ナーデャは薄い木っ端でそれをはさみとり、床を雑巾で拭くだけである。おまるでちゃんと躾ければよいと思うのだが、このうちには、おまるというものがないのである。

ナーデャの家からは河は遠くて、水汲みが大変だからだった。しかし、彼女は水汲みを嫌がったり、洗濯を苦にすることはなかった。いつも家にいた彼女は、家事を立派にするのは夫イワンに対する誇りでもあった。河でする夏の洗濯は気持よかったが、冬は難行苦行の一言に尽きた。

一人身の私でさえ、大きなものを洗うときは、少ない水でどうやってすすごうかと朝から頭が痛かった。元気な女たちは、氷の張った河におりて、水汲み穴に洗濯ものをつっこみ、平気で洗っていたが、私はリウマチの再発がこわくて、とてもそんな勇敢なことは出来なかった。飲み水を汲む穴で、洗濯するというのも荒っぽかったが、池と違って、水は始終流れているので、きれいであり、誰も文句をいう人はなかった。

ナーデャは、週一回は洗濯をし、そのあと必ずアイロンをかけた。シーツはもとより、上着から子供のパンツに至るまでかけるので、家族の身なりは小ざっぱりとしていた。これは、ナーデャに限らず、村人たちの中で、アイロンのかからぬ洗いざらしの服を着ている人は一人もなかった。

アイロンは鋳鉄製の、中に炭火を入れて使う重いものだった。シベリアに炭はないから、ここではペチカのおきを使った。アイロンは村にいくつもなく、共有財産のように貸したり借りたりされていた。衣類のアイロンかけは身ぎれいに、という意味だけでなく、ソ連に多い虱退治に、どうしても必要なのだった。

ナーデャは、アイロンを持っていなかったが、その代りここには珍しい手廻しの蓄音器があり、小さな子供たちも、レコードに合わせて上手に踊った。夕飯後、胃の弱い私がベッドに横になっていると、リーダがいつもやってきて、猫のようにじゃれついた。リーダは親戚の人から、ヤポノチカ（日本のお嬢さん）とからかわれていたが、これは、彼女の発音が、前から私に似ていたためで、下手なロシア語を操っている私は、顔を赤らめざるを得なかった。

5

革命記念日の前日、イワン夫婦は、足を痛めて乳の出なくなった牛を屠《ほふ》り、私にも肉を十キロわけてくれた。一キロ十五ルーブルで、合計百五十ルーブルもの大きな買いものだったが、私は彼らにパン代を随分貸していたので、現金を払うのは少しで済んだ。明日は親戚を招いて祝日の宴会をするというので、私は飾りに使う松の枝を、松林まで取りに行った。

植えてまもない松の若木が、雪をかぶって青々と一面に育っている有様は壮観であった。枝はまだ直径一センチほどである。松脂《まつやに》の匂いに包まれて家に帰り、折ってきた枝で部屋を飾った。窓枠、ベッドの隅、棚の上、塗りたての真っ白な壁に、松の緑はこよなく映え家中にお祭り気分が漂うのであった。

当日、私は用事があって外出し、帰ってくるともう二十人近い人々が集まって、飲めや歌えのまっ最中であった。テーブルの上には、御馳走がいっぱい並んでいる。ナーデャが用意したのは四皿だが、客の女たちがそれぞれ二、三皿、白い布に包んで持ってきたのだ。

焼肉、豚の脂身の塩漬、豚肉の煮こごり、じゃが芋薄切りの炒《いた》めもの、キャベツの漬物、白い茸の塩漬けなど。ウオトカもたっぷりあった。だれかの弾く手風琴に合わせ、狭い場所で女たちが踊り出せば、男たちも負けずに踊り出す。上手に踊っている老婆は、ナーデャの母親だし、女のネッカチーフをかぶって面白おかしく踊る老人は、村一番の有力者、共産党員のアレクサンドル・アレクサンドロヴィッチであった。主人のイワンは客にウオトカを注いで廻る。「革命記念日のために！」「スターリンのために！」といいあって、ぐっと飲み干したとたん、みなは大急ぎで、肉やパンを口に放りこむ。酔いが廻らぬ為というが、そのせっかちな動作は、見ていておかしかった。

私の隣りには事務所長《ナチャリニク》がいた。彼は私のコップに葡萄酒を注ぎ、

「あんたの今度書いたスローガンは、よく出来ていたよ、さあ一杯」

と、上機嫌で乾杯してくれた。

ナーデャの妹婿が、私を踊りに誘った。彼はモスクワ人だが、戦時中ドイツ軍の捕虜になったかどで刑を受け、この地に流されて来たのである。

私は踊りはからきし出来なかったが、お祝いの日の気分をそこねては悪いと思って立ち上り、見よう見真似で踊った。宴はますますたけなわで、部屋の中は割れんばかり。踊りに邪魔だといって、若者はストーブを屋外にかつぎ出し、靴のままベンチの上で踊り出す男もいた。

私もつられて御馳走をつまみ、ウオトカを一瓶奮発して若者に買いに走らせ、声をあわせて歌ってはいたが、何故か心はあまり浮き立たなかった。彼らのように、底抜けに陽気に酒宴の

楽しみに浸ることができないのであった。踊りも歌も出来ぬ、不器用な私、酒も飲めず、冗談ひとつ言えぬ私は、人々が興奮のるつぼと化せば化すほど、水に落ちた油のように、とけこめぬものを感じるのであった。

とうとう私は、その違和感に耐えかねて、そっとテログレイカを引っかけて外へ出た。外はまだ明かるく、積もった雪がまぶしく目を射た。

あてもなく村道を歩くと、あちこちの家からパーティの陽気な歌声と歓声が聞えてきた。そばを通れば、顔みしりの家なら、きっと呼び入れてくれるだろう。しかし、迎え入れられたところで、そこでも同じ気分になることは、私には判っていた。

私は河の見える道のはしにまで来た。厚く張った氷の上が更に雪でおおわれた河には、ところどころ水汲みのための穴が開いている。

穴の周囲には青々した松や樅《モミ》の枝が刺されて目印となっていた。

こうした囲いを作ったり、凍った穴の氷を割るのは、村の男の子たちの仕事だった。ナーデャの息子たちも、もう少し大きくなれば、世話をする水くみ穴がきまるのである。

私はゆっくりと河へおり、吸いよせられるように穴のそばまで来た。雪に映える緑の枝は美しく、厚い氷の底の水は、青空と緑を写して、ねっとりと深く鎮まり返っていた。

水の色は、ほとんど暗黒色に見えた。一瞬私はぎくりとした。水底からなにかが、私を招いているような気がしたのである。

私は化石したように、穴のそばに立ちすくんでいた。祝日の賑わいもここまでは聞こえてこなかった。私の小さな身体を、誘いこむような深い水。滑りこめば恐らく僅かな時間で、私は凍死してしまうだろう。そうすればもう、苦痛はない……辛い毎日の生活もない……

《いけない！　なにを考えているの！》

ハッとなって私は目を水面から離した。同時に、私を招いていた影のようなものも、すっと遠のいた。それは、わびしい、痩せこけた、私自身の顔であった。

死神をふり払うように、私は頭を一ゆすりして青い空を見上げた。広々と、どこまでも続く空を眺めていると、私を滅入らせていた感傷は、少しずつ薄れて行った。私は此処では異邦人の流刑囚だが、帰る故国はちゃんとあるではないか。何年経とうと、肉親は、私の身を案じながら、帰りを待ってくれている筈だ。弱気になっては負けなのだ……

やがて私が家へ帰ると、部屋の中はからっぽで、みなはクラブへ二次会に出かけたあとだった。私は食べ散らかした食卓のあと片付けをした。ナーデャが、有難うとも言わないことは判っていた。ただで部屋の一隅を借り、じゃがいもを貰って食べているだけで、使用人めいた思いをさせられるのは厭だったが、ナーデャの家にいれば、薪とじゃが芋の心配だけはなく、その安心感は大きかった。その一方で、こうした女中めいたことや、コーリャのうんちの世話までせねばならぬ自分が、わびしく、いまいましく思えてくることもあったのである。

ソ連の女のように、大きくたくましい身体をし、力もあれば、流刑地で暮すことは造作もないことであった。私は床掃除一つ満足に出来ない貧弱な身体である。ソ連式床掃除は、雑巾で拭くのとはわけが違う。まず床を濡らして荒い砂をまき、葉の落ちた白樺の箒で少しずつ床をこすって行く。この時、決してしゃがまず、両足を開いて膝をぴんと伸ばし、上体だけを傾けてさっさっと両手を勢よく同じ方向に動かしてこするのが特徴であった。そのあと、きれいな水を流してもう一度こすり、汚れを雑巾で拭きとる。

私などはこんな姿勢を五分も続けたら息は切れ、背中と足腰が痛んで身体中がばらばらになってしまうような思いがするが、彼女たちは平気だった。どんな酷寒の季節でも、週に二回は必ず床を洗い、窓硝子も水洗いした。家をきれいにしておくのは、妻のつとめなのであった。

おかしなことに彼女たちは、壁を真白にしておくのを好まず、やたらに新聞紙を貼りつけていた。飾りにする写真も絵も、雑誌の口絵もないのだから仕方がないが、私には塗りたての真白な壁のほうが数等美しく思われた。ソ連人と私の感覚はこのようによく食い違う。ナーデャは私が便所掃除の仕事から帰るたび、顔や手を洗うといって笑った。そういえば彼女が家畜の世話をしたあと、あまり手を洗うのを見たことがなかった。

ナーデャの家は、暖かくもあり、家らしくもあったが、河から遠く、水汲みに不便なのが欠点だった。村には井戸は一つもなかった。水汲みは、潮汲み人形のように、バケツを二つ、担《にな》い棒《ぼう》に通して行くのだが、コツのわからぬ私は半分くらいこぼしてしまい、情なかった。そして年端もゆかぬ女の子が、楽々と重いバケツの水を、一滴もこぼさず運ぶ様子に感心するのであった。

私の便所掃除の仕事は相変らず続き、月給二百七十ルーブルのほかに、看板書きの収入もあり、内職の刺繍もしていたので、二、三百ルーブルの貯えはいつも私の手もとにあった。これに反してイワンは、月収は千ルーブルくらいになるのだが、病気で休んだりして働きの少い時は六百ルーブルがせいぜいで、妻子を養い、ウオトカも飲まねばならないのだから大変だった。ウオトカはビール瓶一本が二十四ルーブルもする。ナーデャは、月給が不規則なので、生活の予定が立てられないとよくこぼした。月給日が過ぎて少したつと、言いにくそうに私に借金を申込むのだった。

いつしか流刑地に来て、一年が過ぎ去っていた。ペイ村で二度目の正月を迎えたあと、二週間くらい経ったときだろうか、いきなり四、五人の若い男が、挨拶もなく家の中にはいって来た。

みな思い思いの異様な仮装をし、中の一人は妊婦に化けている。子供たちは恐がって隠れてしまった。ナーデャが小銭を与えると、ちん入者たちはさっと引き揚げていった。

私は秋田県の「なまはげ」を思い出した。人間の考えることはみな同じようなものだと、微笑ましい気持がわいた。

やはりその頃であった。一月六日の降誕祭から数えて十二日目の洗礼祭の朝、私は水汲み場で小さな十字架を見つけた。まるで小人がおいていったかのような可愛らしい十字架には、赤や青の紙で作った花輪がかけてあった。大連にいた時、ロシヤ正教の信者たちが、身も凍るようなスンガリー(松花江)にはいって洗礼式を行うのを知っていた私は、これがシベリアの洗礼祭かと、その十字架を興味深く眺めたのであった。

春の訪れとともに、凍っていた河は動き始める。まず雪が消え、岸辺に近い氷からとけて来る。水汲みに行く時は、気をつけなければいけない。氷でまっ白だった河の表面は、その下を暖められて滔々《とうとう》と流れる水を写して、次第に黒ずんで来る。村人たちは毎日何回となく岸辺に立って河を見る。河が割れて、動き出す瞬間、長い冬の終り、春の訪れを、この目で見たいのだ。

その日は突然、何の前ぶれもなくやって来る。「ざあーッ」というものすごい音。岸辺の男は、大声で叫ぶ。

「河が動き出したぞう!」

村人たちは争って家を飛び出す。私もその一人であった。みな目を輝かし、食いいるように河面を見つめる。

ついさっきまで、滑らかだった氷面に、大きな亀裂が走っていた。氷は、さあーという大音響とともに、ゆっくりと動いた。

　まるで大地が動くようだった。生のいぶきが、大氷塊をもたげ、前進させている。ものすごい響きとともに、ぶつかりあった氷に、また縦横の亀裂が走る。そのまま氷は前へ進む。少しずつ。少しずつ。

　私は声もなくその光景に見とれていた。不思議な感動が全身を走って、その場を動けなかった。壮大というか、壮観というか、そんな言葉でも現わせぬ、自然の偉大な力が、河には満ち満ちていた。

　砕け散った氷塊は、押しあいへしあいし、岸の近くにもうずたかく打ち寄せられて来た。私は自分の足で、氷の小山を踏みしめた。春が来たという思いで、私の胸は一杯になった。拾いあげてみた氷塊は、水晶のかたまりのようだった。同じように岸辺におりた事務所の係りが、河の深さを計っている。流氷が止まると水かさが増し、村は洪水になりかねないのだ。村人たちは興奮に頬をほてらし、ゆっくりと前進する氷を、嬉しげに眺める。一年に一度のこの日を待ちわび、春のいぶきに胸を弾ませる彼らの気持が、私の胸にも痛いほど実感できるのであった。

　河の氷塊がすっかり消えるまでには、一週間はかかった。復活祭もそのころのことで、それが終ると、祖先供養の日《ロディーテリスキー・デニ》がやってくる。日本のお彼岸に似た行事であった。

　この日、女たちは、それぞれ御馳走を入れた皿を持って、自分の家の墓地に集まる。十字架を造花で飾る家もあるが、お墓の前にはどこの家でも必ず飾り布《ポロランツェ》を敷き、皿を並べ、匙をつける。それから長い長いお祈りが始まるのであった。

　私には祈る人とてなかったが、村人たちに誘われてついていった。お祈りが終ると、人々は十字架の問を歩き始めた。どの十字架の前にも、その家の人が立っていて、お供物をすすめてくれる。皆、次々と頭を垂れて祈り、匙をとってお供物を頂戴した。

　この日につきものの料理というものはないらしく、家にあるものはなんでも供えられていた。茹で卵、肉、ウオトカ、自家製ビスケット、粥《カーシャ》さえあった。お皿が空になってしまうと、人々は墓を去る。今年も無事に祖先供養の日《ロディーテリスキー・デニ》をすませたと、喜びあっている女たちの笑顔は、素朴であった。

　四月になると、穴ぐらに貯えてあるじゃが芋が芽を出し始め、私たちは家中を芋だらけにして芽をつみ取らねばならなかった。私はシベリアが、こんなにも野菜の乏しいところだとは想像もしていなかった。土地は無限にあるが、とれるものはじゃが芋とキャベツだけ。玉葱、トマト、きゅうりなどは、コルホーズ農場で作られていたが、そこから手に入れられる人は少なかった。人参に至っては貴重品であった。野草は森にたくさんあるが、この土地の人はほとんど食べない。ただ、ノビルだけは例外で、六月になると美味しそうにノビルを噛みながら歩く女の子たちをよく見かけた。

　流刑地に来て二度目の夏となると、私にも野山にノビルつみに行く余裕が生まれていた。初めての夏は、どうやって生きるか、どのようにして収入を得るかで頭のなかがいっぱいで、それどころではなかったのだ。

少女たちに連れられて行った森では、野ばらやすぐり《スモロディナー》が花盛りであった。編み棒ほどの太さのノビルを、袋にいっぱい摘みとり、一休みすると、郭公《かっこう》の鳴き声が森の奥から聞えて来る。陽の当る斜面に、燃えるようなオレンジ色の花がかたまって咲いていた。松葉牡丹に似た、それよりも大ぶりの花であった。少女たちに名を訊くと「ともしび《オゴニカ》」と答えた。それは、その名にふさわしい、輝くような野の花であった。

持って帰ったノビルは、刻んで乾燥し、いつまでも使った。ノビルの季節が終ると、野ぶどう《ヤゴティ》が実った。果物のない流刑地では、野ぶどうは貴重な自然の贈物だった。四、五種類の野ぶどうが、六月から夏の終りまで実り続け、森で働く木樵たちは、瓶を持参して、妻子のために摘んで帰る。秋近くに実る真っ赤なブルスニカという実を、村人たちはバケツに七、八杯もとって物置の樽で凍らせた。砂糖をかけて、天然のシャーベットとして食べるのである。そのほかの野ぶどうは、ジャムに煮た。その時、始めに水を入れたらよいとか、悪いとか、「アンナ・カレーニナ」のキティと家政婦のやりとりそっくりのことを、女たちが喋っているのが面白かった。

じゃが芋のほかに、私はキャベツも作ったが、水やりがたいへんで音を上げてしまった。それでも七、八個はとった。とり入れの終ったキャベツを、ナーデャは次から次へと刻んで塩漬けにした。人参、うい、きょうといっしょに、薄塩して大樽に漬けておくと、二、三日で水が上り、酸っぱみを帯びてくる。こうなると暖かい部屋から外の納屋に移して保存する。冬の納屋は天然の冷凍冷蔵庫で、肉なども棚においておけばカチカチに凍り、犬や猫にも歯が立たないのであった。

キャベツの塩漬は、長い冬の間の大切な食べものであった。食べる時は氷を斧で叩き割って取り出す。まるでかき氷の中のキャベツを食べているようだが、ウオトカ飲みにはなくてはならぬ酒の肴でもあった。

私が嬉しかったのは、昨年の夏、苦しめられたリウマチが、今年は忘れたように起らないことであった。きっとニューラの家での全身日光浴が効いたのに違いないと、私は思った。

夏の間は河で魚も取れた。川魚なので味は淡白で、みなスープに入れたり、小麦粉をふって少量の油で焼くようにして食べた。チェーホフの短篇に出てくる「シチューカ」(かますの一種)にもお目にかかった。口が長く槍のように尖《とが》った、全くへんな顔の魚であった。

チェーホフに限らず、ロシヤの小説には、クワス[*6]という飲み物がよく登場するが、ナーデャがそれを作るのを、私は初めて見た。

まず黒パンを乾かし、真っ黒に焦がす。それを大鍋に入れて熱湯を注ぎ、パンの色と味が湯の中に出るよう、静かにかきまわす。色づいたお湯は別な容器に移し、またパンに熱湯を注いで、味と色が出きってしまうまで、何回もくり返す。

これに砂糖少々と酵母を加えると、クワスが出来上るのであった。ウオトカ飲みのイワンは、クワスも好物だった。初夏のころ、森からこっそり白樺の樹液をバケツ一杯とってきて、白樺のクワスを作ったこともあった。

私はこの頃、村の販売所《オルソ》の支配人の妻、カーチャと仲良くなっていた。若く美しい彼女は、私と同じ五年の刑を受けた流刑囚で、美男のウクライナ人の夫、アレクサンドル・バリソーヴィッチは十年組であった。

ペイ村へ私が来てから、支配人はもう二人も変わり、カーチャ夫婦で三代目であった。前の二人は使いこみがばれて、ラーゲルに送られたのである。

買物に来る人々の、長い行列を前にして、カーチャは夫を助け、きびきびと立ち働いていた。品物が何でも手にはいる販売所の妻として、彼女は村人たちから羨まれていた。が、カーチャははたの見るほど決して幸福ではなかった。意地悪い村人たちの密告と、次にくる監獄とラーゲルを絶えずおそれていなければならなかったからである。店に立つ時の彼女は、緊張しきった顔をしていた。少しでも品物をごまかしている、と疑いを持たれたら、彼ら夫婦の平和な生活は終りになるからであった。

ある日、カーチャは、隣りのコルホーズの村から、自分たちの食料に人参と玉葱をたくさん買った。彼女はそれを私にわけてくれ、私は大喜びで宵闇の中を野菜の袋をかついで帰った。その夜の十時頃、カーチャが私の家にとんできた。今しがたまで事務所に呼ばれ、何故アカハネにこっそり小麦粉をやったのかとつるし上げられていたのだという。カーチャの顔は恐怖と興奮でふるえていた。

「だれかが見ていて、告げ口したのよ。小麦粉じゃないのに！」

言いわけが通らぬところに、ソ連の社会の恐ろしさがあった。幸いこの時は、カーチャが叱られただけですんだが、事務所では臨時会議が開かれたほどのものものしさであった。ペイ村の自然の美しさの中に、安らぎを見出していた私の心は再び震えあがり、警戒と自重を心に誓わねばならなかった。

思えば僅か一年前、私はスパイになれと強要されて虎口を逃れたばかりであった。時間の経過とともに、あの時の恐ろしさも忘れるともなく忘れていたが、彼らの鋭い目は、どこに光っているか判らないのであった。

以前から私は、日本語はおろかロシア語も、メモを決してとらないようにしていた。うるさくものを訊かぬこと、日本のことを話さぬこと、スパイの嫌疑を受けるのを恐れて、これらは、私が自分自身に課したおきてであったが、この戒律は永遠に続きそうであった。

残念なのは、この流刑地へ来る途中、病院の看護婦から教わった中継所で歿くなった二人の日本人将校の名を書いた紙を、何かの検査があると聞いて、あわてて破りすててしまったことであった。日本へ帰ったときは必ず親御さんに知らせてあげようと、しばらくはしっかと二人の名を記憶していた私であったが、若い頃の旺盛な記憶力は、私にはもはやなかった。姓も名も、おぼろになってしまった二人の魂を、日本で待ちわびているであろう彼らの肉親、さらに涙ながらにその名を教えてくれたソ連人の看護婦さんたちに、幾度、私は心のなかで詫びたであろうか……

6

流刑地に来て、二度目の革命記念日を迎えた時、私は昨年の倍以上のスローガンを書いたにも拘らず、一ルーブルも賃金が貰えなかった。再三、催促しても、これは社会的な責務だから、と事務所長はいうのだ。賃金のはいらないことは、私の死活問題なので、私は、自分はソ連人でもなく、共産党員でもないのだからと所長に抗議した。所長は私の抗議の理由がさっぱりわからないといった顔をしていた。私が日本人であるという配慮は全くなく、ソ連人と同一視し、ソ連に忠誠を尽すのが当然だとしている顔であった。私はそれが不愉快でならなかった。賃金は遂に貰えなかったのである。

しかし、事務所長は、私が日本人であることを、まるきり無視していたわけではなかった。再び年が変った三月八日のことである。この日は「婦人の日」であった。何故「婦人の日」なのか、どういういわれなのか、質問をしないことがモットーの私には、さっぱりわからなかったが、ともかくいつものようにと箒とスコップを手にして、便所掃除に出かけた。すると、ぱったりと事務所長と出あった。彼は言った。

「アカハネ、今日は婦人の日だよ。掃除は止めた、止めた。日本へ帰ったら、ソ連には婦人の日がある、と言うんだよ」

私の心は明かるくなった。仕事が休めることよりも、日本へ帰ったら、という一言が、現金に私の心に灯を点したのだ。

それから三ヵ月ほど経った時である。私には青天の霹靂《へきれき》ともいうべきショッキングなことが起った。予算の都合で、便所掃除の仕事が廃止になったのである。

毎月の主な収入をこの仕事から得ていた私は、途方にくれてしまった。スローガン書きや、刺繍の収入はたかが知れている。その上、六月一杯働いた便所掃除の給料を、五月分までしかくれないではないか。

友だちのすすめで、私は苦情委員会に訴えたが、こんな判り切ったこともすんなりと通らぬのは、全くいまいましかった。苦情委員会でもらちが明かず、とうとう私に何かと好意的だったノルマ係に相談したが、彼の骨折りで、私が六月分の給料を受取ったのは、それから三ヵ月のちであった。

流刑地では、私のような、並み外れて力のない女に、適当な仕事はおいそれとはみつからなかった。私はしばらく馬の飼料を入れる麻袋のつぎをして、落ち着かなく暮した。

すると、思いがけなく、共産党の有力者、アレクサンドル・アレクサンドロヴィッチが、私に託児所の保母の仕事を持ってきた。私は保母の資格も経験もなく、いわんや自信もなかったので、一瞬ためらったが、引き受けてしまった。あとで判ったことだが、託児所の所長は、私が保母となることに反対していたのである。あんな身体の弱い女では、一週間で音を上げるに違いない、と彼女は言い張ったそうだ。

しかし、六月から八月にかけては、村で最も大切な臨時の労働、丸太転がしと草刈りがあり、ノルマを上げるために託児所の保母まで森へかり出されてしまうのであった。アレクサンドル・アレクサンドロヴィッチは、それならいっそ、労働の出来ぬ私を保母にしておけばよいと踏んだのである。私は、丸太転がしでも草刈りでもやるつもりであったが、悲しいかな村人たちは、私と組むとノルマが下がるといって、だれも私の働くのを喜ばなかったのだ。

流刑地からの帰国

一九五三年〜一九五五年四月

1

私に、託児所の保母としての、新しい生活が始まった。

月給は、三百十ルーブルだった。面倒を見る子供たちは十七名。生後三ヵ月から三歳までで、職員はほかに掃除婦と炊事婦が一人ずついた。

私に反対していたという所長は、しばらくすると交替になり、ドイツ系のロシア人、アンナ・フョードロヴナがやってきた。彼女は私より十歳年上の流刑囚で、医科大学に学んだ、学問もあり勝気な婦人だった。

彼女のすすめで、私は彼女の丸木小屋で一緒に暮すことになり、長い間なじんだイワンとナージャの家を引っ越した。アンナ・フョードロヴナの家は、小ぢんまりとしていたが、河に近く、水汲みはたいそう楽だった。一緒に住んでも、私たちは食事は別々にした。これも彼女の方からの提案であった。

私は所長とともに、子供たちをなるたけ一緒に行動するよう躾けた。ロシアの童謡、英語の歌、日本のハトポッポなど、知る限りの歌を私は歌い、子供たちと共に踊った。「豆がほしいか　そらやるぞ」と、ポケットから生えんどうを出すと、子供たちは競って可愛い手を出した。生のえんどうは、村の子供たちのおやつなのだった。

子供たちは私を「チョチャ・アカハネ（アカハネおばちゃん）」と呼んだ。「チョチャ・アカハネに接吻して頂戴」というと、われがちに私の膝によじのぼってくる。私はナーデャの家の、おでぶのコーリャを思い出した。あの子も、ナーデャが「アカハネおばちゃんを可愛がっておあげ」というと、大きな頭をふりながら、にこにこして私に接吻したものだった。

私は子供たちのために鉛筆で絵を描いてやり、動物や花の絵は彩色して壁に貼った。泣いている子は、この絵を見せ、犬や鶏のなき声をしてみせるとすぐ泣きやんだ。お面も作ったが、子供たちはたいそう珍しがって喜んだ。

子供たちは可愛かったが、悩みはおむつの洗濯と、わるさをする子であった。お尻はぶってもよいが、まわりに誰もいないときにと、私は注意されていた。もし子供たちにけがでもさせ、親から訴えられたら大変なのだ。ソ連では、失敗のあとには、必ずラーゲルの幻が、目の前に立ちはだかってくる。一度、年かさの子が小さい子の頬っぺたに噛みついたとき、所長と私は傷あとを消すのに冷汗と脂汗を流した。

この託児所は、無料ではなかった。子供一人には一日三ルーブル四十三カペイクの国家補助が出ていたが、親も収入に応じて七ルーブルから三十ルーブルを毎月払っていた。

子供たちの両親は、国家の労働者として働いていなければならない。しかし、私の見た所ほとんどの母親は土地の自由人で、家庭にいた。甚だしいのは子供を預け、トランプ遊びをしているという噂まであった。事務所長はやっきとなって、こうした親の子供のしめ出しにかかっていた。

労働力が特別に必要とされる時期になると休日労働《ウォスクレスニック》のおふれが出て、日曜でも親たちは働きに出、私たちも託児所を休むことができなかった。ところが、いざその日になると、日曜まで働く人はごく少なく、私たちも開店休業の有様であった。やはり、社会主義の国でも、おえら方の思わく通りにはことは運ばないらしい。

八時間労働が建前であったが、私は一日十時間以上働いた。月給四百ルーブルの所長は、私よりもっと大変だった。給食の献立を考えねばならず、経費の計算があった。一日三ルーブルの黒字が出ても、赤字が出ても駄目で、やれ子供たちの栄養の必要量が足りないとか、国の金を無駄遣いするとか、本部から叱られるのであった。

一日の仕事を終え託児所から丸木小屋に帰ると、やっと所長と私には、静かな憩いの時が訪れた。ベッドに横になったまま、交替で本を読みあい、彼女は私の発音を直してくれた。アンナ・フョードロヴナ女史は、頭のよい、健康な女性で、今まで一緒に暮しただれよりも、私とは気があった。すべての点で、彼女は私より優れていた。そして私を信用してくれた。

保母となった夏は、アンナ・フョードロヴナ女史と一緒に、日曜ごとに野ぶどう摘みに行った。村の女たちとでは、彼女たちの足の早さから、おいてけぼりをくう私も、都会育ちの彼女とは、ちょうどよい仲間であった。

野ぶどうを摘んで、汗びっしょりとなったあとは、女史と二人、服を脱ぎすてて河辺で水浴した。広大な自然の有難さ、人目は何処にもない。澄みわたった空の下で、底まで見えるほどの青くきれいな水に浸れるのは、夏ならではの楽しみであった。

大らかな自然に包まれていると、託児所での日々の苦労も私は忘れた。三十度を超す暑さのなかで、おむつ、食事、お遊びと、子供たちの世話に追いまくられていると、頭がガンガンして、家に帰ったときは、ぐったりと疲れてしまう。こんな私を生きかえらせてくれるのは、森であり、山であり河であった。

ぶどう摘みの帰りには、村の老人の引く乾草をのせた荷馬車の上に乗せてもらうこともあった。野ぶどうが終り、じゃが芋の収穫のはじまるころ、山には茸の季節が来る。白い大きな茸で、村人たちは塩漬にして、正月の御馳走にした。茸の時期は短く、ちょっと油断すると霜にあたってへなへなに萎びてしまう。仕事に忙しいアンナ・フョードロヴナ女史に代って、私はせっせと茸を採った。

女史と私には、共通のよき友人があった。託児所に隣りあった診療所のドクトルで、六十歳を過ぎた流刑囚であった。故郷には妻子がいるという。トルストイの思想を愛し、博学で趣味も豊かな、質朴な男性であった。

ドクトルは背が低く、団子のように丸い顔には、じゃが芋そっくりの鼻がつき、丸々とふとった身体から短い二本の足がつき出ている有様は、漫画の中の人物そっくりだった。彼はチェーホフの愛読者でもあった。彼はチェーホフの本を持ってきて、それを読み、いろいろ説明してくれた。ドクトルの口ぐせは「嫌なこと《カシュマル》、嫌なこと《カシュマル》」であったが、それもチェーホフの登場人物を思わせるものがあった。自然を愛する彼は、日曜日は朝早くから森を歩き、あらゆる山路、小さな流れ、野ぶどうのとれる沼、おいしい茸の生える場所を知りつくしていた。時々、子供たちが大さわぎしている託児所にはいってきたときは、「気ちがい病院《スマシェドシイ・ドームー》だ！」と呟いて太い首を横にふるのであった。

2

託児所の月給も、よく遅配した。月給は、託児所長かその代理が、ドルゴモスト町の保健所本部まで受け取りに行くのである。ところが、八十五キロの道のりを出かけて行っても、金が貰えるとは限らなかった。保健所の経費は村の役場《セリ・ソビエト》に集まる税金で賄われるので、税金が集まらないと、私たちの月給もストップするのである。一度、所長の代理で月給を受取りに行った私に、係りは言った。

「困るといわれたって、金がないんだから仕方がないよ。そんなに金がいるんならあんたが自分で税金を集めて歩くんだね」

私は、あいた口が塞がらなかった。

保母になってから、私は、長年勤《いそ》しんできた看板書きの仕事を失った。これは私の意志ではなく、本ものの絵描きが村にやってきたからだった。彼は身体が弱く、森では働けなかった。スローガン書きの仕事は、彼にはうってつけだったし、本ものの絵筆一式も持っていた。私の誇りであった仕事は、こうして彼の手に移り、私は、彼が本式の絵筆でスローガンを仕上げて行くのを、時折、羨ましく眺めるのであった。

スターリンが死んだのは、一九五三年三月五日、私が保母になった年だった。モスクワでの告別式と同じ日に、このペイ村でも追悼式が行われた。

会場は満員であった。私も人々の中ほどに混っていた。場内のマイクを通して、モスクワの告別式の模様が流れ、式が始まると、村の知識人が次々と立って、追悼の演説を始めた。みな静粛であった。子供たちでさえおとなしかったが、会場にはさほど悲しみの雰囲気はなかった。しかし、演説者の一人、アレクサンドル・アレクサンドロヴィッチは、途中で感極まって嗚咽し、演説が続けられなかった。だがつられて泣き出す者はなく、人々は神妙な顔をしていた。

翌日、友人のセルゲイ・ステパーノヴィッチは、私に言った。

「昨日の告別式では、涙が出て困りましたよ」

私は驚いた。彼は日頃から反スターリン派の筈だったのだ。そんな私の顔を、彼はじっと見た。

「君はどう思いましたか。演壇に立った人は、ほとんどが反スターリン派なんだ。それを、同じ舌で、彼を賞めなければならない。彼らの心中を思うと、ぼくは涙が出たのです」

それで、私にも彼の涙が理解できた。こんな穴の底のような、森の生活でも、人々は生きるために自分の表と裏を、上手に使いわけせねばならないのだ。

新聞に、恩赦が発表されたのは、それから一ヵ月のちだった。この反響は大きく、歓喜と興奮が村中を揺るがせた。恐らく、シベリア全土が、喜びにふるえたのではないだろうか。

恩赦の内容は、政治犯も含めて、刑期五年までの者は釈放されるというのである。では私のように、既に刑期を終え、流刑中の者はどうなるのだろうか。いずれにせよ、釈放には違いない。五年の刑期のものはみな、仕事も手につかぬ思いだった。土地の村人たちも心から私たちのことを喜んでくれた。私と同じ五年組の、村の販売店の妻、カーチャは言った。

「アカハネ、釈放されてパスポートを貰ったら、私とチタに行きましょう。チタには私の母がいるの。私はしばらく母といて、彼女を安心させたら、またペイ村に戻ってくるわ。あなたはこんな穴みたいなところにいては駄目よ。日本へ帰るすべがないじゃないの。チタなら大きな町だから、その心配はないわ。ね、私と行きましょう」

　優しい彼女の心が私は涙が出るほど嬉しかった。カーチャが村へ戻るというのは、夫の刑期が十年だからである。私は彼女の好意に感謝し、カーチャとともにチタに旅する日を思って、胸を弾ませたのであった。

　しかし、一ト月経っても、二タ月経っても、私達五年組には何の音沙汰もなかった。その間にも一年、三年と短い刑期の人は許されて、次々と村を離れて行った。この次はきっと自分だという期待と、いや、ひょっとすると駄目かもしれないという不安にないまぜられた毎日。三ヵ月経ち、半年が過ぎたが、何の知らせも来なかった。

　とうとうその年は暮れ、一九五四年となった。恩赦への期待が大きかっただけに、私の失望も激しかった。再び、大連の頃の、検事の言葉が思い出された。「すぐ帰してやる《スコーロ・ダモイ》」といったあのもっともらしい言葉から、既に十年に近い歳月が流れているのだ。いったいいつまで、私の流刑の日は続くのであろうか。

　そんな私の慰めとなったのは、スターリンの死後、このペイ村に送られて来た一人の日本人、馬場さんのことであった。

彼は、ソ連東北部の海岸マカダンで、八年の刑を受けていたところ、成績優秀のために早く釈放され、この流刑地に来たのである。年の頃は三十歳前後で、日本人には珍しい立派な体格をしていた。森では伐採の重労働をしていたが、収入も相当あるらしく、店で売出された絹シャツを着て、悠々と暮していた。

私とは、たまに会う機会しかなかったが、二人の会話にはロシア語がたくさん混って、おかしなものであった。彼は以前私に求婚した中国人のパーシャと同じ所に暮していた。

話しをする機会はめったになくても、ペイ村にもう一人の日本人がいるということは、私の大きな心の支えだった。穴の中に棄てられているのは、私だけではない。気が滅入ってくると私は馬場さんのことを思って自分の気持をふるい立たせるのであった。

一九五三年十二月、既に引揚船興安丸《こうあんまる》[*7]は、在ソの同胞を載せて舞鶴に入港していることを、私は知らなかった。私が初めて、興安丸の名を目にしたのは、一九五四年三月、ソ連の新聞プラウダの紙上であった。興安丸が抑留者を迎えに、ナホトカに入港する。私は喜びに胸がつまりそうになった。その新聞記事を切り抜き、しっかりと身につけて、会う人ごとに見せた。そして、身の廻りの整理すら始めたのだった。

それでも、なんの知らせも、私にはもたらされなかった。友人たちのすすめで、私はモスクワのソ連赤十字宛に、嘆願書を送った。これも梨のつぶてだった。みなは、一度だけでは駄目だ。何度も何度も書くよう、すすめてくれた。六月になった。シベリアのもっともさわやかな夏である。突然、五年の刑満期者全員に、青色の証明書が渡された。そこには前科と、流刑のすべてが取消されると明記してあった。私は、天にものぼる心地だった。やっと、自由の身になったのだ。

すべてが輝かしい夏であったが、ことはそう簡単には運ばなかった。ほかの人たちに出たパスポート（身分証明書）が、私だけは貰えなかった。私が手にしたのは、無国籍者の居住証明書であり、それを見ると、依然として私はドルゴモスト地区から出ることを禁じられ、三ヵ月毎に、今度は自分からドルゴモスト町に出向いて署名せねばならぬことになっていた。私の喜びは、たちまち消えてしまった。これでは、自由の身とは名ばかりではないか。八十五キロの道のりを旅費はただとはいえ、トラックに激しく揺られて署名に行くだけでも憂鬱であった。れっきとした日本人の私が、無国籍者となっていることにも腹が立った。

私の流刑は取消されたのだ。証明書にも明記してある。もう日本へ帰してくれてもいいのではないか、と私が抗議すると、役所の身分証明書係は、帰国には肉親の書いた身柄引取状がいるのだ、としきりにいった。

「日本では、国が引受けてくれます。そんなものは要りません」

と、私がやっきになって説明しても、彼は一向に判ってくれなかった。

私は仕方なく、日本の肉親に手紙を書いた。そこではたと困ったのは、大連を去った両親の行く先が判らないことだった。東京には姉が嫁いでいたが、私は住所を忘れてしまっていた。しかし、本籍地の長野だけは憶えていたので、そこに住む叔父宛に手紙を書いた。

この年ほど、時の経つのが遅かった年はなかった。私は一旦整理した荷をほどき、アンナ・フョードロヴナ女史とともに、託児所の生活を、表面は変りなく続けていたけれども、今日か、また明日かと、帰国の知らせに事務所の人が現われるのを待ちわびていた。もし、帰れるとしたら、これは私がシベリアで過す最後の夏となるはずだった。

雄大な河。青草におおわれた野原。その中で悠然と草をはむ村中の牛たち。都会育ちの私には、厳しく貧しい生活であっても、自然に抱かれて過した四年間は、得難い体験であった。鶏がテーブルの下でときを告げるのも聞いたし、丸々した豚の子が、犬よりも早く走るのも見た。河辺を行列して行進するアヒルは、子供と見ればかみつき、少女なみの身体の私はアヒルを見るといつも逃げ出した。

四年間を過した丸木小屋。入口の三段の階段は、ロシアの小説でお馴染みのククリツオ——娘を送って来た若者が、別れを惜しむ恋の場所である。私には、恋こそ生まれなかったが、人々の素朴な人情と友愛を得た。担い棒を肩に、水汲みから帰ってくる村の女たち。たくましい彼女たちは、バケツを下におくこともせず肩にかついだまま行きあった仲間と、何時間でもお喋りをするのだ。私はこれがシベリアの女の井戸端会議の姿であると、面白く思った。あの河の水が凍るのを、私はもう一度、見られるだろうか。

河は再び凍った。そして、私はまだ帰れなかった。

一九五五年の正月を、私はアンナ・フョードロヴナ女史と、診療所のドクトルとの三人で過した。

ペイ村に来た初めての正月、私は薄暗い寒い穴ぐらで、ダーシャとともに、じゃが芋の選別をした。この時の寒々とした思いは、一生忘れられない。あの時から数えれば、今度は五度目の正月だった。ドクトルは自家製の葡萄酒御持参で、私たちを訪れることになっていた。彼が十二月の初め、町へ行く郵便夫に香水を二瓶、頼んでいることを私は知っていた。

元旦に、ドクトルは、葡萄酒と香水を持って丸々とした姿を現わした。アンナ・フョードロヴナ女史にはジャスミンの、私には鈴蘭の香水が贈られた。ドクトル御自慢の葡萄酒は、秋に彼が丹念に採った野ぶどうに砂糖をまぜ、醱酵させて、ウオトカを少し加えたものだった。

ドクトルは、肉の煮こごり《ホロデーツ》に舌鼓をうち、アンナ・フョードロヴナ女史御自慢の洋菓子ナポレオンを、まずいとくさした。しかし、女史の作ったトマトの酢漬けには御機嫌だった。私が腕をふるったピローグ（カステラの一種）は、大切れを二つも平らげた。四時間ほども私たちはよく食べよく語らい、浮き世の憂さを忘れた正月を過した。

それから二ヵ月後、二月五日、馬場さんに帰国命令が出た。この知らせを聞いた時、私は心臓が凍るような思いがした。八年の刑を受けた彼が、何故先に⁈ 私は一体どうなるのだろう。私だけが、例外なのだろうか。馬場さんのために喜ぶよりも先に、私の心は真っ暗になってしまった。

その夜は眠れなかった。暗い想像ばかりが拡がった。何故、帰してくれないのだろう。スパイとして、使うべく、目をつけられているのだろうか？

私は、スパイになれと強要されたことを、固く口をつぐんできたが、たった一人にだけ打ちあけていた。それは外ならぬアンナ・フョードロヴナ女史で、二年近く苦楽をともにした間に、そんなことも打ち明けられる仲となっていたのだ。

私が語り終った時、女史は、自分にも、もっと恐ろしいことがあった、と語り始めた。彼女の夫は、海軍の重職に就いていたが、ある日、突然、ラーゲルに追われた。続いて彼女も。二人の息子も。

彼女は死刑を宣告され、死刑室に送られた。死の一歩手前、命令が変更になり、ラーゲルに入れられた。この時の体験で、彼女の髪はまっ白になった。ラーゲルでは十年を過し、この流刑地に来た。息子たちの消息は、いまだにわからない。生きているのか、死んでしまったのか。

「ペイ村に来る二、三年前、私もスパイになれとやかましく言われたわ」

物音一つ聞えぬ丸木小屋の夜、石油ランプの灯の下で、私は彼女の話を震えながら聞いた。

十年もの刑を終えた彼女ですら、まだ真の自由の身ではない。私も同じ身の上なのであろうか。ラーゲルにも、刑期はとうに終えながら、二年、三年と鉄条網の中に閉じこめられている人は、たくさんいた。私の貰った青色の証明書など、一片の紙片に過ぎないのかも知れない。

次の日、二月六日は、重く淋しい気分の中に過ぎた。一晩寝ると、私の気持はいくらか落ちついた。二月七日は朝からいつものように働いた。正午になり、家へ帰って食事をし、昼休みを終えた私は、託児所に戻って赤い長い上っぱりを着て便器をとりあげた。「さて、また始めるか――」

その時であった。はいってきた事務所の者が、私に帰国の知らせを伝えたのは。

「三十分間で支度すること。すぐ出発する」

次の瞬間、私は上っ張りを脱ぎすてていた。

どうやって丸木小屋にかけ戻ったのか、私はよく憶えていなかった。子供たちのことは掃除婦に頼んだ。まだ家にいたアンナ・フョードロヴナ女史は、走りこんで来た私をけげんな目で見つめた。

「帰れるんです！　帰国命令です！」

私は興奮で、言葉ももつれた。

女史は、私以上に驚いた。容易に納得しようとしなかった。この一両日、帰国の望みを断たれて、ふさいでいた私を見ていただけに、この命令は、女史にとっても信じ難いものがあったのだ。常日頃、私とともに、帰国を願ってくれていた彼女も、いざその時が来るとただ茫然と立って、喜びの言葉も出ないのであった。

「三十分！　三十分で支度！」

私はばたばた家の中を走りまわるばかりで何から手をつけてよいか判らなかった。持って行くもの、置いていくものをよりわけるのがやっとだった。私の慌てた様子を見て、アンナ・フョードロヴナ女史は、さすがに年長者らしく、てきぱきと荷造りをすすめてくれた。

そのうちに、知らせを聞いた託児所の炊事婦がお別れを言いにかけつけてくる。私は編上げ靴を餞別にあげた。シベリアの十年間、私を寒さから守ってくれた真綿のお召の布団は、女史に残した。そのほかこまかなものはみな、女史にお餞別にした。

それでも、女史の作ってくれた荷物は大きかった。事務所の経理係が官物調べに来た。そのあわただしさの中で、私は馬場さんといっしょにいた中国人、パーシャのところへ走り、荷物を河向こうの馬橇の出るところまで運んでくれるよう頼んだ。

帰って来ると、アンナ・フョードロヴナ女史は、ペチカの隅に腰かけ、両手で顔を掩って泣いていた。

私は胸を衝かれた。二年近い共同生活で、彼女は私のよき友であったが、それほど熱烈に友愛を示されたことはなかった。上司として叱りとばされたこともあった。しかし彼女は、私に示してきた態度以上に、私のことを思っていてくれたことを、その涙は物語っていた。

私の胸は熱くなった。かけよって有難うとお礼を言いたかった。が、何故か私の目から涙は一滴も出なかった。時間にせかされ、うわずってしまった私は、宙を踏むような足で最後の片づけに走りまわるだけだった。

すべての整理が終ると、女史は涙を拭き、私を抱きしめて接吻した。これが最初で、そして最後となった女史の口づけであった。

親しくしていただれとも、別れを言う暇はなかった。女史は河岸まで私を見送ってくれた。パーシャは大きな荷物を持って先に行っている。私は手荷物をさげて凍った河におりた。雪を踏みしめ、対岸に向って歩く気持は、私が一生で初めて経験するすばらしいものだった。一足ごとに、雪は私の足の下で鳴っていた。自由なのだ！　帰れるのだ！　日本へ！　日本へ！　一キロの歩きにくい雪道も、少しも苦にならなかった。

対岸にたどりついて、馬小屋に入ると、意外にもそこには馬場さんがいた。私と一緒に帰国するのである。思いがけない嬉しさだった。

パーシャは下手なロシア語で、私たちの帰国を喜んでくれた。喜怒哀楽をあまり表わさぬ彼であったが、善良な顔は淋しげに見えた。私に、結婚を申し込んだこともある彼であった。いま、彼は何を思っているのだろう。帰国の喜びが来る日が、彼にはあるのだろうか……

馬橇の用意が出来る間、私は土手に出た。アンナ・フョードロヴナ女史は、まだ立っていた。村を背に、白いハンカチをふり続けていた。

私はペイ村をじっと見た。目の底に焼きつけて行こう。丸木小屋はまるで人形の家のようだった。煙突からゆっくりと立ちのぼる煙。診療所のあたりには、ドクトルがいる筈だった。販売所にはカーチャが。ナーデャ、ニューラ、ダーシャ、子供たち、みな、さようなら、さようなら！

女史のまわりに、人が増えてくるのがわかった。担い棒をかついだ女が水汲みにおりてくる。穴のそばに立ち止った彼女は、私の方を見て手をふった。

顔はわからなかった。遠くて声も聞きとれなかった。村の女とは、私は誰とも親しかった。私もハンカチを出して振った。そして声限りに叫んだ。

「ダスビダーニャ（さようなら）！」

声は雪の広野に吸いこまれ、かすかなこだまとなって返ってきた。向う岸でも同じ言葉を叫んでいるに違いない。人の数は増えこそすれ、一向に減りはしなかった。アンナ・フョードロヴナ女史が振るハンカチが、まだ見えた。

「ダスビダーニャ！」

ひとり残される女史が憐れであった。この時の私の心には、別れの悲しみよりも、帰国へのはじけるような喜びのほうが強かった。もう再び訪れることもないであろうペイ村、あい会うこともない人々——流刑の人も、土地の村人も——を前にして、感傷や悲しみよりも、不思議な喜びのほうが大きかった。私は涙を忘れていた。心のなかにあるいくばくかのかげり——この穴のような僻地に残される人々への心のいたみを、さようならの声に託して、私はいつまでもハンカチを振り続けた。

もう、馬橇の用意が出来上っていた。

馬橇は走り出した。ペイ村は瞬く間に私の視野から消えた。何度も振り返り、私は丸木小屋をしっかりと瞼の裏に刻みつけた。岸辺の人々の姿も……しかし、たった今しがたのことでありながら、私には荷造りの慌しさも、ダスビダーニャと叫びあった別れも、夢のなかのことのように思えるのだった。それほど私は、興奮しきっていたのだ。

次の村へ着くと、私たちを迎える巡査が来ていた。彼は私たちと握手し、帰国の祝いをのべてくれた。ペイ村の馭者とは、ここで別れた。

一時間ほど、村のクラブで休み、ストーブで冷えた足を温めたあと、馬場さんと私は巡査の馬橇に乗って出発した。巡査が鞭を振うたび、馬は飛ぶように木々の間を縫う雪道を馳けた。快くも恐ろしい速さであった。巡査は決められた時間までに、私たちを次の便に引き渡す義務があるのだ。日本人は集結してナホトカに向うのだという。終結に遅れたら大変と、私の心も緊張した。巡査の容赦ない鞭に、馬はますます狂ったように走る。私は橇からふり落されるのではないかと思った。そして、馬場さんのテログレイカの裾を握らせて貰った。

日は既に落ちかけて、寒さが増してきた。私は毛布を出して頭からすっぽり被った。巡査の振う鞭が、こちらにも当りそうで、危くて仕方がない。ウオトカをきこしめている巡査は、ふり返りふり返り、よく喋った。

「わしはな、ソ連の将校なんじゃ。しかし、今日は君たちの馭者だ。君たちを送って行く。こういうことは、ソ連にだけありうるんじゃ。どんなつまらぬ仕事でも、仕事としてな。必ず……敬意を表《ひょう》するに値するぞ……」

うしろに反《そ》った鞭がぴしゃりと私の唇に当った。はっとして手を当てる。ひりひりと痛いが血は出ていない。巡査はまだ、ろれつの廻らぬ大声をあげていた。

「だから、わしはな、今日、流刑者だった君たちを見送ってやるよ。わかったかね。日本へ帰ったら、皆にな……伝えてくれ……将校のわしが、今日、君たちを送った、ということをな……」

馬場さんは、うん、うんとうなずいていた。彼は、ロシア語がよく聞きとれなかったのかもしれない。巡査は物足りないのか、身体をねじまげて、今度は私に喋りだす。私も、うなずくだけにした。酔っぱらいの機嫌をそこねて橇を止められでもしたら大変だ。

「いいか、ちゃんと言うんだ……」

そのとたん、橇は傾いて、あっというまもなく馬場さんと巡査を雪の中に放りだした。雪のなかに四つん這いになった巡査の姿は、おかしかったが、私は頬《ほお》を引きしめた。危い、危い。私だったら手足の一本くらいたちまち折っていただろう。せっかく日本へ帰るというのに、ここまで来て大けがをしてしまっては大変だ。私は雪を払って上ってきた馬場さんの服の裾を、またしっかりとつかまえた。そして、あわやというときには、すばやくその手を離してしまう、自分の意外な器用さに我ながら感心した。

日はもうとっぷりと暮れていた。雪明かりをたよりに、全速力で走る馬橇は、命がけの乗りものだった。道は細く、松や樅の間を縫って、曲りくねって行く。手綱さばきを誤って、木にぶつかりでもしたら大けがどころではすまない。私は片手で馬場さんにつかまり片手で深くかぶった毛布をしっかりと押え、前方に目をこらした。まるで両側の木が、私めがけて飛んでくるようだ。

馬橇は、五、六度も傾いた。そのたびに二人の男は雪の中に放り出された。鞭と手袋を拾い、橇に戻ってくる巡査は、この橇は、何て変な野郎だ、といいたげな、いまいましそうな顔をしていた。そして、坐るとまたくどくどと同じことを私達に向って喋った。酔いどれ運転の橇の上で、私は気が気ではなかった。

次の目的地に着いた時は、ほっとした。巡査は道々、馬場さんにねだっていたウオトカを飲むと、食堂のテーブルに頭をもたせ、大いびきをかいて眠りこんでしまった。

言われた時間が来たとき、私たちは彼を起した。彼は、自分の任務はここまでだ、あとはトラックが来るからと言い、さっさと行ってしまった。

トラックは、待てども待てども来なかった。雪のために立往生したのである。私たちは仕方なくその夜はこの村に泊った。

朝になっても、トラックは現われなかった。村人たちの話では、車の往来は雪のため一切途絶えているらしい。昼近くなった時、馬場さんと私は不安な顔を見合せた。のんびりと迎えを待ってはいられないような気がした。

「歩いて行きますか。次の村までは十八キロくらいらしい」と、馬場さんは言った。

私たちは出発した。今はこの足だけが頼りだ。馬場さんは自分のトランクのほかに、私の大きな荷物をかついでくれた。

道は赤松の大森林をぬって、どこまでも続いていた。車の跡、人の足跡ひとつない、膝まで積もった雪道であった。ヴァレンキをはいていても、歩き難いことはたとえようもない。私は必死で馬場さんの跡を追った。言葉を交すゆとりもない。一歩、また一歩、足を前に進めるのがやっとだった。集結時間に遅れ、おいてけぼりをくってはいけない、という一念だけが、私の足を前へ進ませていた。

「村落《むら》だ！」

馬場さんの声に、私は、とっぷりくれた闇を見すかした。オレンジ色の灯が、林の彼方に点々と見えた。煌々《こうこう》と輝く電灯を、私は奇蹟を見るように眺めた。何年ぶりだろうか。文明のあかりを見たのは。

村にたどりついた時は、午後九時を過ぎていたので、今夜はもう進めなかった。一夜の宿を頼んだ家は、まだ未完成で、壁を乾かすために二人の男がペチカを焚き、そばで番をしていた。彼らは、私たちを泊めてくれたが、見るからに人相が悪く、不気味だった。

「ぼくが寝ずの番をしてあげるから、貴女は早くやすみなさい」

馬場さんは、ペイ村にいた時から、この新開地の村には、たちのよくない流刑者が大勢送りこまれているということを知っていた。その夜、彼は男らしく、一睡もしないで私のそばに坐っていてくれたのであった。疲れきって、すぐに眠ってしまった私は、朝になってそのことを知った。困難な道中の彼の親切は、どんなに感謝しても、感謝しきれるものではなかった。

こうして私たちは、遅れることなく集結地にたどり着いた。事務所には、抑留から釈放された感じの人が数人いた。しかし、長い間日本人を見なかった私には、彼らがわが同胞なのか、カザフ人か、ウズベク人なのか、区別がつかなかった。

「君は日本人か？」

懐しい日本語が一人の口から出た。「そうだ」とうなずく馬場さん。私たちはお互いに喜びあった。人数はみなで十七名。女は、私一人だった。

私たちは、クラスノヤルスク市に来た。五年前、流刑囚として運ばれた町である。今、私たちは自由だった。部屋の鍵を渡され、門限もなかった。役人たちが、あまりどんちゃん騒ぎをしないようにと注意しただけだった。

私は、一緒に帰る男の人たちと、毎日のように町を見物したが、このような大きな都市でも、売っているものは、ペイ村とさして変りなかった。ペイ村の売店になく、ここで見つけたものといえば、バザールにあったひらめの揚げものと、茹でじゃが芋、凍った小さな野生のりんご、それに、丼の形に凍ったまま、パンのように積みあげられた牛乳だけだった。

ソ連のお金は持って帰れないというので、みな景気よく使った。私は手袋がほしくてあちこち探したが、厳寒の二月というのにどの店にもないのには驚いた。やっと一つだけ見つけた、男の人が親切に買ってきてくれた革手袋は、七十ルーブルもしたもので、私はたまげてしまった。

一日に一度はレストランに行った。外出しても尾行されることはなかった。しかし、あるレストランで、四、五人でテーブルにつくと、ボーイがコードのついた四角い箱のようなものを無造作にテーブルの上においた。それは盗聴器だったのである。

あまりにも子供じみたやり方に、私は笑いを誘われたが、男たちは苦い顔をして黙りこんでしまった。せっかくの御馳走の味も、この時は興がさめてしまった。

3

町を歩いているうち、美容院の看板を見た私は、ふとおしゃれに心を誘われた。十年間、髪油ひとつつけなかったあたまである。日本の土を踏むのに、あまりみすぼらしい姿はいやだった。十年ぶりにモダンな姿になろうと、私は美容院のドアを押した。

美容師は男であった。洗ってパーマをかけてと頼むと、彼はこのままで結構だ、結構だと、電気の道具を引っぱり出してきた。そして洗いもせずに髪を巻き、たちまち電気で縮らせてしまった。

それが終ると彼はクリップを外し、申しわけ程度に髪をとかして言った。

「出来ました。セットの道具はないから、家に帰ってしてもらいなさい」

私は髪の汚れが気になって、どうしても洗ってもらいたかった。しつこく頼むと、彼は根負けしたように、髪に水をべたべたとぬり始めた。

「さあ、これでいい。これで済んだ」

私はたまげてしまった。洗ったどころか濡らしただけである。彼はすまして、私が出て行くのを待っていたが、私は出て行くわけにはいかない。こんな濡れた頭で外へ出たら、たちまち風邪を引いてしまうではないか。

私がやかましく抗議したので、彼はやっと、ではこれで乾しなさい、とガスこんろをよこした。それはセット用のこてを暖めるものだった。ぼうぼう火が出ているこんろを、頭にかざして髪を乾かせというのである。私は呆れかえったが、やむを得なかった。髪の毛が焦げはしまいか、頭に火がつかないかと、びくびくしながら頭を動かす。やっと生乾きとなった時、彼は、もう十分だ、十分だと私を店から追い出した。

これで値段は三十一ルーブルであった。十年ぶりに芽生えた私のおしゃれ心は、冷たくあしらわれた。思えばこの十年間、私は髪油どころか、顔にクリームひとつ塗ったことがなかったのである。

その時、ソ連の情勢は、パーマどころではなかったのかもしれない。クラスノヤルスクを私たちが発った日、駅の構内は軍人で一杯だった。駅の壁という壁、柱という柱には、軍人の守るべき注意が、赤紙に印刷されてべたべたと貼ってあった。広い駅を埋めつくした妙に長い外套を着た軍人と、この注意書は、何か異様な印象だった。まるでまた、戦争が始まるような……シベリア横断鉄道に乗った時、私はホッとした。

長い、シベリアの旅を終えたあと、私たちはハバロフスクの日本人収容所で、いましばらく帰国の順番を待たねばならなかった。

私は、ここからペイ村のアンナ・フョードロヴナ女史に手紙を書いた。言葉を選び、彼女の迷惑になるようなことは一切書かなかったが、その手紙は検閲に引っかかった。

その手紙を、私が独りで書いたことがわかると、係りの将校は、これだけロシア語が出来るのなら、ソ連に残れとしきりに勧めた。学校へも入れてやるといったが、私は即座に断わった。私の帰るところは、日本しかなかった。私は日本人であった。どんなに優遇されようと、ソ連に残る気は毛頭なかった。日本もまた、私を暖かく迎えてくれることを私は信じていた。

大連で別れたきりの私の父は、この時既に不帰の客となっていた。私はそのことを知らなかったが、ペイ村から長野の叔父宛に出した手紙は、無事日本に届いていた。手紙は早速、東京の母に回送され、もう私は死んだとばかり思っていた母を、狂喜させたのであった。

私が、興安丸の船上の人となったのは、それから二ヵ月後、一九五五年の四月であった。

私の長い旅は終った。船がナホトカの岸壁を離れた時、十年間捕われていたこの国に対する恨みはもうなかった。人も驚くほど虚弱だった私の、根強い生命力を、十年の歳月は私に教えてくれた。かよわい人間の、強さの証《あかし》として私は生きたのだ。その誇りは、私の心をひそかに輝かす灯であった。ともしび《オゴニカ》……そうだ、シベリアの森の奥で、ひっそりと力強く咲きほこっていたあの花のように……

日本の土を踏んだとき、私は四十六歳であった。

新装版・後註

1　大連（現在の旅大）
一九五一年に旅順市を合併、旅大と改称した。一九八一年にもとの大連に名前を戻す。原本刊行時（一九七五年）は旅大。（6頁）

2　ラーゲル
収容所、キャンプを意味するロシア語。ラーゲリ。日本では、ソビエト連邦での強制収容所を指すことが多い。（65頁）

3　アイラン
ヨーグルトを塩と水で混ぜた飲料。日本ではヨーグルトは「酪」と呼ばれ寺院などで伝えられていたが、一般に普及したのは戦後のこと。（79頁）

4　金棒引き
ちょっとした噂をおおげさにふれまわる人のたとえ。（130頁）

5　ローズング
ローズンゲン。聖句を意味する。ここでは政府・党のスローガンを指している

ように思われる。（211頁挿絵）

6　クワス

現在もウクライナ、ベラルーシ、ロシアなどで伝統的に飲まれている。パンと酵母を原料とした微アルコール性飲料だが、ジュースとして飲まれることが多い。（267頁）

7　興安丸

一九三七年建造。「満州国」建国とともに、旅客だけでなく、日本軍や満蒙開拓団を大陸へ運んだ。戦後は引き揚げ船として航行。朝鮮戦争終結（五三年四月）以降、中国河北省秦皇島――舞鶴間およびソ連（現ロシア）ナホトカ・ホルムスク――舞鶴間の引き揚げ船として、五七年まで延べ二二回の航行で活躍した。（281頁）

坂間文子　さかま・ふみこ

一九〇九（明治四二）年、旧満州（現在の中国東北部）大連に生まれる。大連神明高等女学校・大連語学校英文科を卒業。一九四三（昭和一八）年、大連にある旧ソ連領事館の日本語教師となる。一九四五（昭和二〇）年の終戦時に、領事館の日本語教師という経歴がスパイ嫌疑につながり、進駐してきた旧ソ連軍に国事犯容疑で逮捕される。約一〇年にわたる抑留生活の後、スターリン死去後の一九五五（昭和三〇）年四月、四六歳の時に帰国。

その後、一九七五（昭和五〇）年に講談社より『雪原にひとり囚われて シベリア抑留一〇年の記録』を発表。同年、第二回日本ノンフィクション賞（角川書店主催）佳作。その他、著書に『生きながらえて夢』（日本図書刊行会刊）など。

雪原にひとり囚われて――シベリア抑留十年の記録

二〇一六年一〇月二〇日　初版発行

著者　坂間文子
発行者　左田野渉
発行所　株式会社復刊ドットコム
〒一〇五-〇〇一二
東京都港区芝大門2-2-1　ユニゾ芝大門二丁目ビル
電話：〇三-六八〇〇-四四六〇（代）
http://www.fukkan.com

装幀　佐野裕哉
印刷　中央精版印刷株式会社
協力　坂間雅

ISBN978-4-8354-5415-3 C0095 Printed in Japan

※本書は、『雪原にひとり囚われて』（一九七五年　講談社刊）を組み直し、新装版として出版するものです。